GRÜND

HÉROS POPULAIRES DE TOUS LES TEMPS

RACONTÉS
PAR
MARIANNA
ORAVCOVÁ

ADAPTATION
FRANÇAISE
DE
CLAUDE
CLÉMENT

ILLUSTRATIONS
DE
KAROL
ONDREIČKA

Gründ

SOMMAIRE

HÉROS POPULAIRES
DE TOUS LES TEMPS

FIONN

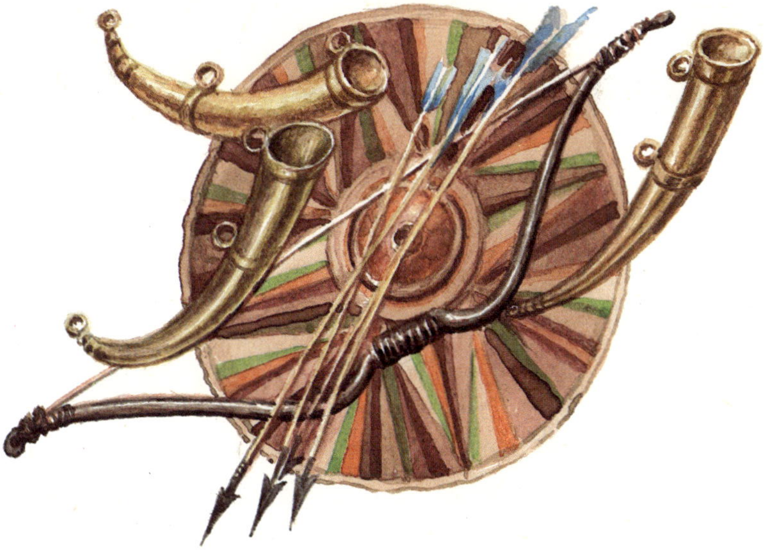

Légende de la naissance
de Fionn, de son enfance, de ses
voyages, de son apprentissage, du prix
de la malédiction de la ville
de Tara et, finalement,
de la façon dont Fionn
devint le chef
des Fianns

Au début de notre ère, du Ier au IIIe siècle, l'Irlande se divisait en cinq royaumes dominés par un suzerain, le grand roi Ard ri, qui siégeait en la ville de Tara. Dans ce pays il existait toutefois un autre pouvoir, admiré et craint par le souverain et son peuple : celui des Fianns, une troupe de fiers et vaillants combattants et de nobles et preux chevaliers, ayant précédé d'à peu près six cents ans des héros tels que Roland ou le Cid.

Leur vie s'écoulait en batailles, chasses et aventures. Ils étaient l'épée du suzerain lorsqu'il devenait nécessaire de repousser les invasions ennemies venues du nord, de punir l'injustice dans le pays ou de venir en aide aux opprimés.

Le plus célèbre des Fianns et des Fenians fut Fionn Mac Uail et (ou) Finn Mac Cool.

Dans les vertes et profondes forêts de Slieve Bloom, à Tipperary, vivaient cachées, dans la plus complète solitude, à l'écart du reste du monde, deux druidesses qui élevaient un petit garçon aux cheveux blonds.

Il ne s'agissait pas d'un enfant ordinaire. Le blond garçonnet Deime était le fils du chef des Fianns d'Irlande, Uail Mac Baiscne, et de son épouse la belle Muirna aux longs cheveux. Les ennemis de Uail, du clan Morna, cherchaient depuis longtemps le moyen de le destituer de son pouvoir sur les Fianns. Mais ils n'y étaient jamais parvenus car Uail était si habile aux armes que personne ne pouvait le surpasser. Pas même Morna. Mais tout arrive à qui sait attendre. Les fils de Morna vainquirent Uail au cours d'une bataille sanglante devant Cnuche et forcèrent sa troupe, du clan de Baiscne à la déroute. Les vaincus se cachèrent dans les grottes et les recoins des épaisses forêts, afin de fuir la vengeance du clan Morna. Goll Mac Morna devint chef des Fianns. Que pouvait faire alors la belle Muirna ? Elle pleura la mort de son époux et, afin de protéger la vie de son fils et d'assurer la descendance de Uail, elle le confia, le coeur brisé, à la garde des druidesses du clan Baiscne : Lia Luchra et Bovmall qui étaient respectivement la soeur de Uail et la marraine de Deime. Ensuite, elle s'enfuit au pays de Kerry et devint l'épouse du roi de cet endroit. Mais, la vengeance des fils de Morna ne connaissant pas de limites, Muirna redoutait de reprendre son fils auprès d'elle à la cour.

Lorsque Deime eut grandi, il apprit à courir, sauter et nager. Car tout jeune homme voulant appartenir à la troupe des Fianns devait courir aussi vite que le vent et avec tant de légèreté que les brindilles sèches ne devaient pas craquer sous ses pieds ni la moindre boucle de ses cheveux être dérangée. Il devait être si habile qu'il devait arriver à sauter une branche placée à la hauteur de ses yeux et ramper sous une autre placée à la hauteur de ses genoux. Il devait être assez vif pour pouvoir, sans cesser de courir, ôter une écharde de son talon. Deime apprit à faire tout cela. De surcroît, il apprit à nager comme une anguille et à plonger comme une loutre. Il savait attraper des lièvres dans les champs, chasser les animaux dans la forêt, pêcher les poissons dans les lacs et les rivières, car la nature était sa demeure et il ne connaissait pas encore les gens. Le temps passa et Deime grandit encore. Il devint grand et fort comme un jeune sapin, élancé et souple comme un saule, fin et agile comme un oiseau. Les deux femmes âgées contemplaient avec amour sa tête blonde, bien que Bovmall soupirât parfois : « C'est tout son père ! »

Les deux vieilles lui parlaient de son père, le fier Uail Mac Baiscne, chef des Fianns, épée du souverain qui repoussa les invasions du nord et étendit le royaume d'Irlande, redresseur de torts et protecteur des opprimés, célèbre entre tous, beau et impitoyable combattant, mais aussi bienfaiteur aimable. Elles parlèrent également des pièges auxquels il avait su échapper, de son courage, de ses colères aussi soudaines et violentes que les attaques d'un aigle ou les bourrasques d'un orage. Elles parlèrent encore de la façon dont il dispersait l'ennemi en un seul assaut et comment cet ennemi ne songea plus qu'à sa revanche. Enfin, elles racontèrent comment, lorsque son temps fut accompli, les forces de toute l'Irlande se liguèrent afin de l'abattre.

Elles lui parlèrent aussi des fils de Morna : de Morna de Connacht, le brutal aux puissantes et larges épaules et au regard sévère ; de son fils Goll Mac Morna qui était aussi large d'épaules que son père, aussi fougueux, mais possédait un regard clair et un rire joyeux comme un ruisseau, au point qu'il lui arrivait de plaire même à ses ennemis ; de Conan Maél Mac Morna, son frère, qui était coléreux comme un blaireau, barbu comme un sanglier et chauve comme un corbeau. Les injures coulaient de sa bouche lorsqu'il ne trouvait plus d'arguments. Il se vantait de passer sans hésitation toute porte, qu'elle fût ouverte ou fermée. Il outrageait le pacifique aussi bien que le belliqueux. Les druidesses parlèrent aussi de Garra Mac Morna et de l'étonnant Art Og qui ne faisaient pas plus de cas de leur vie que de celle d'autrui. Mais ils étaient encore nombreux dans le clan des Morna. Il y avait encore les sauvages Connacht, indomptables et insondables, comme le pays dans lequel ils vivaient.

Un jour, un groupe de baladins traversa la forêt de Slieve Bloom et les deux vieilles leur confièrent Deime car il était temps pour lui d'apprendre aussi les arts et il devenait plus difficile de cacher un jeune homme qu'un enfant. Mais aucun mystère ne demeure longtemps secret. Les fils de Morna apprirent que Muirna avait eu un fils et dès lors, les yeux clairs de Goll Mac Morna, le regard coléreux de Conan Maél Mac Morna et le regard sauvage de Garra Duv Mac Morna ne cessèrent de scruter le pays d'Irlande. Ils savaient que le fils de Uail risquait de surpasser son père et que, tant qu'il serait en vie, leurs propres fils ne seraient pas en sécurité.

Pendant ce temps, Deime vagabondait avec les bardes de par l'Irlande. Il apprenait des vers, connaissait les tables sur lesquelles étaient inscrites les paroles initiatiques de la sagesse des druides et les premiers mots des poèmes. Et, de même qu'il connaissait la nature, il apprit des bardes le monde des hommes, ses joies, ses peines, ses luttes et ses amitiés.

Un jour, le brigand Fiacuil Mac Conna tomba sur les voyageurs. Il s'abattit sur eux comme un loup furieux et les décima. Lorsque cet effrayant homme aux cheveux rouges approcha Deime, celui-ci lui fit face à mains nues.

« Qui es-tu ? » grogna le brigand.

« Je suis le fils de Uail, du clan des Baiscne, » répliqua fièrement Deime.

Alors, le visage inquiétant et injecté de sang du brigand se mit à rayonner de joie. Fiacuil appartenait également au clan des Baiscne et avait été le serviteur de Uail. Il porta Deime sur ses propres épaules jusque chez lui car il était aussi l'époux de la vieille Bovmall. Quand les fils de Morna avaient détruit le clan des Baiscne, les membres du clan s'étaient dispersés et n'avaient cessé de combattre chacun de leur côté ceux qui avaient causé la mort de Uail. C'est de cette manière qu'avait vécu Fiacuil Mac Conna.

Pendant quelque temps, Deime demeura chez ses protectrices et se contenta de chasser. Il parvenait à prendre un cerf à la course et à le ramener chez lui par les bois. Il poursuivait les bêtes entre les arbres en se confondant aux écorces et réussissait à prendre un oiseau même quand les ténèbres s'étendaient au crépucule et se mêlaient au vent. L'écho de ses exploits finit par atteindre le monde.

« Il vaudrait mieux que tu t'en ailles, » lui disaient les deux vieilles femmes. « Les fils de Morna ne tarderont pas à entendre parler de toi et à vouloir te chercher. »

C'est ainsi que Deime quitta son foyer afin d'être digne du nom qui était le sien et qu'il porterait tant qu'il y aurait un Irlandais pour le connaître. Il voyagea totalement seul de par l'Irlande. Mais il était aussi accoutumé à cette solitude qu'un autour, un de ces rapaces vivant dans les contrées lointaines inconnues et désertes. A Moy Lifé, il aperçut un lac où se baignaient de jeunes garçons qui l'invitèrent à leur montrer ce dont il était capable à la nage. Il les surpassa tous.

« Regardez comme cet inconnu est beau. Il est grand. Son visage est plaisant et inhabituel. Ses cheveux sont blonds. Appelons-le Fionn ! » déclarèrent les jeunes gens. Et ce nom lui resta.

Ensuite, il les battit à la course et au saut. Puis, quand le jeu se transforma en lutte, il les vainquit facilement.

Fionn se rendit ensuite à Loch Lein où il se mit au service du roi, à Finntraigh. Il chassa pour lui et faillit trahir son identité en faisant preuve de ses capacités.

« C'est tout à fait comme si Uail, du clan des Baiscne, avait eu un fils, » dit un jour le roi. « Tu pourrais vraiment être ce fils. »

Bien que ce fût la pure vérité, le roi ne s'amusait pas moins des méfaits des fils de Morna. Aussi Fionn dut-il quitter sa cour. Il voyagea plus loin, vers le sud, jusqu'à Kerry, chez le roi dont sa mère était devenue l'épouse. Il se mit à son service et s'initia aux armes.

Un jour, alors que le roi se reposait après une chasse, il invita Fionn à jouer aux échecs. Il advint quelque chose d'inaccoutumé. Fionn battit le roi à ce jeu par sept fois. Car Fionn était ainsi et le resta tout au long de sa vie. Il réussissait tout ce qu'il entreprenait sans tenir compte du rang de la personne qu'il risquait de froisser. Il parvenait même à faire ce qu'il n'avait pas appris.

« Qui es-tu ? » s'écria le roi en colère en le scrutant d'un oeil perçant.

« Je suis le fils d'un paysan de Luigne près de Tara, » répondit Fionn en rougissant car le regard du roi ne s'y trompait pas et le perçait jusqu'au fond de l'âme, comme s'il pouvait y voir vingt années en arrière.

« Non, tu ne peux être le fils d'un paysan, » dit le roi, « tu es le fils que mon épouse Muirna a eu de Uail Mac Baiscne et tu ne peux demeurer ici. Je ne veux pas que l'on te tue sous mon toit. Quant à moi, je ne suis pas assez fort pour te protéger des Morna, » ajouta-t-il tristement.

Et, une fois de plus, Fionn dut s'en aller, gardant sa sagesse et sa force pour combattre, lorsque le temps serait venu, afin de reconquérir le droit de son père au gouvernement des Fianns, dans le but de leur redonner leur ancienne gloire.

Au bord de la rivière Boyne, Fionn trouva une baie verdoyante où le poète et sage Finegan, du clan des Baiscne, se cachait depuis sept ans. Il avait choisi cet endroit car, d'après de vieilles prédictions, il pourrait pêcher le saumon de la Connaissance. Or, qui mange ce saumon engloutit toute la sagesse du monde. Ce devait donc être là le but du voyage de Fionn, où il achèverait son éducation. Finegan devint le maître de Fionn et lui enseigna la sagesse. Comment ? Les questions rendent l'homme sage, même quand elles sont parfois sans réponse. Mais une bonne question contient en général sa propre réponse comme une coquille un escargot.

« Maître, comment la sagesse est-elle entrée dans le corps du saumon ? » demanda un jour Fionn à son maître qu'il vénérait.

« Au-dessus d'un lac mystérieux, dans un endroit inconnu, pousse un arbre. Les fruits de la connaissance sont tombés dans ce lac. Ils se sont posés au fond et un saumon les a mangés, » raconta Finegan.

« Et n'aurait-il pas été plus simple pour l'homme de chercher lui-même cet arbre et d'en manger les fruits ? » demanda Fionn.

« Non, en vérité. On ne peut trouver cet arbre qu'à l'aide de cette sagesse cachée dans le corps du saumon. Et l'on n'acquiert cette sagesse qu'en mangeant ces fruits. Tu ne l'auras donc que lorsque tu auras capturé ce saumon, » répliqua Finegan.

Et ils attendirent le saumon de la Connaissance. Un jour, le poète apparut avec une corbeille de roseau tressé. Il posa les yeux sur le jeune homme et son regard était si plein d'amour que Fionn, ému et soudain mélancolique, se sentit au bord des larmes.

« Que s'est-il passé, maître ? » demanda-t-il.

Alors, le poète posa sans rien dire la corbeille dans l'herbe et Fionn y aperçut le saumon. Il regarda un instant le poisson magnifique.

« C'est le saumon dont je t'ai parlé. Fais-le cuire, Fionn. Je reviens dans un moment, » dit enfin tristement Finegan.

« Je le ferai avec plaisir, » répondit Fionn.
Et le poète lui jeta encore un long regard.
« Mais n'en goûte pas le moindre morceau tant que je ne serai pas parti, » ajouta Finegan.
« Je n'y toucherai pas, » promit Fionn.
« Je sais que tu ne le feras point, » murmura le poète en s'éloignant.
Quand il s'en revint, le poisson rôti embaumait au-dessus du feu.
« Tu n'en as point goûté? » demanda-t-il.
« Non, puisque je te l'ai promis, » répliqua Fionn.
« Mais je me suis éloigné afin que tu puisses justement y goûter si le coeur t'en disait. »
Fionn éclata de rire : « Je l'ai goûté par hasard. Tandis que je le faisais cuire, une bulle est apparue sur sa peau. Je l'ai crevée avec mon doigt et je me suis brûlé. J'ai alors porté mon doigt à ma bouche pour le refroidir et, si ce saumon a le même goût que celui qui était sur mon doigt, c'est vraiment quelque chose ! » Et il rit à nouveau.
« Oui, » soupira le maître, « mais lorsque je t'ai raconté l'histoire de ce saumon, je ne t'ai pas dit toute la vérité. La sagesse qui se cache à l'intérieur de ce saumon ne m'est pas destinée. Elle est destinée à Fionn Mac Uail, du clan des Baiscne. Finis donc de le faire cuire, mon cher enfant. Et mange-le ! »

Ainsi s'acheva l'éducation de Fionn. Le temps était venu pour lui d'exercer sa force. Il fit ses adieux à Finegan et se rendit à la ville royale de Tara. C'était justement jour de fête. Il y affluait tout ce que l'Irlande comptait de sage, de noble et d'accompli.
Tara était ainsi : au milieu se dressait le château du suzerain Ard Ri, entouré de puissantes murailles. Il n'y avait pas qu'une seule enceinte. Derrière la première, il y en avait une seconde qui protégeait quatre autres châteaux plus petits, à l'intérieur desquels siégeaient quatre rois vassaux irlandais. Hormis cela, il existait une immense salle de réception protégée par les remparts de Tara qui s'étiraient tout le long de la colline où

s'élevait la ville. De cette ville, coeur de l'Irlande, partaient quatre chemins, vers le nord, le sud, l'est et l'ouest. Depuis une semaine, ils amenaient vers Tara, pour la fête, des flots de voyageurs, de cavaliers et de charrettes de tous les coins d'Irlande. Sur un de ces chemins arriva le roi de Munster et sa troupe, sur des chars pleins de trésors dont on devait ensuite orner la tente du roi. Sur un autre chemin arriva un énorme tonneau aussi grand qu'une maison, sur une charrette tirée par cent boeufs. Il contenait la bière destinée aux princes de Connacht. Arrivèrent aussi les hommes instruits de Leinster, tenant leurs tables en main. Tous se saluaient avec amitié, se parlaient et se réjouissaient.

Fionn se mêla au joyeux convoi. Bien qu'il fût aussi impatient qu'un jeune bouc, il ne trouva aucun homme prêt à se battre. Bien que ses yeux fussent étincelants de colère, il ne rencontra pas un seul regard hostile, jaloux ni même craintif. Car la fête de Samhain signifiait une période de six semaines de paix en Irlande. Les Irlandais y devenaient tous frères et tous étaient les hôtes du suzerain.

Que la royale Tara était belle! Ses colonnes de bronze scintillaient sous les rayons du soleil, ses toits de couleur étincelaient comme les ailes d'un oiseau immense. Les murs de chêne du palais étaient richement sculptés et ornés pour la fête.

Fionn entra dans la cour avec les nobles. Le suzerain siégeait à l'endroit le plus haut. On le nommait Conn aux cent batailles. A sa droite se tenait son fils Art. A sa gauche, Goll Mac Morna, chef des Fianns. Ard Ri, de sa place, observait ses hôtes dont le héraut annonçait la venue. Sur un signe de lui, tous s'assirent. Derrière chacun des seigneurs et des dames se tenaient leurs pages.

« Je vois encore un jeune homme qui n'a pas trouvé de place. Il me semble qu'il m'est inconnu. Apportez-moi une corne à boire, » dit le roi Ard Ri, Conn aux cent batailles.

On apporta au roi une corne de vin et le suzerain dit d'une voix solennelle :
« Noble jeune homme, je bois à ta santé et je te souhaite la bienvenue à Tara. »
Là-dessus, le garçon se leva, grand, svelte, les épaules larges, les cheveux clairs autour de son visage. Le roi lui remit en personne une corne de vin :
« Dis-nous ton nom, » lui demanda-t-il tendrement.
« Je suis Fionn, fils de Uail de la branche des Baiscne, » répliqua le garçon.
Une sorte d'éclair traversa l'assemblée. Le fils du chef défunt des Fianns se tenait là et regardait droit dans les yeux Goll Mac Morna. Personne n'osa dire un mot, ni même faire un geste tant que Ard Ri n'eut parlé :
« Tu es le fils d'un ami et tu mérites la place d'un ami, » dit-il en l'invitant à la droite de son fils Art.
Et la fête de Samhain commença.
Mais elle ne fut pas seulement celle de la fraternité et de la paix comme le souhaitaient les Irlandais. La nuit, s'ouvrirent les portes qui séparaient ce monde de celui des Sidhes derrière leurs remparts magiques. Et la vengeance des Sidhes menaça les Irlandais. Le chef de ce monde souterrain, Dagda Mor, avait un petit-fils, Aillen Mac Miden. Ce dernier cachait une jalousie et une rancoeur infinie à l'égard de Tara et de son souverain, car autrefois, Conn, dans l'impétuosité de sa jeunesse, avait investi Tir-nan-Og, pays de la jeunesse et porté préjudice à Aillen. Depuis, ce dernier n'avait plus songé qu'à la vengeance. Il avait tenté plusieurs attaques contre Tara, mais elles avaient toutes échoué. Cependant, son souffle incendiaire avait causé à tous de sérieux dommages.
C'est pourquoi, cette fois-là, alors que le banquet commençait après la fête, le roi Ard Ri, Conn, invita les Irlandais à partir en guerre contre Aillen. Quelqu'un agita une chaîne d'argent afin d'obtenir le silence et Ard Ri déclara :
« Mes amis, cette nuit, Aillen Mac Miden va venir de Sliev Fuaid afin de tenter de détruire Tara par le feu. Se trouve-t-il parmi vous un combattant aimant Tara et son roi et voulant prendre leur défense ? »
Un profond silence embarrassé envahit la salle de fête. Les combattants baissaient les yeux. Ils tournaient la tête vers leur voisin, regardaient devant eux ou contemplaient leurs ongles. Les nobles de basse extraction observaient par en-dessous ceux de haute naissance, plus célèbres, mais Art Og Mac Morna et Conan grommelaient pour eux-mêmes et Goll Mac Morna se servait du vin. C'est dans cette atmosphère pénible que se dressa Fionn :
« Quelle récompense donneras-tu à celui qui se chargera de défendre Tara ? »
« Il recevra tout ce qu'il désirera, » répliqua Ard Ri.
« Et qui se porte garant de cette promesse ? » demanda Fionn.

« Le roi d'Irlande, Rot Cith et ses mages, » jura Ard Ri.
« Ainsi donc, je me propose pour la défense de Tara, » dit Fionn en quittant la cour tête haute.
Il parcourut Tara et tous l'acclamèrent, nobles, troupe et serviteurs. Mais ils lui disaient adieu au fond de leur coeur car ils étaient tous certains que le jeune homme allait vers la mort.
Fionn traversa la ville et se retrouva devant un grand fossé qui entourait Tara. Il était absolument seul. Personne alentour, car personne ne serait sorti par une nuit de Samhain pareille. L'obscurité était totale et silencieuse. Soudain, il sembla à Fionn qu'il entendait des pas en provenance de la ville.
« Qui va là ? Qui approche ? » cria-t-il.
« Un ami, » lui fut-il répondu dans le noir.
« Et quel est son nom ? »
« Fiacuil Mac Conna, » entendit-il.
« Mon ami ! Tu ne crains donc pas de me rejoindre ? » fit Fionn en accueillant le vieux guerrier.
« Bien sûr que si ! Et je m'en retourne bientôt à Tara. Mais je tiens à savoir comment tu vas t'y prendre pour combattre Aillen, du pays des Sidhes. »
« Je vais me jeter sur lui ! » répliqua Fionn.
« Oh ! Non, pas ainsi, Fionn. L'attaque ne suffit pas à la victoire. »
« Pourquoi pas ? Aillen est donc si terrible ? »
« Il l'est, en effet. Personne ne peut l'atteindre et personne ne peut lui échapper. Il appartient aux Sidhes et joue sur une flûte et un tambour une douce musique. Celui qui l'écoute s'endort. Lorsque tout est endormi, Aillen Mac Miden souffle et, de sa bouche, s'échappe une flèche de feu. Tout ce que cette flamme atteint brûle alentour, » raconta Mac Conna à Fionn.
« Tu es brave d'être venu à mon aide bien que tu ne puisses en rien me secourir, » lui dit Fionn.
« Je peux t'aider et ne demande qu'une seule récompense. »
« Laquelle ? »
« Un tiers de ce que tu gagneras et une place dans ton futur conseil. »
« Tu l'auras. Et maintenant, dis-moi ce que tu as à me révéler. »
« Te souviens-tu, Fionn, de ma lance dont le manche était orné de trente fils d'or d'Arabie ? »
« Je m'en souviens. Sa pointe était entourée de tissu et trempait dans un baquet d'eau. Et elle était appuyée contre un mur. On l'appelait Birgha, n'est-ce pas ? »

« C'est la propre lance d'Aillen Mac Miden et c'est ton père, Fionn, qui l'avait ramenée du pays des Sidhes, » expliqua Fiacuil.

Le temps manquait pour questionner Fiacuil sur le point de savoir comment cette lance était à présent en sa possession et pourtant, Fionn aurait bien aimé l'apprendre.

« Lorsque tu entendras Aillen arriver du pays des Sidhes, sors cette lance de son étui et incline-toi devant elle. La chaleur, l'odeur et toutes les forces mauvaises qui en émanent t'empêcheront de dormir, bien que la musique soit belle et douce. Quand Aillen jouera, il ne se méfiera pas. Il pensera que tout dort. Alors, tu pourras l'attaquer comme tu en avais l'intention. Que la chance soit avec toi, mon coeur ! » souhaita Fiacuil à Fionn.

« Ne crains rien, Aillen Mac Miden se verra retourner sa propre lance comme il se doit, » dit Fionn en riant.

« La voici, » déclara Fiacuil en tirant Birgha de dessous son manteau. Mais prends garde, mon ami. »

Le brigand s'en alla et Fionn demeura seul. Il écouta le silence... Mais son oreille avertie ne perçut d'autre bruit que celui des battements de son propre coeur.

Le vent se leva et il sembla alors que le monde entier fût enseveli par les ténèbres. Le temps s'écoula lentement et, bientôt, Fionn eut l'impression que quelque chose bougeait dans le noir. Puis il entendit un pas très puissant et, enfin, une sorte de tendre musique. Mais elle était si légère qu'une oreille pouvait à peine la percevoir et si douce que Fionn souhaita l'entendre encore et encore. Il ne semblait pas qu'il y eût au monde musique plus belle ! Fionn savait cependant combien elle était particulière. Aussi saisit-il la lance et appuya-t-il sa pointe froide contre son front.

La musique cessa et il sortit de la bouche de Aillen une flamme bleue comme la lumière d'un éclair traversant les nuages. Fionn saisit son manteau à franges et le lança sur cette flamme. Celle-ci lécha le vêtement et incendia la terre sur une profondeur de vingt-six pieds. Depuis, on appelle cette crevasse le ravin du Manteau et la colline sur laquelle se tenait Aillen, le Grand Feu.

Aillen ne prit pas peur pour autant. Il ne s'effraya pas comme cela arrive aux sorciers lorsque leurs sorts tournent mal. Il souffla et exhala cette fois de toutes ses forces une flamme blanche. Mais cette flamme s'éteignit. Et le magicien comprit que les choses allaient mal pour lui. Il se retourna et voulut rentrer au pays des Sidhes. Déjà, cependant, à la surface de la terre, les gens ressentaient un malaise qui les empêchait d'avancer ou de respirer. Aillen s'efforça de regagner son antre, mais Fionn fut aussitôt sur ses talons. A l'entrée du pays des Sidhes, il lança vers Aillen sa propre lance, Birgha.

Elle vola vers lui, l'atteignit entre les épaules et, Aillen s'écroula mort. Cette nuit-là, Fionn revint à Tara en portant la tête du vaincu.

Au matin, la ville sauvée accueillit son héros.

« Que demandes-tu ? » questionna Ard Ri.

« Je ne réclamerai que mon dû, » répliqua Fionn, « le gouvernement des Fianns. »

« Tu l'auras, car il te revient de droit. Et je tiendrai ma parole, » dit le roi. « Quant à toi, » ajouta-t-il en se tournant vers Goll Mac Morna, « choisis : ou tu quittes l'Irlande, ou tu tends la main à ce héros et te déclares son serviteur. »

« Voici ma main, » répliqua Goll en choisissant le parti le plus sage et en clignant gaiement de l'oeil en réponse au grave regard de Fionn.

C'est ainsi que Fionn Mac Uail devint chef des Fianns. Il s'installa avec sa troupe dans un château au sommet du mont Allen, à Kildar. Sa cour s'y illustra bientôt car, outre le sauvage Goll Mac Morna, on y compta le plus rapide des coureurs, Keelt Mac Ronan, le plus chevaleresque des héros, Dermot Mac Duiven et bien d'autres combattants à l'allure vaillante, ainsi que de belles dames et le lutin barde Cnu. Bientôt, le propre fils de Fionn, Oisin, s'illustra comme poète et conteur, ainsi plus tard que son petit fils Oscar. Tous vécurent inhabituellement longtemps et accomplirent bien des prodiges.

LE CÉLÈBRE FORGERON ILMARINEN

Comment Väinämöinen attira
son frère de Kalevala à Pohjola
afin qu'il y forgeât le petit
moulin magique Sampo, comment
Ilmarinen y trouva une fiancée
et, après bien des tourments,
acheva sa tâche, et
comment, dans la Pohjola,
on célébra le plus beau
des mariages

Au VIIIe siècle, sur le territoire de l'actuelle Finlande, arriva probablement en provenance d'Asie, la petite nation nomade finno-ougrienne. Elle repoussa les autochtones Lapons vers le nord, dans la toundra infertile du nom de Pohjola et s'installa dans le sud à Kalevala où elle devint nation paysanne.
L'épopée du Kalevala *se déroule tant sur les terres inhospitalières de Pohjola gouvernées par la vieille et méchante Louhi que dans le fertile Kalevala. Ses héros sont les douze fils du père Kalev qui fondèrent la nation finlandaise. Parmi les plus connus, on trouve le sage et vieux barde Väinämöinen, l'habile et puissant forgeron Ilmarinen et le joyeux brigand Lemminkäinen. Tous trois vécurent de nombreuses aventures, accomplirent maints exploits, prirent part à d'innombrables batailles, éprouvèrent des tourments et des peines mais leur existence fut aussi pleine de chansons, de gaîté et de cris de joie.*

Je vais vous chanter une belle chanson, vous composer une précieuse saga. Mais versez-moi de la bière écumante, venue de l'orge blonde car mon gosier ne doit pas s'assécher ! Je vais vous chanter à pleine gorge une chanson que mon père me chantait déjà tandis qu'il se parait de sa hache, une chanson que ma mère m'apprenait tandis qu'elle filait à son rouet. Le froid même en chuchotait les rimes, la pluie les transportait dans ses gouttes, le vent les soufflait et les vagues de la mer les amenaient.

Loin, de l'autre côté des flots, dans le pays de Kalevala, vivaient autrefois trois héros : le sage et vieux chanteur Väinämöinen, le forgeron Ilmarinen et le joyeux brigand Lemminkäinen :

Väinämöinen déboisait la forêt et semait de l'orge. Comme l'orge était encore inconnue des gens à cette époque, ils lui étaient reconnaissants de ce cadeau. Avec une mâchoire de brochet, il se fabriqua un instrument de musique et se mit à chanter admirablement des chansons ensorcelantes et des chansons épiques que les gens finirent par savoir dans tout Kalevala.

Le forgeron Ilmarinen naquit par une nuit sombre sur une montagne escarpée. Il saisit dès le lendemain le marteau et les pinces et chercha dès le troisième jour un endroit pour forger. Il était incroyablement fort et très habile. Il faisait des choses inimaginables dans sa forge et forgea même la voûte céleste.

Le joyeux Lemminkäinen naquit sur un cap rocailleux au bord de la mer. Il était incomparablement beau : svelte comme un bouleau, les joues rouges comme des fraises et les yeux brillants comme l'eau au soleil. Il était si galant qu'il eut des fiancées dans tout Kalevala, Pohjola et même dans les îles au large de la dixième mer.

Le vieux sage Väinämöinen sortit son jeune poulain brun et l'attela à un traîneau peint. Il s'installa, fit claquer son fouet au manche orné de perles et s'élança par fossés et prairies. Il glissa sur les étendues désertes une journée, puis deux. Enfin, le troisième jour, il arriva au milieu de la plaine d'Osmov. Il y demeura et se mit à chanter. Son chant magique ensorcela les choses les plus incongrues : un petit sapin se mit à pousser, son sommet fleurit, ses rameaux prirent une teinte d'or... Il grandit et grandit encore jusqu'à ce que son sommet atteignît les nuages, puis le ciel. Là, ses branches se déployèrent dans le vent et, je crois, dans toutes les nues. Et Väino, nom familier de Väinämöinen, continua de chanter : il ensorcela la lune, au centre, et les étoiles de la Grande Ourse au milieu des branches.

Puis Väino regagna son traîneau. Il était sombre, portant sa coiffe sur le front, et il s'en alla plus loin. Il s'en alla rendre visite à son frère, le célèbre forgeron Ilmarinen.

Dès qu'il entendit les coups sur l'enclume, Väinämöinen leva la tête. Le petit cheval s'arrêta devant la forge. Tristement, Väinämöinen y entra :

« Salut à toi, vieux Väinämöinen ! Où étais-tu depuis tout ce temps ? » fit Ilmarinen en l'accueillant.

« J'étais dans la sombre Pohjola, je demeurais dans la morne Sariola, au pays des sorciers lapons et j'ai beaucoup de choses à te raconter. Dans le nord de la froide Pohjola vit une jeune fille qui refuse tous les prétendants et ne veut pas des meilleurs partis. On célèbre sa beauté dans le nord tout entier et, en effet, elle est exceptionnelle : l'éclat de la lune illumine son sommeil, le soleil brille sur sa poitrine, les étoiles de la Grande Ourse scintillent sur ses épaules et des constellations de sept étoiles sur son dos. Va, mon frère forgeron ! Va rejoindre cette jeune fille. Forge pour sa mère, la vieille Louhi, reine de la Pohjola, le petit moulin Sampo. Fais-lui un ingénieux système et tu auras la main de cette beauté. Ce sera la récompense de ton dur labeur, » dit le barde Väinämöinen.

« Ainsi donc, mon frère, tu es rentré de Pohjola et veux m'envoyer à ta place dans la sombre contrée afin de sauver ta propre tête, afin de te racheter ? Mais, tant que la lune brillera, je n'irai pas vers la mort dans Pohjola. Je n'entrerai pas dans les hautes salles de Sariola où tant d'hommes ont péri, où tant de héros ont été jetés à la mer et noyés, » répondit Ilmarinen.

Lorsque le vieux Väinämöinen vit qu'il n'avait pas convaincu son frère, il usa de la ruse et dit :

« En chemin, j'ai vu encore d'autres merveilles. A la lisière de la plaine d'Osmov fleurit un pin aux rameaux d'or. La lune brille à son sommet et les étoiles scintillent dans ses branches. »

« Je ne croirai pas à cela tant que je ne l'aurai vu de mes propres yeux, » répondit le maître forgeron tenaillé par la curiosité.

« Si tu ne veux pas le croire, va-donc t'en convaincre par toi-même et juger si c'est mensonge ou vérité, » répliqua le vieux Väinämöinen.

Ils montèrent en traîneau et se rendirent dans la plaine d'Osmov. Là, le forgeron Ilmarinen demeura stupéfait au pied du sapin extraordinaire. Tout était en vérité tel que son frère le lui avait dit.

« A présent, mon cher frère, va chercher cette lune et ces étoiles au sommet de cet arbre d'or, » dit Väinämöinen.

L'autre grimpa aussitôt aux branches et s'éleva vers les hauteurs. Alors, le vieux barde Väinämöinen chanta ce chant magique :

Vent, emporte-le sur tes ailes,
Vent de printemps solitaire
Vers le grand Nord où il gèle
dans la Pohjola, blanc désert.

A l'instant même, le vent se leva et emporta Ilmarinen dans la sombre Pohjola, dans la lugubre Sariola et le déposa juste devant la demeure de Louhi.

Louhi, une vieille femme rusée, reine de Pohjola, se tenait justement sur le seuil de sa cour.

« Qui es-tu, mon garçon, pour avoir été ainsi amené par le vent et l'orage ? Les chiens n'ont même pas aboyé, les bêtes féroces n'ont pas hurlé... »

« Je ne suis pas venu ici en vérité pour me faire dévorer par les chiens, ni écharper par les bêtes féroces devant ces portes étrangères. »

« Connais-tu ou aurais-tu entendu parler du forgeron Ilmarinen ? Car c'est lui que nous attendons et nous n'arrivons pas à le joindre afin qu'il nous forge le Sampo, » questionna Louhi.

« Je connais bien Ilmarinen puisque je suis Ilmarinen lui-même, maître forgeron, » répliqua-t-il.

Lorsque Louhi entendit cela, elle bondit de joie :

« Ma fille préférée, la plus précieuse de mes enfants, habille-toi de ta plus belle robe, pare-toi de ton plus bel atour, de ton collier d'argent, de ton bracelet d'or, que tes vêtements resplendissent et que tes joues rosissent. Ilmarinen est ici ! Le célèbre forgeron est venu nous forger le Sampo et nous graver dessus des ornements subtils. Nous allons être riches et bien vivre, » déclara la vieille Louhi.

La jeune fille s'exécuta et Louhi conduisit elle-même son hôte prestigieux dans la salle de Sariola. Elle lui en fit les honneurs en personne en lui donnant à manger et à boire, puis elle dit :

« Ecoute-moi bien, cher Maître. Si tu parviens à forger le Sampo et à le décorer du bout de la plume d'un cygne, d'une goutte de lait écrémé, d'un grain d'orge et d'une boucle de toison d'agneau, je te donnerai ma merveilleuse fille en récompense. »

« Je parviendrai à forger le Sampo et à graver ces ornements, car j'ai forgé même le ciel et créé le toit du monde sans fin ni commencement, » dit Ilmarinen.

Il chercha aussitôt une forge et ses instruments. Mais, dans la sombre Pohjola, il n'existait ni forge, ni soufflet, ni enclume, ni marteau.

Ilmarinen n'était pas de ceux qui se découragent aussitôt. Il chercha un jour, puis deux, dans les grandes étendues désertes. Le troisième jour, il trouva un rocher dans la falaise tourmentée. Il y installa un foyer. Le lendemain, il y installa un soufflet et le surlendemain une forge. Il lança du fer dans le feu et engagea des garçons afin d'actionner le soufflet. Les aides actionnèrent le soufflet de toutes leurs forces. Ils activèrent le feu durant trois jours et trois nuits, au point que leurs poignets et leurs doigts durcirent comme de la pierre. Enfin, le forgeron Ilmarinen se pencha au-dessus du foyer pour voir ce qui s'y était formé. Du foyer, apparut un petit arc doré fait de cuivre. Il était aussi beau que dangereux et cherchait sans cesse à tirer. Un tel arc ne plaisait pas à Ilmarinen et il le prit, le rompit en deux et le rejeta dans le feu. Ses aides actionnèrent à nouveau le soufflet comme il le leur ordonnait et, le lendemain, il se pencha encore au-dessus des flammes. Il en sortit un petit vaisseau rouge à la coque d'or et aux rames de cuivre. Ce vaisseau était bon mais avait de bien mauvaises façons. Sans raison, il se lança dans une cruelle bataille. Ce vaisseau ne donna donc pas non plus satisfaction au forgeron. Il le prit, le brisa en menus morceaux et le relança aussi dans les flammes. Il ordonna à nouveau aux garçons d'actionner le soufflet et d'attiser le feu. Le lendemain, quand il entra dans la forge et se pencha au-dessus des flammes, il vit en sortir une petite vache aux cornes d'or, portant au front sept étoiles et un petit soleil autour de la tête. Cette vache était bien belle mais elle n'était utile à personne. Elle ne désirait que paresser dans la forêt et répandre son lait dans la montagne. Le forgeron n'en fut pas non plus très satisfait. Il la prit, la brisa en menus morceaux et la rejeta dans le feu. Il ordonna encore à ses aides d'actionner le soufflet et d'attiser le feu. A l'aube du quatrième matin, le célèbre forgeron Ilmarinen se pencha encore au-dessus du foyer. Une charrue s'éleva des flammes. Le sep était d'or, le soc de cuivre et les poignées d'argent. C'était une belle charrue et qui paraissait bonne, mais elle avait de curieuses façons : elle labourait les semailles. Ilmarinen ne se réjouit pas non plus de cette charrue. Il la brisa en morceaux et la rejeta dans le feu. Alors, il ordonna au vent de souffler et à la tempête d'actionner le soufflet. Le vent de l'ouest se leva. Le vent de l'est se leva aussi. Le vent du sud souffla brusquement. Le vent du nord tempêta puissamment. Le feu s'amplifia, les étincelles éclatèrent jusqu'à la porte, la cendre s'éleva vers le ciel et la fumée s'éleva en nuages. Cela dura sans arrêt trois jours et trois nuits. Puis Ilmarinen se pencha sur le foyer et, dans les flammes, aperçut le précieux Sampo. Il saisit ses pinces, son marteau, et forgea et martela l'extraordinaire petit moulin :

Sampo sera bientôt prêt,
sa poignée va pivoter.
Il moudra de la farine
et du sel pour la cuisine.
Il donnera de l'argent
à chaque fois, en tournant ;
donnera des provisions
à vendre et pour la maison,
chaque fois qu'il tourne rond !

Louhi s'empara du précieux petit moulin et l'emporta dans une montagne rocheuse de Pohjola où elle le mit sous clé. Mais Ilmarinen réclama sa récompense :

Sampo est bien fabriqué,
magique est son moulinet.
Donne-moi ma récompense :
ta fille est ma redevance.

« Tu es bien impatient, célèbre forgeron Ilmarinen ! » répliqua la fourbe reine de Pohjola, « ta fiancée doit être parée pour la noce. C'est un grand souci. Quand elle parvient à chausser une chaussure, l'autre se déchausse. Elle cherche ses vêtements et ses bijoux. Mais ne t'inquiète pas, elle sera bientôt prête. Tu l'emmèneras lorsque tu auras labouré ce champ de serpents et de vipères. Autrefois, mon fils s'en occupait. Il possédait un soc de cuivre et une lame de fer acérée et pourtant, il n'y est pas arrivé. »
Ilmarinen s'assombrit. Il baissa la tête et soupira. Son bonnet tomba sur ses yeux. Il réfléchit au moyen d'accomplir ce que la vieille lui demandait et, quand il eut assez réfléchi, il s'en alla trouver sa fiancée dans sa chambre et lui dit :
« Te souviens-tu que l'on t'a promise à moi ? J'ai forgé le Sampo, j'ai fait son ingénieux mécanisme afin de te mériter pour épouse. A présent ta mère refuse de te donner à moi tant que je n'aurai pas labouré son champ de serpents et de vipères. »
La jeune fille lui donna aussitôt ce bon conseil :
« Ô Ilmarinen, célèbre forgeron, ne te tourmente pas et ne t'attriste pas. Forge-toi une charrue au soc d'or, à la lame d'argent. Laboure avec le champ de serpents et de vipères. »
Le forgeron Ilmarinen jeta de l'or dans la forge, mêla de l'argent aux flammes et forgea la charrue que la jeune fille lui avait conseillé de faire. Ensuite, il se confectionna des souliers de fer et des jambières. Le lendemain, il se fit une cuirasse et des gants. Puis il chaussa les chaussures de fer et enfila les jambières. De l'écurie, il ramena un poulain fougueux et il s'en alla au travail. Autour de lui rampaient les serpents : les reptiles dressaient leurs têtes et sifflaient. Mais il n'y prêta pas attention. Il laboura le champ de serpents et de vipères, il en retourna et retourna le sol et, quand il eut fini il s'en revint et dit :
« Maîtresse, j'ai labouré le champ de reptiles. A présent, donne-moi ta fille pour épouse. Aurais-je enfin la main de ma bien-aimée ? »

« Je t'accorderai volontiers la main de ma fille, Ilmarinen, lorsque tu m'auras ramené l'ours de Tuoniov et que tu auras dompté le loup de Manasov. Cent hommes ont déjà essayé de les capturer, dans la sombre forêt de Tuoniov, derrière le repaire de Manasov, dans la contrée de la mort. Mais aucun n'en est revenu, » répliqua la souveraine du nord, la reine de Pohjola.

De nouveau encore, Ilmarinen alla chercher conseil auprès de sa fiancée.

« Ta mère m'a chargé d'une autre tâche. Je dois capturer le loup de Manasov et l'ours de Tuoniov dans la forêt de Tuoniov et derrière le repaire de Manasov. Comment y aller, ma bien-aimée ? Et que faire ? »

La jeune fille renouvela son aide à Ilmarinen :

« Ô Ilmarinen, célèbre forgeron, ne sois pas triste. Sur une pierre, dans l'eau, au-dessus de trois tourbillons d'acier, tu te forgeras une bride et une chaîne de métal. Grâce à elles, tu dompteras l'ours de Tuoniov et le loup de Manasov. »

Ilmarinen se forgea une bride d'acier et une chaîne de fer. Puis il se rendit dans la forêt de Tuoniov, dans la contrée de la mort.

« Fille de la brume, Terhenetär, répands la brume à travers l'écran de ta chevelure, que d'épais nuages de brouillard s'étendent sur les montagnes et les forêts afin que les bêtes ne m'entendent pas et ne s'enfuient pas à mon approche, » chanta Ilmarinen.

Et sa prière fut exaucée. Il put ainsi passer la bride au loup et enchaîner l'ours des confins de Tuoniov. « Donne-moi ta fille, vieille femme, car j'ai ramené l'ours et dompté le loup. »

Mais la vieille rusée avait encore plus d'un tour dans son sac et dit à Ilmarinen :

« Je t'accorderai ma fille, mon cher trésor, lorsque tu auras attrapé un grand brochet écailleux qui vit dans la rivière de la région de Manala, dans la vallée du pays de la mort. Mais tu devras t'en saisir sans filet ni sans hameçon. Cent hommes ont déjà essayé et ils ne sont jamais revenus. »

La peur commença à se saisir d'Ilmarinen, car la vieille inventait sans cesse de nouvelles épreuves. Mais il se rendit cependant une troisième fois chez sa belle pour lui dire :

« Les épreuves se succèdent pour moi. Je dois à présent ramener un brochet de la sombre rivière de Manala sans utiliser ni filet ni hameçon. Cent hommes ont déjà tenté de la faire et il n'en est pas revenu un seul. »

« Ne t'attriste pas, cher Ilmarinen, car cela ne sert à rien. Forge-toi un aigle fougueux qui pêchera ce brochet à ta place, » lui conseilla la jeune fille.

Le célèbre forgeron se forgea donc un aigle fougueux qui possédait des serres de fer,

un bec d'acier et des ailes immenses. Il s'installa dessus fermement et dit :
« Aigle, mon cher oiseau, envole-toi vers où je dois aller, vers la rivière de la vallée de Manala. Et pêche-moi un brochet énorme. »
L'aigle s'éleva dans les airs. Il battit des ailes et vola vers le lointain. L'une de ses ailes frôlait la surface de l'eau, l'autre les nuages. Ses serres frôlaient les vagues et son bec les récifs. Ils volèrent ensemble jusqu'à la rivière et Ilmarinen aperçut le brochet. Il avait la langue aussi longue qu'un manche de hache, les dents comme les pointes d'un râteau, la gueule aussi large que trois cascades et l'échine aussi grande que sept navires. Il sortit de l'eau et tenta d'avaler Ilmarinen. Mais l'aigle fonça sur lui des hauteurs. Il pouvait en taille se mesurer à lui : son bec était long de cent pas, son gosier large comme sept cascades, sa langue longue comme six lances, ses serres comme cinq paniers. Les griffes de l'une de ses pattes se saisirent de sa proie dans l'eau claire. Les griffes de la seconde se cramponnèrent à un rocher. Mais le brochet faillit l'attirer dans l'eau et il dut le relâcher. Alors il s'envola haut dans le ciel et plana lentement avant de foncer à nouveau sur le brochet. Il planta ses serres dans son corps, mais il glissa sur les pierres et le brochet blessé s'enfonça dans les profondeurs.
Une troisième fois, l'aigle fonça des hauteurs vers la surface de l'eau. Ses ailes luisaient, des étincelles jaillissaient de ses yeux. Toutes ses serres s'agrippèrent à l'énorme brochet et il parvint à le ramener des fonds aquatiques. Il s'envola avec le poisson et le porta dans la couronne d'un vieux chêne, en haut d'une montagne escarpée. Là, il déposa sa proie. Il usa de son bec d'acier et lui fit éclater la tête. Puis il dévora sa proie en arrachant les morceaux de chair et en rognant les os.
« Malheur ! Pourquoi t'es-tu jeté sur cette proie ? Pourquoi l'as-tu déchiquetée ?

Pourquoi lui as-tu rompu les os et la tête ? » demanda le forgeron Ilmarinen.

L'aigle aux serres d'acier releva fièrement la tête, battit des ailes et, en colère, s'envola à la limite des nuages. Le vent en frémit. La voûte céleste en trembla. L'arc de la déesse Ukka se rompit et les cornes de la lune se brisèrent.

Ilmarinen trancha la tête du brochet et l'apporta en cadeau à la vieille Louhi à laquelle il demanda :

« J'ai labouré le champ de serpents et de vipères, j'ai capturé le loup et l'ours, j'ai pêché le brochet des profondeurs. A présent, je veux ma fiancée bien-aimée. »

« Tu t'y es mal pris avec ce brochet. Sa chair est en lambeaux. Tu as brisé ses os et sa tête, » dit la vieille rusée.

Mais cette fois, Ilmarinen ne se laissa pas impressionner.

« On ne chasse pas sans dommage, » dit-il bravement « et personne n'a jamais pêché ainsi dans cette rivière, au fond de la vallée de la mort. Ma promise est-elle enfin prête ? »

« Elle est prête et parée, » répondit tristement Louhi en voyant qu'elle ne pouvait plus manquer à sa parole. « Je dois t'accorder ma fille en mariage. Elle sera pour toi à jamais une tendre colombe. »

Que vais-je chanter à présent ? Quelle chanson va résonner ? Je vais chanter la chanson du mariage à Pojhola, la chanson du repas de noces. Car on prépara longuement ce mariage afin que toute la nation y soit conviée et qu'il y eût de la nourriture et des boissons à satiété. En Carélie, on nourrissait un boeuf d'une certaine façon. Il devint si grand qu'il pouvait balayer de sa queue Häma et boire l'eau de la rivière Kemi. Ses cornes étaient longues de cent lieues, ses babines de cent cinquante. La petite belette mettait une semaine à parcourir le joug autour de son cou. L'hirondelle mettait une semaine pour voler de l'une de ses cornes à l'autre. L'écureuil ne franchissait la longueur de son échine qu'en un mois et n'atteignait pas forcément son but. C'est un tel boeuf que l'on mena de Carélie en Pohjola. Cent garçons se tenaient à chaque corne et mille environ le menaient enchaîné. Lentement, le boeuf se rendit dans la baie de Sariola. Il brouta l'herbe près des sources. Son échine frôlait les nuages. Mais... Malheur ! Comment trouver quelqu'un capable d'abattre une telle bête, et une arme assez énorme pour le faire ? On chercha dans toute la belle Carélie, dans tout le pays de Finlande. On chercha dans la vaste Russie et dans les terres de Suède. On chercha en Laponie. On chercha dans les pâturages de la région de Turja. On chercha même à Tuonela et dans le royaume de la mort, à Manala. On chercha sur les terres et sur les mers. Et l'on finit par trouver, dans les lointaines solitudes marines, un vieux héros sombre sorti des vagues. Il avait des poings et un visage de fer. Sa pelisse était celle d'un bélier et ses souliers étaient de pierre. Il tenait en mains une corne d'or au manche orné de cuivre. Quand il aperçut sa victime, il la saisit aussitôt rudement par le cou. Puis il atteignit le boeuf aux genoux et le fit rouler à terre. C'est ce boucher fantastique qui abattit le boeuf de Pohjola ! Et que tira-t-on de cette bête ? Pas moins de cent baquets de viande, cent lieues de saucisses, sept barques de sang et six tonneaux de suif pour le banquet de ce mariage joyeux à Sariola.

Comment se déroula ce banquet ?

A Pohjola, la maîtresse des lieux ordonna que l'on préparât une pièce. Elle avait neuf lieues de long et sept de large. On ne pouvait y entendre le coq qui chantait sur le toit, ni les chiens.

La reine fit les cent pas dans cette pièce en réfléchissant :

« Quelle bière allons-nous choisir ? Comment sera sa fermentation afin que mes hôtes se réjouissent ? Car la bière est une bonne boisson pour les braves gens. Elle fait sourire les femmes et rend les hommes gais. Elle donne du coeur aux braves et de l'esprit aux sots. »

Alors, Louhi ordonna à Osmotar qui savait bien faire la bière, de prendre l'orge la meilleure, de mettre de l'eau à chauffer dans un chaudron et de cuire et faire s'envoler la vapeur.

Alors, on commença à couper du bois pour le feu. On déboisa les forêts. Les cours d'eau transportèrent les grumes au point de s'en assécher. On mélangea les orges dans les chaudrons et l'on y versa des corbeilles et des corbeilles de grains sans jamais arrêter d'alimenter le feu. Une grande fumée envahit toute la Pohjola. Les nuages entourèrent Sariola et assombrirent toute la Carélie. Les gens regardaient vers le ciel et se demandaient : D'où peut bien venir cet incendie ? Il est trop petit pour venir de la guerre et trop grand pour être un feu de bergers.

A l'aube, la mère de Lemminkäinen se rendit à la source pour y puiser de l'eau et regarda vers le nord :

« C'est sûrement un signe de guerre, » dit-elle à son fils.

Celui-ci était assis et se demandait s'il devait ou non aller voir. Il demeura longtemps dehors, observa et réfléchit à la signification de ce feu.

« C'est sans doute ma future belle-mère, Louhi, reine de Pohjola, qui fait faire de la bière afin de désaltérer les gens à mon mariage avec sa plus jeune et plus belle fille, » répondit-il.

La bière se faisait mais ne fermentait pas. La belle Kalevatar vint à la rescousse. Elle y mélangea de la levure de miel et la bière devint mousseuse jusqu'au bord du récipient au point qu'elle faillit déborder. On la versa dans des fûts de chêne pourvus de petits robinets.

Alors, Louhi ordonna que l'on préparât la nourriture, que l'on fît des soupes et que l'on cuisinât des viandes mélangées à des semoules. On fit cuire de gigantesques rôtis tandis que la bière murmurait dans les fûts.

« On pourra bientôt me boire et commencer à célébrer la fête du mariage en chantant en mon honneur ! »

La bière ne demeura pas longtemps dans les fûts. Elle se fâcha et déborda du fond pour se répandre à terre. En entendant cela, Louhi appela sa fidèle servante Ileda et lui ordonna de vite réunir les convives.

« Invite tout le monde ! Invite les faibles, les pauvres, les mendiants et les aveugles. Que les aveugles viennent en barque, les boiteux à cheval, les estropiés en traîneau. N'oublie personne. Que vienne ici toute la nation de Kalevala et de Pohjola. Invite plus particulièrement le vieux Väinämöinen, le célèbre chanteur. Evite seulement le joyeux Lemminkäinen, celui qui habite sur l'île. »

« Et pourquoi dois-je l'éviter ? » demanda la jeune fille.

« Ne l'appelle pas car il est impétueux et querelleur. Partout où il paraît, ce ne sont que disputes et bagarres. Il n'épargne personne, » répondit Louhi.

Là-dessus, Ileda parcourut les sept régions afin d'inviter tous les convives dans la sombre Pohjola, dans la ténébreuse Sariola.

La vieille Louhi avait encore bien de la besogne dans sa demeure. Au crépuscule, elle sortit devant chez elle et écouta le martèlement d'un galop de chevaux, le claquement des fouets et les cris qui retentissaient. Elle prit peur, se rua au portail et regarda.

« Je craignais que ce ne fût un orage ou le bruit d'une armée. Mais c'est mon gendre Ilmarinen et sa troupe. Mon gendre est monté sur un cheval noir comme un corbeau. Six pinsons dorés chantent pour lui sur son arc de triomphe et sept oiseaux bleus pépient sur les harnais. Je l'ai tout de suite reconnu, comme un frêne parmi d'autres arbres, comme un chêne dans sa jeunesse, comme la lune parmi les étoiles, » dit Louhi.

Le cortège nuptial entra dans la cour. Les chevaux hennissaient, les clochettes tintaient et tout le monde était fort gai. La maîtresse de maison invita les convives à entrer dans la salle. Mais le fiancé, le puissant forgeron Ilmarinen ne put y pénétrer. Il fallut agrandir la porte et en hausser le porche car il était trop grand.

Le fiancé finit cependant par entrer tant bien que mal et déclara :

« Grand Ukko, donne le bonheur à cette maison. Que la joie soit sous son toit ! »

« Que le bonheur soit sur toi et sur tous ceux qui sont entrés ici, » répliqua dame Louhi. « Et vous, jeunes gens de Pohjola, faites asseoir mon gendre à la place d'honneur. Quant à vous, mes fidèles servantes, servez-donc le repas ! »

Et le banquet commença. Il y avait des plats de saumon et des plats de viande de porc pleins à ras bords. Les chopes de bière débordaient, les tables croulaient sous les mets préparés en l'honneur des hôtes mais plus spécialement en l'honneur du nouveau gendre.

« A présent, ma gentille servante, apporte-nous la bière, qu'il y en ait pour chacun d'entre nous ! » ordonna Louhi.

La cruche circula autour de la table. Chacun des invités la prit par l'anse et la porta à ses lèvres. Et, lorsque la bière parvint au vieux barde Väinämöinen, ce dernier déclara :

« Bière, tu es une boisson enchantée ! Ne laisse point les hommes te boire avec paresse. Fais-les chanter à pleins poumons. Où sont passés les airs d'autrefois ? Que sont devenues les langues assoiffées ? La bière n'est-elle point bonne que les chanteurs ne chantent point, que les hôtes ne se réjouissent point, que les convives ne soient point joyeux ? N'y a-t-il point parmi ces jeunes quelqu'un pour chanter une chanson, quelqu'un qui pût célébrer avec moi la joie de ce jour et l'honneur de ce repas ? Je vais donc chanter seul. En barde chevronné, je ne demanderai à personne de finir ma chanson. »

Väinämöinen chanta et chanta encore avec joie. Il donna aux hôtes l'impression que la soirée s'écoulait plus vite. Aux femmes il donna le sourire, aux hommes la bonne humeur. Ils écoutèrent, s'étonnèrent, comme ensorcelés. Dans sa chanson, Väino souhaita que la bière coulât à flots, que coulât aussi l'hydromel dans les cours de

Pohjola et les salles de Sariola, afin que les chansons s'élèvent chaque jour, que la joie emplisse les repas tant que vivraient le maître et la maîtresse. Ukko se chargerait de récompenser cette générosité. Leurs fils auraient des filets pleins de poissons, leurs filles de quoi tisser. Que personne ne se plaigne ni ne regrette cette année ces prodigalités.

Quand les convives eurent assez festoyé, assez chanté et assez bu, l'hôtesse dit à son gendre :

« Qu'attends-tu Ilmarinen, mon cher gendre ? A quoi songes-tu ? Pourquoi crois-tu que tu es assis ici, dans notre demeure, parmi ces convives ? »

Mais elle savait fort bien ce qu'il attendait et elle y répondit elle-même :

« Tu n'es pas là à cause de nous, mais tu espères ta promise, la beauté, la pureté, la douceur. Et tu ne peux plus attendre :

Gentil, gentil fiancé,
cet instant t'a tourmenté,
mais ta jolie fiancée
n'est pas encore habillée.
Elle n'a pas encore tressé
ses nattes et n'est pas coiffée.

Gentil, gentil fiancé,
cet instant t'a tourmenté,
mais ta jolie fiancée
n'est pas encore préparée.
Elle n'a pas encore chaussé
ses mignons petits souliers.

Gentil, gentil fiancé,
cet instant t'a tourmenté,
mais ta jolie fiancée
n'est pas encore habillée.
Elle n'a pas enfilé
ses gants à ses mains nacrées.

Gentil, gentil fiancé,
cet instant t'a tourmenté,
mais ta jolie fiancée
n'est pas encore préparée.
Elle n'a pas encore passé
les manches de son gilet.

Elle achève de se vêtir
sur la route, et va venir !

Puis, la vieille Louhi se tourna vers sa fille et dit :

Ma fille, ma tourterelle…
Je dois me séparer d'elle.
Nous allons l'accompagner
Son fiancé va l'emmener,
son cheval va s'élancer
et son traîneau l'emporter !

La jeune fille pleura amèrement et, tandis qu'elle soupirait encore, les larmes coulèrent à flots sur ses joues. Qu'il était dur de quitter la demeure de sa naissance !

« Ne te lamente pas... Il n'y a pas de quoi pleurer ! » lui dirent les amis du fiancé, « car tu as pour époux Ilmarinen, le meilleur des héros, l'homme le plus fort et le plus habile des forgerons. Il ne paresse jamais. Son arc ne chôme pas et il prend soin de son troupeau. »
Ilmarinen ne perdit pas de temps. Il installa sa belle épousée sur le traîneau, claqua du fouet et quitta la sombre Pohjola et la ténébreuse Sariola :

Restez en bonne santé,
près des lacs et dans les prés,
dans les monts et les vallées,
dans les herbes parfumées,
sous les saules et les vergers...
Restez en bonne santé !

La jeune épouse s'était déjà enveloppée d'épaisses et chaudes fourrures. Ils s'en allèrent sur le traîneau rapide sur le rivage de Pohjola, jusqu'à la baie de Sima, au sud, dans Kalevala, la patrie d'Ilmarinen. Le sol crissait, les bouleaux craquaient, le véhicule grinçait, les chevaux hennissaient. Ils voyagèrent un jour, puis deux et même trois. Ilmarinen tenait les rênes d'une main. De l'autre, il tenait tendrement sa jeune épouse. Le trajet s'écoula et, au soir du troisième jour, ils finirent par apercevoir la belle demeure d'Ilmarinen. Une fumée s'échappait de la cheminée. Tout le monde les attendait et les accueillit avec joie.
Seul, le vieux Väinämöinen inclina sa tête grise et soupira :

Pauvre de moi qui n'ai jamais pensé
à chercher à temps une douce épouse !
L'heure n'est plus maintenant d'y songer.
Sans descendance, mon âme est jalouse...

LE ROI ARTHUR

Tout jeune garçon, Arthur
gagna l'épée Excalibor.
Jeune homme,
il combattit onze souverains.
Puis le roi Arthur
gagna la Table Ronde
et la reine Guenièvre

La légende du roi Arthur se déroule au VIe siècle alors que les Celtes vivaient sur l'île de Bretagne (actuelle Grande-Bretagne) et que les Anglais et les Saxons s'efforçaient seulement d'y aborder. D'après de vieilles chroniques, nous savons qu'Arthur, alors chef des Bretons, battit les Celtes au Mont Badon apportant ainsi la paix aux Bretons pour de longues années.

Aujourd'hui, nous ne savons pas avec précision où se situait la fameuse ville de Camelot. Etait-ce Caerleon dans le Monmouthshire ou Camelford en Cornouailles ? Nous ne savons pas non plus très bien si l'Arthur de la légende est bien le roi Arthur, petit roi d'une tribu celte. Mais une chose est cependant certaine : la beauté de cette légende pleine de faits héroïques accomplis par de nobles chevaliers. Cela commence par la rencontre du vaillant roi Uther et de la belle princesse Igerne de Tintagel en Cornouailles : rencontre qui donna naissance à Arthur.

Lorsque la reine Igerne offrit un fils au roi Uther Pendragon, elle apporta au château de Tintagel une bien grande joie. Mais pas pour longtemps.

« Ma chère épouse, je sais que je vais t'assombrir, » dit le roi Uther, « mais j'ai dû, bien avant sa naissance, promettre mon fils à mon fidèle conseiller, le sage enchanteur Merlin. Je sais combien cela t'est cruel, mais je ne peux faire autrement. Pourtant, ne crains rien. Il sera en de bonnes mains. Merlin veille sur le destin des Bretons. Il connaît l'avenir et prendra soin du bonheur de notre fils comme de celui de tout notre pays. »

La reine en eut le coeur brisé, mais elle remit l'enfant à Uther. A cet instant même, Merlin apparut au château de Camelot comme par enchantement et prit l'enfant. Il l'emmena vers l'ouest, au pays de Galles où s'étendait le territoire d'un ami de Merlin, Sire Ector. C'est à lui que l'enchanteur confia l'enfant. Arthur grandit en compagnie de son fils Kay et ne se douta jamais qu'il était fils de roi. Ses propres parents ne surent pas non plus ce qu'il était devenu. Et, quand la dernière heure du roi fut venue, il légua le pays à son fils Arthur.

La nouvelle de la mort du roi se répandit ainsi que celle de sa dernière volonté. Certains s'en étonnèrent. D'autres doutèrent que le roi eût un fils. D'autres encore en furent mécontents.

Des princes puissants et des chevaliers réunirent des hommes armés sur leurs terres et partirent à la conquête de cette couronne. Le pays était en danger. Même les Saxons, récents ennemis des Bretons arrivés par la mer, se réjouirent de cette éventuelle proie.

Cependant, une autre nouvelle se répandit. Une épée nue était plantée dans un rocher près du palais royal de Londres et dessus, il était écrit : « Celui qui réussira à ôter cette épée du nom d'Excalibor de ce rocher sera le souverain légitime de Bretagne. »

Personne n'avait été au courant de ce fait auparavant. Les princes puissants, les chevaliers accomplis et autres volontaires tentèrent alors d'arracher l'épée de la pierre mais ne parvinrent pas à la faire bouger d'un cheveu. Ils firent alors annoncer un grand tournoi auquel se rendirent parmi d'autres Sire Ector et ses fils.

Kay venait d'être nommé chevalier et désirait mesurer sa force au combat et le jeune Arthur se réjouissait de voir pour la première fois un tournoi. Mais, quand ils furent arrivés, le jeune chevalier inexpérimenté qu'était encore Kay s'aperçut qu'il avait oublié son épée.

« Ne crains rien, mon frère, » déclara alors Arthur qui lui servait d'écuyer, « je ne te laisserai pas sans épée. Attends un instant. Je vais t'en chercher une. »

Arthur rentra à la maison mais celle-ci était fermée car tous les domestiques s'en étaient allés voir ce qui se passait au palais royal. Arthur poussa donc son cheval vers la ville où se trouvait plantée l'épée dont il avait déjà tellement entendu parler. L'épée magique scintillait au loin et elle était si belle qu'il n'hésita pas longtemps. Voyant qu'il n'y avait personne, il saisit l'épée à deux mains et la tira de toutes ses forces. Cela n'était pas nécessaire : l'arme se libéra aisément de sa gangue de pierre et Arthur se hâta de l'amener à son frère.

« Ciel ! » s'écria Kay en le voyant arriver. « Mais c'est l'épée qui se trouvait plantée dans le rocher et dont on disait que celui qui la retirerait serait le souverain légitime de Bretagne ! Père... Regardez ! »

Sire Ector était troublé. Il se retourna vers Arthur et déclara :

« Mon fils, dis-moi la vérité. Comment cette épée est-elle parvenue en ta possession ? »

« Je vais vous le dire, père. Kay m'a envoyé chercher l'épée qu'il avait oubliée à la maison. Je ne voulais pas le faire attendre longtemps et, comme tout était fermé et que nos domestiques étaient partis, j'ai couru vers le rocher où se trouvait plantée l'épée. Comme il n'y avait personne, je l'ai tirée et elle est venue à moi sans difficulté, » expliqua Arthur.

« Bien, mon fils. Cela s'est sans doute passé comme tu le dis. Mais il s'agit-là d'une chose grave et je ne serai pas en repos tant que je ne l'aurai vue de mes propres yeux, » répliqua Ector.

Sans attendre, ils retournèrent ensemble au rocher. Arthur remit l'épée à sa place et la roche l'accueillit à nouveau dans son solide fourreau. Ector et Kay tentèrent vainement de l'en retirer mais elle ne bougea pas d'un cheveu. Puis, Arthur s'approcha, saisit la poignée et l'épée vint à lui sans effort.

Sire Ector et Kay tombèrent alors à genoux devant Arthur et lui rendirent hommage comme il se doit à un roi.

« Relevez-vous, mon père et toi aussi, mon frère ! Ne vous inclinez pas ainsi devant moi ! » cria Arthur.

« Non, mon Seigneur, » répliqua Sire Ector, « tu n'es point mon fils bien que je t'aie élevé et aimé comme tel. »

Et il raconta au jeune homme comment Merlin l'avait confié à lui et quel avait été le curieux destin de ses parents royaux.

En entendant cela, Arthur eut les larmes aux yeux et dit :

« Aujourd'hui, je viens de perdre un père et un frère. »

« Ne crains rien, Seigneur, nous resterons fidèlement à tes côtés. Mais je te demande d'être miséricordieux à notre égard lorsque tu deviendras roi, » répliqua Sire Ector.

Quand la nouvelle de l'exploit d'Arthur se répandit, certains accoururent à lui et l'acclamèrent. D'autres chuchotèrent que seul quelque sortilège avait pu l'aider à réussir là où tant de fameux et avertis chevaliers et princes avaient échoué. Il s'en trouva même pour dire qu'ils ne l'accepteraient pas si aisément pour souverain et attendraient l'occasion de se débarrasser de lui.

Arthur fut cependant triomphalement armé chevalier et partit avec ses fidèles pour le pays de Galles. Là, dans la vieille ville de Caerleon sur Usk, il fut couronné roi. Nobles et chevaliers vinrent lui promettre obéissance. Même ceux qui ne voulaient pas de lui comme souverain se rendirent à la cérémonie. Tous s'installèrent dans la cour royale, mangèrent, burent et se réjouirent ensemble.

Quand Arthur, selon l'antique coutume, commença à faire des présents aux chevaliers et seigneurs qui l'entouraient, ceux qui ne l'aimaient pas les refusèrent. Ils s'écrièrent : « Nous ne voulons pas des présents d'un imposteur de naissance inconnue. Mais il recevra de nous un cadeau : un coup d'épée en travers de la poitrine ! »

La cour s'emplit aussitôt de cris, de cliquetis d'armes et le banquet dégénéra en bataille.

Arthur parvint en fin de compte à repousser les rebelles hors de la forteresse et même de la ville. Mais cette victoire marqua le début d'une longue guerre qu'Arthur dut entreprendre pour sa gloire. Parmi ceux qu'il avait rejetés se trouvaient six rois fameux et puissants. Le roi Lot, le roi Nantes, le roi Urien, le roi Carados, le roi Ider et le roi Anquisant d'Irlande. Tous se jurèrent de laver cet affront dans le sang. Ils assiégèrent la ville de Caerleon et Arthur se prépara à la bataille. Sur le conseil de Merlin, il attaqua brusquement ses adversaires au lever du soleil. Cet assaut inattendu surprit les soldats, les chassa de leurs tentes et beaucoup prirent le parti d'acclamer Arthur et de se rendre. Les chevaliers d'Arthur furent sans pitié et le jeune roi se battit comme un lion. Son extraordinaire habileté et son courage forcèrent l'admiration de ses compagnons. Mais le cheval d'Arthur périt sous lui et le roi Lot se précipita pour le renverser. Arthur bondit à temps sur ses jambes, grimpa sur un nouveau cheval et brandit son arme enchantée, Excalibor. Alors, celle-ci se mit à scintiller au point d'aveugler ses ennemis. Les soldats d'Arthur reprirent courage et décimèrent maints de leurs adversaires. Merlin se tenait à leurs côtés. Il fit s'allumer magiquement un incendie qui enveloppa le champ de bataille d'un halo de fumée noire. L'ennemi, suffoqué, s'enfuit...

C'est ainsi que le jeune roi Arthur gagna sa première bataille. Mais les six rois défaits ne s'avouèrent pas vaincus. Ils trouvèrent cinq nouveaux alliés et se jurèrent de poursuivre la lutte tant qu'ils n'auraient pas anéanti Arthur. Soixante mille soldats attaquèrent donc la Bretagne.

Lorsqu'Arthur l'apprit, il envoya sur les conseils de Merlin des ambassadeurs de l'autre

côté de la mer chez le roi Ban de Benwick et le roi Bors de Gaule afin de leur demander de l'aide. Ces souverains n'hésitèrent pas et firent aborder leurs flottes puissantes en Bretagne. Mais l'ennemi était fort et nombreux. Sans l'aide de Merlin, Arthur n'aurait pas réussi à les vaincre. Il participa cependant à maintes batailles, remporta maintes victoires et, malgré sa jeunesse, fit la preuve de son savoir militaire et de sa sagesse.
Au coeur d'une bataille, dans le cliquetis des armes, les cris des gens et des chevaux, les ruisseaux de sang et l'immense confusion, Merlin apparut sur un cheval noir et dit :
« Misère, Seigneur ! Qu'as-tu fait? Tu as déjà perdu tant de combattants et décimé tant d'ennemis... Ne penses-tu pas qu'il est temps de mettre un terme à cette lutte ? Retourne dans ta ville et repose-toi. Tu as livré aujourd'hui une grande bataille et vaincu les plus grands des chevaliers qu'il existe au monde. Tu n'as plus à les craindre à présent car tu les as si sévèrement traités qu'à part l'honneur, il ne leur reste rien. Qu'est-ce que cela te donnerait de le leur prendre aussi ? »
« Tu parles avec sagesse, Merlin. Je suivrai avec joie ton conseil, » répliqua le roi Arthur en envoyant ses hérauts annoncer la fin de la guerre.
La paix s'installa enfin en Bretagne. Les ennemis se retirèrent. Les vaillants compagnons d'Arthur pleurèrent leurs frères d'armes morts et le deuil s'étendit à la cour tandis que la gloire du roi Arthur se répandait aux quatre coins du monde.
Le calme et la joie ne durèrent pas longtemps à la cour d'Arthur. Le cruel roi Rions du sud du pays de Galles dressa son armée contre l'allié d'Arthur, le roi Léodegrance de Camelgard. Le roi Rions était un combattant avisé et sans pitié. Il avait déjà vaincu de nombreux rois dont il avait fait couper la barbe afin de la suspendre à son manteau. Il était fier de ces trophées et se fâchait de ne pas y compter la barbe du roi Léodegrance et celle d'Arthur. C'est pourquoi il se lança avec son armée à la conquête des terres de Léodegrance, sur lesquelles il tua, incendia et pilla sans répit.
Quand le roi Arthur apprit cela, il se rendit à Camelgard accompagné des rois Ban et Bors. Là, ils réunirent leurs forces et, sous l'emblème du père d'Arthur, un dragon à la langue de feu, ils se lancèrent à l'assaut de l'ennemi.
Les deux mille fidèles d'Arthur se battirent aux côtés du roi Léodegrance en un combat terrible. On entendit tout le long du jour le bruit des armes, les hennissements des chevaux, les cris des soldats et le bruit des coups. La victoire penchait tantôt d'un côté, tantôt de l'autre. A la tombée du jour, les partisans de Rions eurent l'impression qu'ils allaient avoir le dessus. Mais la horde des partisans d'Arthur déferla sur eux et la terre, autour du château, fut parsemée de morts et de blessés. A Camelgard, le roi Léodegrance fit alors préparer un immense banquet. Il remercia les rois Arthur, Ban et Bors de leur aide chevaleresque et honora ses hôtes comme il le devait.

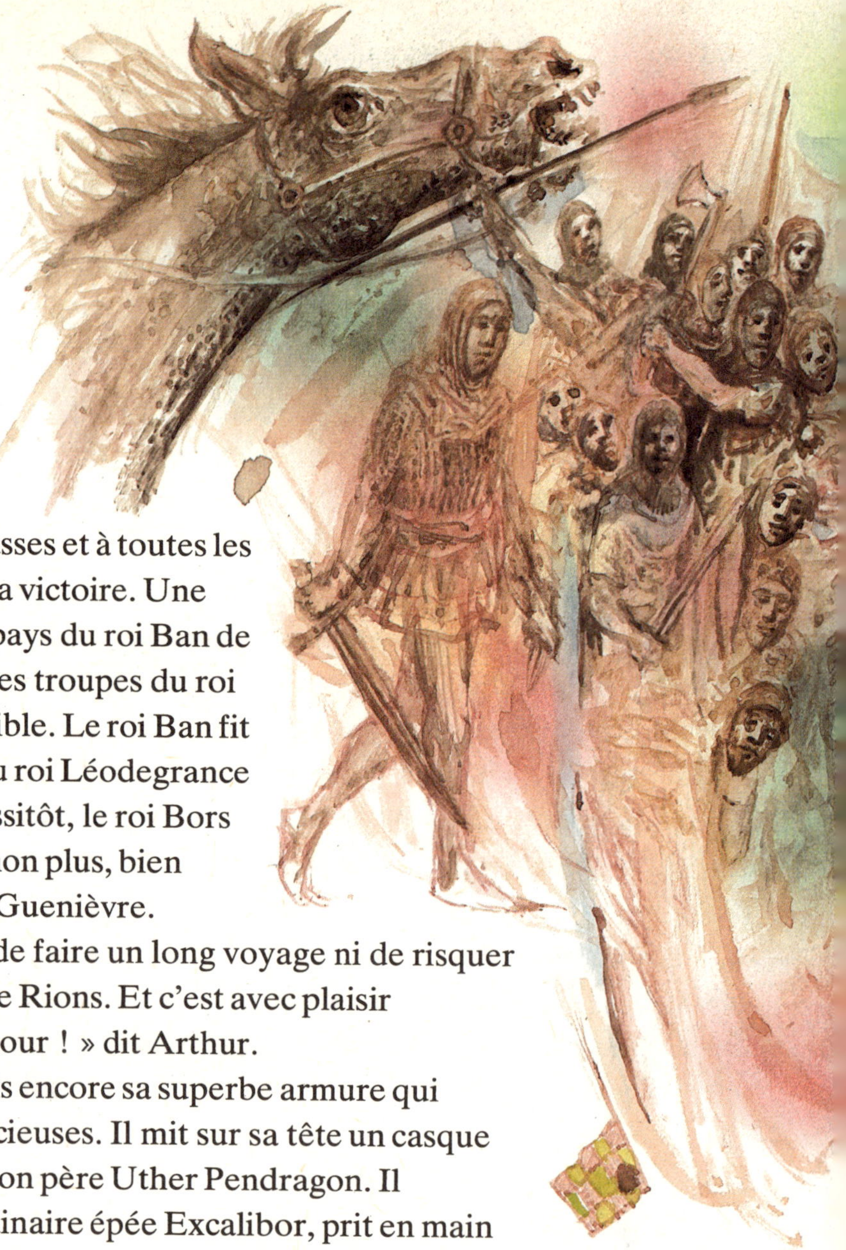

C'est au château de Camelgard qu'Arthur aperçut pour la première fois la reine Guenièvre, fille du roi Léodegrance. Il lui suffit d'un seul regard pour avoir le coeur plein d'amour et souhaiter avoir Guenièvre pour épouse. Mais le temps n'était pas encore à l'amour. Bien que la paix fût rétablie dans le royaume de Léodegrance, Arthur et sa cour ne purent longtemps prendre plaisir aux banquets, aux tournois, aux chasses et à toutes les distractions offertes pour célébrer la victoire. Une triste nouvelle parvint en effet : le pays du roi Ban de Benwick venait d'être attaqué par les troupes du roi Claudias. Le départ fut triste et terrible. Le roi Ban fit appeler ses chevaliers, prit congé du roi Léodegrance et se prépara à rentrer chez lui. Aussitôt, le roi Bors se joignit à lui. Arthur n'hésita pas non plus, bien qu'il lui fût pénible de se séparer de Guenièvre.
« Mes amis, vous n'avez pas craint de faire un long voyage ni de risquer votre vie afin de m'aider à combattre Rions. Et c'est avec plaisir à présent que je vous aiderai à mon tour ! » dit Arthur.
C'est ainsi qu'Arthur revêtit une fois encore sa superbe armure qui resplendissait d'or et de pierres précieuses. Il mit sur sa tête un casque orné d'un dragon d'or, symbole de son père Uther Pendragon. Il suspendit à sa ceinture son extraordinaire épée Excalibor, prit en main sa lance Ron et, en tête de ses chevaliers, se lança à l'assaut des ennemis de ses amis. Grâce aux vents favorables, ils traversèrent vite la mer et, sous les remparts de Trèbes, livrèrent une nouvelle glorieuse bataille. De nombreux chevaliers périrent et de non moins nombreux ennemis tombèrent de toutes parts. Mais cette victoire ne fut pas la dernière d'Arthur.
Pendant ce temps, les Saxons abordaient en Bretagne. Ils convoitaient depuis longtemps cette île belle, riche et verte, Arthur ne demeura donc pas longtemps en Benwick car il savait que de nouveaux combats cruels l'attendaient chez lui. Il réunit ses chevaliers et ils

attaquèrent York où le chef des Saxons, Colgrin, avait établi son camp. Arthur livra une pénible et sanglante bataille, mais l'ennemi se réfugia en ville et soutint le siège. Quand il lui sembla qu'il allait devoir se rendre, Colgrin appela à son secours son frère Baldulf, venant de Saxe, avec six mille hommes. Arthur lança contre lui six cents cavaliers et trois mille fantassins. Ils surprirent Baldulf de nuit et écrasèrent ses troupes. Peu de Saxons réussirent à sauver leur vie. Baldulf parvint à s'enfuir. Plein de colère et de dépit, il forgea un plan pour venir tout de même en aide à son frère. Voici ce qu'il imagina : il se rasa la tête et le menton et se déguisa en baladin. Luth en main, il parcourut le pays et finit par atteindre le château d'York. Il se fit reconnaître et les Saxons le firent pénétrer dans la ville grâce à une corde. Lorsque Arthur apprit cela, il fit renforcer le siège. Mais, alors que les événements penchaient encore à l'avantage d'Arthur, parvint une mauvaise nouvelle :

« Six navires viennent d'accoster à l'est et, sous la direction d'un certain Cheldric, des troupes en sont sorties et avancent vers nous, » annoncèrent les éclaireurs. Arthur n'eut donc d'autre choix que de lever le siège d'York. Il rassembla ses armées et se retira afin de tenir conseil avec ses alliés sur le point de savoir comment chasser les Saxons de Bretagne.

De mauvaises nouvelles l'attendaient aussi à Londres. Les Saxons qui étaient arrivés par bateau assiégeaient Lincoln. Le roi Arthur s'y rendit aussitôt en compagnie de Holl, roi des Bretons d'Armorique, l'actuelle Bretagne française. Une dure bataille les y attendait à nouveau. Arthur se lança à l'assaut en compagnie de Kay, du fidèle chevalier Ulfius, du chevalier Brastias et des autres. Ils tuèrent six mille soldats saxons tandis que les autres prenaient la fuite.

« Poursuivons-les jusque dans la forêt d'Alidon afin qu'ils renoncent désormais à s'aventurer en Bretagne ! » ordonna Arthur. Pendant ce temps, les Saxons se cachaient dans la forêt et lançaient des flèches entre les arbres.

« Abattez ces arbres, » ordonna encore Arthur aux Bretons. « N'en oubliez aucun qu'ils puissent utiliser comme cachette. Mettez les branches et les troncs en tas. Puisqu'ils ont choisi la forêt comme champ de bataille, qu'ils y demeurent à jamais ! »

Les Saxons résistèrent trois jours à cette terrible chasse. Mais la faim finit par les tourmenter et ils se rendirent.

« Je vous fais grâce et vous permets de rentrer chez vous, » dit le roi Arthur, « mais vous devrez agir selon ma volonté. Vous rendrez tout ce que vous avez acquis comme butin sur mes terres et repartirez chez vous, bateaux vides. Laissez ici des otages. Reformez votre troupe et, lorsque vous serez rentrés chez vous, vous me paierez un tribut. Alors seulement, je vous renverrai les otages. »

Les Saxons ne purent faire autrement que de s'exécuter. La punition les outragea néanmoins et, dès qu'ils furent remis en liberté, ils ne songèrent plus qu'à élaborer des plans de vengeance. Ils reprirent cependant la mer et naviguèrent vers leur pays. Mais, en chemin, ils changèrent de cap et, profitant des vents favorables, cinglèrent vers Totnes. Suivant alors la rivière Severn, ils décimèrent la campagne alentour. Ils incendièrent et pillèrent tout ce qui était sur leur route. Et, comme si cela ne leur suffisait pas, ils se retournèrent en direction de Bath.

Quand Arthur apprit cette trahison, il flamba d'une terrible colère. Ses yeux lancèrent des éclairs et il se jura de ne pas descendre de cheval tant qu'il n'aurait pas anéanti ces traîtres, et de ne cesser de se battre que lorsqu'il aurait chassé de Bretagne le dernier Saxon, car il semblait bien que ce peuple ne respectât point les règles de la chevalerie.

« Puisque ces mécréants sans foi ni loi n'ont pas respecté la parole qu'ils m'avaient donnée, je jure devant Dieu de protéger cette terre et de venger le sang qui y a été versé, » déclara Arthur en un terrible serment.

Ensuite, vêtu de rouge des pieds à la tête dans le soleil levant, il brandit son épée Excalibor, la baisa et repartit en guerre contre les Saxons. Comme une horde de lions affamés se jetant sur sa proie, les Bretons se lancèrent à la poursuite de leurs ennemis. Les Saxons se dispersèrent comme un troupeau effarouché et les Bretons les massacrèrent tant que leur force leur permit de rester debout. Ce jour là, Colgrin et son frère Baldulf périrent aussi. Seuls, Cheldric et une poignée de ses gens réussirent à s'enfuir. Mais cette fois, Arthur ne se montra pas magnanime et ne fit grâce d'aucune vie. Il ordonna que l'on poursuivît et n'épargnât personne.

Ce faisant, il rétablit la paix en Bretagne. L'ennemi n'osa jamais plus s'aventurer sur ses terres. Le roi conserva près de lui une grande troupe de bons et braves chevaliers qui

avaient participé à maintes batailles. Et les jours passèrent alors dans la paix et la joie. Un jour, alors que Merlin paraissait à la cour, Arthur déclara :
« Mes chevaliers et mes courtisans me disent sans arrêt que je devrais me marier. Auparavant, j'aimerais avoir ton conseil car tu m'as aidé bien souvent et peux le faire encore sur ce point.
« Oui, tu devrais te marier, » répliqua Merlin. « Tout homme de bien ne doit pas vivre seul. Mais qui donc aimerais-tu prendre pour épouse ? »
« J'aime Guenièvre, la fille du roi Léodegrance de Camelgard. Je pense que c'est la plus noble et la plus belle dame de la terre, » répondit Arthur.
« Seigneur, » dit Merlin, « Guenièvre est sans doute la plus belle dame de Bretagne, mais si tu l'aimes autant que tu le dis, je souhaiterais que tu choisisses une autre épouse. Il existe beaucoup d'autres belles et bonnes dames. Mais je sais qu'il est vain de tenter de convaincre un homme dont le coeur est épris, » soupira Merlin qui savait que cette union causerait bien des malheurs.
A l'annonce de la noce du roi Arthur, de grandes réjouissances eurent lieu dans le pays. Les émissaires du roi Arthur à la cour de Léodegrance furent accueillis en grande pompe.
« C'est la meilleure nouvelle que j'aie jamais entendue, » répliqua le roi Léodegrance quand on lui formula la requête, « et c'est pour moi un grand honneur que d'accorder ma fille au puissant roi Arthur ! Je lui aurais volontiers offert en sus la moitié de mon royaume, mais le sien est assez grand et puissant pour ne pas en avoir besoin. Je lui donne donc la main de ma fille Guenièvre et lui fais présent de la Table Ronde. Je l'ai reçue de son propre père Uther Pendragon. Il y a place autour d'elle pour les cent cinquante meilleurs chevaliers. Seul un roi peut y siéger à la place d'honneur. On peut trouver à la cour d'Arthur assez de chevaliers dignes de s'asseoir autour de cette table et, tant qu'ils le feront, ils affermiront le royaume d'Arthur. Mais, si le cercle se brise, si le crime ou la trahison divise ces preux chevaliers, cet empire tombera, » déclara Léodegrance.
Ensuite, Guenièvre prit congé de son père. Un joyeux cortège de cent chevaliers de Camelgard, les émissaires d'Arthur et des dames de la cour se mirent en chemin pour Camelot. Le printemps était beau et le cortège traversa de vertes forêts, d'odorantes prairies fleuries. L'humeur était bonne, pleine de musique et de chants. Le soir, on s'arrêtait près des sources et l'on dressait des tentes. Des baladins venaient avec leurs luths distraire ces dames et chevaliers par de vieilles chansons. Les chevaliers contaient leurs exploits et parlaient des terres lointaines en royaumes étrangers. Parmi eux se trouvait le chevalier Lancelot, compagnon d'Arthur. Ses récits étaient les plus hauts en couleur, ses chansons les plus tendres et son attitude avec les dames la plus courtoise. Il séduisit toutes ces dames, y compris Guenièvre qui ne le quittait pas des yeux.

Pendant ce temps, on attendait à Camelot le cortège avec impatience. Toute la ville était debout. Le roi Arthur se rendit avec une grande escorte à la rencontre de sa fiancée. Lorsqu'ils se furent souhaité la bienvenue, Arthur conduisit Guenièvre vers son château par les rues de la ville. Jeunes et vieux se réjouissaient, les cloches sonnaient et l'on se préparait à la noce.

Le grand jour arriva. De nombreux hôtes arrivèrent à Camelot : de nobles seigneurs et de belles dames, des rois et des reines de près ou de loin. Deux cortèges se formèrent dans la ville. L'un d'eux était mené par le roi Arthur en grand apparat. Devant lui, quatre rois portaient quatre épées d'or et derrière lui venait un orchestre de musiciens et de chanteurs qui fit entendre une douce musique.

Le second cortège comprenait Guenièvre. Devant elle, selon une antique coutume, quatre reines portaient quatre colombes. Derrière elle chantaient ses dames dont les visages rayonnaient de joie.

Autour d'eux, la bousculade était semblable à celle d'une bataille. Tous voulaient voir et entendre cette merveille.

Après la cérémonie du mariage et du couronnement, Arthur déclara :

« A présent, mes chers chevaliers, voici venu un solennel instant. Ici se trouve la Table Ronde de mon père Uther Pendragon. Je l'ai reçue en cadeau du roi Léodegrance. Asseyons-nous tous ensemble autour d'elle afin que mon royaume soit gouverné par la force, la vaillance et l'amitié; afin que nous ne connaissions ni la discorde, ni la jalousie ni la désunion ! »

C'est ainsi que cent chevaliers prirent place autour de la Table Ronde. Ils étaient venus du royaume de Léodegrance à celui d'Arthur. Vingt-huit autres furent choisis par Merlin parmi ceux qui avaient servi fidèlement Arthur, combattu avec lui et vécu près de lui le meilleur et le pire. Les plus dignes s'installèrent donc : le chevalier Lancelot, Sagremore et Galessin, le chevalier Galahad, Gauvain, Gareth aux grands bras et Kay.

Soudain, un pauvre homme vint se jeter aux pieds d'Arthur et dit :

« Seigneur, on dit que par un jour aussi fameux, le roi ne peut refuser aucune prière. »

« C'est vrai et je respecterai cette coutume. Que demandes-tu ? »

« Puisqu'il en est ainsi, Seigneur, fais mon fils chevalier. »

« Tu réclames là une chose importante. Dis-moi d'abord qui tu es et si c'est ton désir ou celui de ton fils. »

« Je suis Aries, seigneur. Et je réclame cela pour mon fils. Lui mis à part, j'ai encore treize fils et tous sont satisfaits du travail que je leur ai donné. Mais celui-ci n'est content de rien de ce que je fais pour lui. Il s'entraîne toute la journée au tir, au combat et au tournoi. Il me harcèle jour et nuit pour devenir chevalier. »

« Qu'il vienne, » dit Arthur et un jeune homme élancé, au beau visage et aux yeux brillants de noblesse et de force apparut.
« Je me nomme Tor, seigneur, » dit-il en s'inclinant devant le roi.
« Fais venir tes autres fils, » ordonna le roi à Aries. Treize solides gaillards arrivèrent devant Arthur mais aucun ne pouvait se comparer à Tor. Ce dernier plut tellement au roi que la requête d'Aries fut acceptée sans hésitation :
« Tu seras jusqu'à la fin de ta vie un bon, noble et fidèle chevalier. Que Dieu te vienne en aide. Et, si tu le mérites, tu auras un jour le droit de t'asseoir aussi autour de la Table Ronde. »
Arthur se retourna alors vers Merlin et lui demanda :
« Dis-nous à présent si tu penses que Tor est digne de cet honneur. »
« Il en sera digne, » répondit Merlin, « car il est en vérité le fils du roi Pellinore qui fit la preuve de sa vaillance, démontrant qu'il était le meilleur chevalier du monde. »
Comme le roi Pellinore était justement invité à la noce, les retrouvailles furent joyeuses.
Le mariage fut véritablement royal. Les yeux de tous en furent comblés et le banquet fastueux. Alors que tout le monde festoyait, Arthur se leva et s'adressa en ces termes à ses chevaliers :
« Soyez toujours fidèles et généreux. Gardez-vous de la violence et de la discorde, ne vous laissez pas aller à l'injustice, aux outrages et encore moins à la trahison. Ne soyez pas cruels et sachez être miséricordieux envers celui qui le demande. Protégez les dames et soyez prêts à les secourir quand elles seront menacées. Enfin ne prenez jamais parti pour de l'argent ou vous n'aurez plus le droit de paraître à ma cour ! »
L'un après l'autre, les chevaliers prêtèrent serment et s'engagèrent à tenir cette promesse. Et il en fut ainsi pendant de longues années à la cour du roi Arthur et dans tout le royaume de Bretagne.

HÉROS POPULAIRES
DE TOUS LES TEMPS

SIEGFRIED

ou les récits
des trois vertus :
L'amour, la fidélité
et l'honneur

A l'aube du Moyen Age, au Ve siècle, l'Europe était le lieu de passage des nations. C'est à cette époque que se déroule l'épopée du roi Siegfried, le long du Rhin, en Allemagne actuelle. Mais cette histoire nous conduit aussi en Islande, en Norvège, en Saxe et plus loin vers l'Est, dans l'empire du chef des Huns, Attila (Etzel).

Plus que les autres légendes de chevalerie de cette époque, cette aventure met en valeur les rapports entre suzerains et vassaux, comment l'amour devient source de tourments, comment l'honneur bafoué engendre la vengeance, comment la fidélité peut mener à la ruine, mais aussi comment l'amour, l'honneur et la fidélité peuvent construire la paix.

Un jour, à la cour du roi Gunther, à Worms sur le Rhin, apparut un groupe de chevaliers merveilleusement équipés. Les Burgondes n'avaient encore jamais rien vu d'aussi beau. Les chevaliers étaient vêtus d'habits de soie, ornés de pierres précieuses. Ils possédaient des armures rutilantes, des lances acérées, de longues épées, des casques solides et de beaux et larges boucliers. Leurs chevaux eux-mêmes étaient harnachés et leurs brides scintillaient d'or rouge.

Les chevaliers et les serviteurs de Gunther s'occupèrent des chevaux, emportèrent les boucliers et allèrent annoncer au roi que venaient d'arriver des chevaliers inconnus de tous. Le souverain lui-même ne les connaissait pas. Mais son oncle Hagen de Tronj, qui regardait par une meurtrière déclara :

« D'après leurs vêtements, il me semble que ce sont des princes ou des messagers de princes. Et, bien que je n'aie jamais vu Siegfried, je crois bien qu'il s'agisse de lui. Il a écrasé les audacieux Niebelungen, au nord, et s'est emparé de leur trésor. Celui-ci était si énorme que cent charrettes ne parvenaient pas à l'emporter. Outre cela, il a vaincu le puissant nain Alberich et s'est emparé de son pouvoir d'invisibilité. Enfin, comme si cela ne suffisait pas, il a tué le dragon Fafnir et, quand il s'est baigné dans son sang, sa peau est devenue résistante comme de la corne, si bien qu'aucune arme ne peut le blesser. C'est sûrement lui, le chevalier Siegfried, fils de Siegmund et de la reine Sieglind qui vivent en Niederland, dans le Bas-Rhin, dans le célèbre et puissant château de Xanten, sur le Rhin. Je vous conseille d'accueillir au mieux ces jeunes seigneurs et de ne pas les contrarier. »

« Tu as raison, » répliqua le roi Gunther, « regarde comme ils se tiennent fièrement. Allons les accueillir. »

« Qu'est-ce qui te conduit à Worms, noble chevalier Siegfried ? » questionna le roi.

« Je ne te le cacherai point, » répondit Siegfried. « Dans ma patrie, on dit que ton pays recèle les plus vaillants chevaliers qui aient jamais servi un roi. C'est pourquoi je suis venu. J'ai également entendu dire qu'il n'existait pas de souverain plus brave que toi. J'aimerais me rendre compte s'il s'agit de mensonges ou de la vérité. Car je suis moi-même chevalier et porterai bientôt la couronne de mon père. Si tu es aussi courageux qu'on le dit, j'aimerais conquérir ton pays et tes châteaux ! »

Le roi et ses gens furent très étonnés et fâchés de ces propos. Il s'en fallut de peu que cet accueil ne dégénérât en dispute et en bataille. Mais le jeune frère du roi, Gernot, intervint et dit :

« Il serait préférable que toi et ton escorte soyez nos invités, chevalier Siegfried. Ma famille et moi t'offririons volontiers l'hospitalié. »

Le vin de Gunther fut aussitôt versé et Siegfried, qui soupirait pour la belle Kriemhilde, soeur du roi Gunther, cause de sa venue en lointaine Burgondie, fit se calmer son coeur et demeura à la cour de Gunther.

Une année passa. Siegfried accompagna le roi Gunther et ses chevaliers dans tout le pays. Ils s'entraînaient à la lutte et aux jeux. Mais qu'ils lançassent le javelot ou des pierres, Siegfried était toujours le meilleur. Tous l'admiraient et le respectaient. Ils lui marquaient plus d'égards qu'il n'est possible de le dire. Kriemhilde observait souvent en cachette ces jeux de sa fenêtre. Mais Siegfried, qui l'aimait pourtant du fond du coeur, ne lui adressait pas un regard.

Un jour, des envoyés du roi saxon Ludegar et du roi danois Ludegast arrivèrent au pays de Gunther. Ces deux souverains étaient ennemis de Gunther et lui faisaient savoir qu'ils partiraient en guerre contre lui avec une puissante armée d'ici douze semaines s'il ne transigeait pas avec eux. Gunther tint conseil avec Gernot. Puis il fit appeler Siegfried et se plaignit à lui de ses ennuis.

« Tu ne dois craindre ni les Saxons ni les Danois ! » s'écria Siegfried. « Permets-moi de combattre pour toi, pour l'honneur et pour le butin. Même si tes ennemis étaient au nombre de trente mille, j'engagerais la bataille avec à mes côtés trois mille hommes seulement ! Je n'ai auprès de moi que douze héros, mais avec mes hommes et les tiens nous protègerons ton pays. »

Tandis que Gunther faisait appeler ses amis et vassaux, les émissaires ennemis attendaient dans la cour. Gunther les combla de présents et leur promit un libre retour : « Dites à mes ennemis qu'ils feraient mieux de demeurer chez eux. Mais s'ils tiennent à venir m'attaquer ici, dans mon pays, qu'ils l'osent ! »

Quand les messagers rentrèrent au Danemark et que Ludegast entendit la réponse de Gunther, il regretta son audace. Et quand il sut que le chevalier Siegfried, héros de Niederland, se trouvait à sa cour, il la regretta encore plus amèrement. Il fit alors recruter de nouveaux soldats afin de porter son armée à vingt mille hommes. Le roi de Saxe, Ludegar en fit autant et c'est une armée de quarante mille hommes qui se dirigea vers la Burgondie.

Entre-temps, l'armée burgonde avait quitté Worms, traversé le Rhin, puis la Hesse, et se dirigeait vers la Saxe. Volker était porte-drapeau, Hagen de Tronj commandant et il y avait auprès d'eux Sindolt et Hunolt, Dankwart, le frère de Hagen et Ortwin de Metz. Seul le roi Gunther demeura à Worms car Siegfried désirait défendre seul l'honneur du roi et le pays. Les Burgondes pillèrent et brûlèrent la Saxe. Jamais les Saxons n'avaient subi pareil outrage !

« A présent, je désire poursuivre seul l'ennemi, » déclara Siegfried. « Hagen et Gernot resteront avec l'armée. »

Et il s'en alla seul, à cheval, en Saxe à la recherche de l'armée ennemie que dirigeait un seul chef. Quand ils se virent, ils se mesurèrent furieusement du regard. Le chevalier inconnu tenait en mains un bouclier d'or. Il s'agissait du roi Ludegast qui était lui aussi parti en éclaireur. Ils dirigèrent leurs lances vers le bouclier ennemi et éperonnèrent leurs chevaux. Les bêtes filèrent comme le vent l'une contre l'autre. Les adversaires se battirent ensuite à l'épée. La terre tremblait sous le galop de la monture de Siegfried et des étincelles jaillissaient du choc des armes. Tous deux étaient de vaillants combattants et Ludegast porta à Siegfried plus d'un coup furieux.

Finalement, Siegfried eut le dessus. Ensanglanté par trois rudes coups, son adversaire demanda grâce. Il se nomma et tendit la main à Siegfried. Les Danois furent très contrariés de voir leur seigneur vaincu et Ludegar, fou de rage, déclara :

« Et maintenant, sus à l'ennemi ! Que la bataille n'ait de cesse tant que je serai en vie. Bien des choses peuvent arriver d'ici ce soir. »

« Suivez-moi, héros du Rhin ! Je vous conduirai jusqu'à l'armée de Ludegar et vous en briserez les casques ! » cria Siegfried.

Gernot et sa troupe montèrent à cheval tandis que le poète Volker saisissait l'étendard et prenait place devant les rangs. Les Burgondes n'étaient que douze cents. Mais les Saxons apparurent et la bataille commença. Un sang rouge coula sous les casques et les armures. Le puissant Ludegar se jeta sur Siegfried qui se battait vaillamment avec son épée Gram. La rencontre fut rude et le choc des épées bruyant. Le cheval de Siegfried ploya sous les coups de Ludegar, mais il réussit à se remettre sur ses jambes. Les lances volèrent vers les boucliers rutilants et plus d'un combattant tomba de sa monture. Sous le choc de la lance de Siegfried, les attaches du bouclier de Ludegar se rompirent. Puis Ludegar aperçut les armoiries du bouclier de son adversaire.

« Demandons une trêve ! » cria-t-il à ses troupes. « Le fils de Siegmund se bat contre nous et c'est le diable lui-même qui nous l'envoie ! »

Il réclama la paix et elle lui fut accordée. Mais il dut se rendre en otage au pays de Gunther.

Alors, héros, soldats et otages rentrèrent en Burgondie. Le roi Gunther vint à cheval à leur rencontre et les accueillit tous avec amitié.

« Je vous laisse tous deux en liberté, » dit-il à Ludegar et à Ludegast, « mais vous devez me promettre de ne pas quitter mon pays sans mon autorisation. »

Ludegar tendit la main en guise d'assentiment. Les héros, las de la guerre, prirent du repos. Ils firent grâce aux blessés, donnèrent du vin et de l'hydromel aux survivants et les renvoyèrent tous chez eux. Six semaines plus tard, quand tous furent rétablis, ils se rencontrèrent pour une grande fête en l'honneur des vainqueurs.

Cependant, à Worms, on se préparait à accueillir les héros comme il se devait. Ceux qui avaient éprouvé la douleur des blessures pouvaient à présent oublier les affres de la mort.

La fête commença le jour de la Pentecôte. Cinq mille braves arrivèrent à Worms, richement vêtus. Quand les réjouissances commencèrent, Ortwin dit au roi :
« Puisque ces réjouissances ont lieu en l'honneur des héros, permets à ta soeur de paraître devant eux. Qu'est-ce qui réjouit mieux le coeur d'un homme que la vue des belles dames ? »
Le roi Gunther envoya donc chercher sa mère Uta et sa soeur afin qu'elles se présentassent à la cour avec leurs dames de compagnie. Les dames se vêtirent de leurs plus beaux atours et se parèrent de leurs plus précieux bijoux. Comme une aurore paraissant entre de sombres nuages, comme la lune au milieu des étoiles, Kriemhilde apparut parmi les autres courtisans. Plus d'un jeune héros souhaita plaire à ces dames et n'eût échangé ce privilège contre le plus riche des royaumes. Gernot déclara alors :
« Mon cher frère Gunther, entre tous tes chevaliers, récompense celui qui t'a le mieux servi. Permets à Siegfried de venir auprès de notre soeur afin qu'elle le salue comme elle n'a encore salué aucun héros.. »
Le roi approuva et Siegfried approcha fièrement de Kriemhilde. Il se tint devant elle, beau, svelte, avec son noble visage et tous pensèrent qu'il était en vérité le plus beau chevalier qu'ils eussent jamais vu.
Kriemhilde elle-même rougit en prononçant ces mots :
« Bienvenue à toi seigneur Siegfried, brave et bon chevalier. »
Siegfried s'inclina à ce salut. Kriemhilde le prit par la main et ils se regardèrent tous deux avec amour. Jamais, pas même par les plus beaux jours d'été ou de printemps, Siegfried n'avait ressenti une joie aussi grande que celle qu'il ressentait à présent en tenant la main de celle qu'il désirait pour épouse. Kriemhilde le remercia encore chaleureusement d'avoir combattu auprès des autres chevaliers. Et ils passèrent les jours qui suivirent ensemble.
Le banquet fut joyeux et bruyant et dura plusieurs jours à la cour du roi Gunther.
« Nos adversaires désirent rentrer chez eux et se montrer aussi prodigues que moi avant leur départ. Ils offrent pour rançon autant d'or que peuvent en porter cinq cents chevaux, » dit le roi Gunther à Siegfried.
« Laisse-les partir sans rançon. Mais obtiens de leurs rois la promesse qu'ils ne reviendront jamais avec de mauvais desseins sur tes terres, » conseilla Siegfried au souverain.

Gunther accepta ce conseil et les adieux commencèrent. Siegfried demeura à Worms, car il s'y trouvait mieux que nulle part au monde puisqu'il pouvait y voir la belle Kriemhilde.

Il ne lui manquait plus que de l'avoir pour femme comme il le souhaitait.

Le roi Gunther pensait lui aussi au mariage. Il ne désirait pour épouse que la reine Brünehilde, qui gouvernait de l'autre côté de la mer la lointaine Islande et n'avait de rivale sous le soleil. On disait d'elle qu'elle était extraordinairement belle mais qu'elle possédait une force non moins extraordinaire. Elle lançait la pierre fort loin et était capable de la rattraper.

« J'irai de l'autre côté de la mer chercher Brünehilde, » dit le roi Gunther, « et il adviendra ce qu'il pourra. Je donnerais ma vie pour obtenir son amour. Et, si elle ne devient pas ma femme, je perdrai volontiers cette vie. »

« Je ne te conseille pas de faire cela, » répondit Siegfried. « Plus d'un a chèrement payé le droit de l'avoir tenté. La reine Brünehilde est invincible. »

Mais le roi ne se laissa pas convaincre. Il demanda cependant à Siegfried de l'accompagner et de l'aider à conquérir Brünehilde.

« Je le ferai, » répliqua Siegfried, « à condition que tu me donnes ta soeur en mariage. »

« Je t'accorde sa main, » répondit Gunther. « Lorsque Brünehilde sera dans ce pays, je te donnerai Kriemhilde pour épouse. »

Siegfried tenta tout d'abord par la ruse d'aider Gunther à conquérir Brünehilde. Et cela se passa ainsi :

« Comment traverserons-nous la mer ? » demanda Gunther. « Prendrons-nous une escorte armée ? Je pourrais avoir l'aide de trente mille héros ! »

« La reine Brünehilde est si cruelle qu'il serait inutile d'entraîner tous ces gens à la mort, » dit Siegfried. « Je conseille que nous partions à quatre. Toi et moi ; le troisième sera Hagen et Dankwart le quatrième. De même que les gens de Brünehilde s'habillent somptueusement, nous devrons être richement vêtus afin de ne pas nous attirer de honte. »

Quand ils furent prêts au départ, les quatre hommes firent leurs adieux à leurs dames. Ils prirent des boucliers d'or, des armures et des chevaux. Puis ils s'installèrent dans le bateau qui devait les conduire sur le Rhin jusqu'au Nord. Et le vent souffla dans leurs voiles.

« Qui sera capitaine ? » demanda Gunther.

« Moi, » proposa Siegfried. « Je vous conduirai car je connais les routes maritimes. »

Il saisit une perche et éloigna le bateau de la rive. Gunther lui-même prit une rame et le bateau fut vite emporté par le courant. Ils quittèrent gaiement la Burgondie. Les voiles se gonflaient et, avant que la nuit ne fût tombée, ils eurent accompli vingt milles grâce aux vents favorables.

Au douzième matin, les Burgondes atteignirent Isenstein, dans le pays de Brünehilde.

« Soyez courtois, » déclara Siegfried, « et parlez de même. Lorsque vous serez devant Brünehilde, il vaudra mieux que vous disiez que Gunther est mon suzerain et que je suis son vassal. Je ne fais pas cela tant pour l'amour de toi, Gunther, que pour celui de ta soeur qui m'est plus chère que mon âme et que mon propre corps. Je veux la mériter. »

Quand la reine aperçut Siegfried, elle pensa qu'il était son prétendant et dit :

« Bienvenue à toi dans ce pays, Siegfried. Pourquoi es-tu venu jusqu'ici ? »

« Je te remercie, Brünehilde, de m'accueillir si amicalement devant les nobles héros qui sont auprès de moi. Voici mon suzerain et l'honneur que tu me fais est aussi le sien, » répondit Siegfried en présentant la demande de Gunther.

« Puisqu'il est ton seigneur et que tu es son vassal, et qu'il ose me demander pour épouse, je deviendrai sa femme à condition qu'il me vainque. Si c'est moi qui le suis, il me devra sa vie et vous aussi. Ton seigneur devra lancer la pierre et la rattraper à la course. Ensuite, il devra lancer le javelot avec moi. Je vous conseille de ne pas vous perdre en discours. Vous ne risquez pas seulement votre vie mais votre honneur, » répliqua Brünehilde.

« Vénérée reine, » dit Gunther, « j'accomplirais bien davantage pour ta beauté si tu me le demandais. Si tu ne devenais pas mon épouse, je donnerais volontiers ma tête. » Mais ses mots ne disaient pas tout à fait ce que ressentait son coeur.

Les épreuves commencèrent dès le lendemain. Quand le roi Gunther vit le costume de combat que l'on apportait à Brünehilde : une cuirasse d'or rouge, un bouclier d'or épais de trois pieds avec des attaches dures comme de l'acier, orné de pierres précieuses vertes comme l'herbe, que quatre serviteurs étaient obligés de porter, ainsi que la lance acérée, grande et large, forgée avec cent livres de fer portée elle aussi par trois hommes, il pensa avec angoisse : « Que vais-je devenir ? Le diable lui-même ne saurait me protéger. »

« Ma ruse va te sauver, » chuchota Siegfried, caché par son pouvoir d'invisibilité. « Ne crains rien. Je serai sans cesse près de toi. Donne-moi ton bouclier et fais attention à ce que je vais te dire. Tu ne feras que des gestes et j'agirai à ta place. »

Pendant ce temps, des chevaliers avaient amené la lourde pierre que Brünehilde lançait d'ordinaire. La reine enfila ses gants, saisit sa lance et l'envoya dans le bouclier que tenait Gunther, mais que tenait en réalité Siegfried. Des étincelles jaillirent de l'acier, emportées par le vent. La lance atteignit le bouclier de telle façon qu'elle enflamma l'armure. Les deux chevaliers trébuchèrent et Siegfried cracha du sang. Mais il se reprit aussitôt, attrapa la lance de Brünehilde et la lança à son tour. Comme il ne voulait pas tuer la reine, il ne la lança pas la pointe en avant mais en arrière. L'armure résonna et Brünehilde fléchit. Mais elle bondit à nouveau, rouge de colère pour saisir la pierre qu'elle lança à douze lieues. Puis elle s'élança à sa poursuite en faisant tinter son armure.

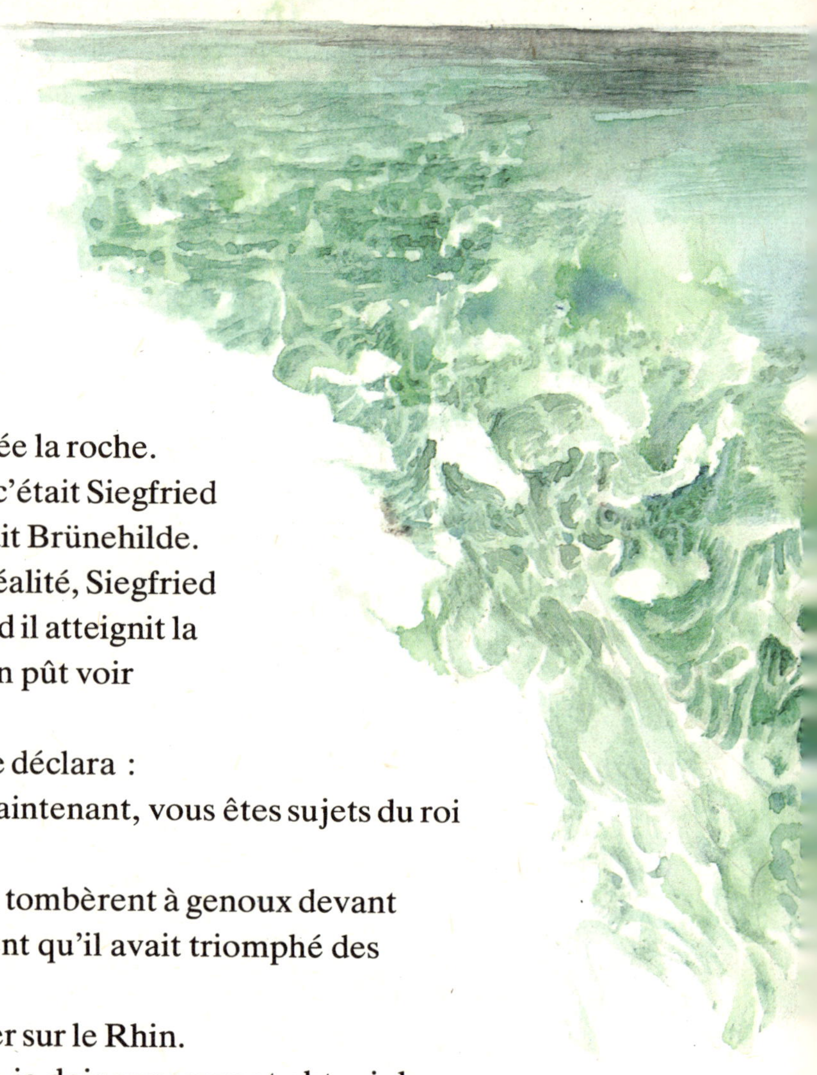

Entre-temps, l'invisible Siegfried s'était rendu à l'endroit où était tombée la roche. Gunther lança sa pierre – en réalité, c'était Siegfried qui la lançait – aussi loin que l'avait fait Brünehilde. Et il s'élança aussi à sa poursuite. En réalité, Siegfried courait à la place de Gunther et, quand il atteignit la pierre, il la posa sur le sol sans que l'on pût voir personne à côté.

Brünehilde, vaincue et rouge de colère déclara :

« Approchez, mes amis, à partir de maintenant, vous êtes sujets du roi Gunther ! »

Les chevaliers déposèrent les armes et tombèrent à genoux devant Gunther de Burgondie, car ils pensaient qu'il avait triomphé des épreuves par ses propres moyens.

Mais Brünehilde refusa de s'embarquer sur le Rhin.

« Je ne puis encore partir, » dit-elle, « je dois auparavant obtenir le consentement de ma famille et de mes sujets. Je dois également prendre congé de mes bons amis. »

Quand tout se fut passé comme elle l'avait souhaité, elle ordonna que l'on emplît vingt coffres d'or et de soie qu'elle désirait distribuer au pays de Gunther. Elle choisit deux mille hommes pour l'accompagner sur le chemin de Burgondie. Huit cent six dames d'honneur la suivirent aussi. Le voyage sur le Rhin s'écoula en chansons, en rires et en réjouissances. Au bout de neuf jours de voyage, le roi Gunther pria Siegfried de se rendre en éclaireur à Worms.

« Annonce à ma mère, à mon frère, à mes amis et à mes gens que tout s'est bien terminé.

Dis à ma soeur d'accueillir Brünehilde aimablement et à Ortwin, mon cher neveu, de préparer la noce. »

Ainsi, lorsque le bateau approcha de Worms, tout le monde attendait déjà le roi, sa fiancée et leurs hôtes. Les cérémonies de bienvenue commencèrent. Puis les participants se retirèrent sous des tentes de soie. Là, Siegfried dit à Gunther :

« Souviens-toi de ce que tu m'as promis : tu t'es engagé, lorsque Brünehilde serait dans ce pays, à me donner ta soeur pour épouse. N'oublie pas que les épreuves que j'ai subies pour toi m'ont demandé beaucoup d'efforts. »

« Ma chère soeur, » fit aussitôt le roi en se tournant vers Kriemhilde, « tu dois répondre à mon serment. Je t'ai promise au chevalier Siegfried. Si tu l'épouses, tu accompliras fidèlement ma volonté. »

Kriemhilde contempla Siegfried et accueillit avec joie l'idée de le prendre pour époux. Gunther les fiança et embrassa Siegfried devant tous les héros assemblés.

La noce ne tarda pas à être célébrée à Worms. Devant l'autel, se tenaient d'une part Gunther et Brünehilde et de l'autre Siegfried et Kriemhilde. Mais Brünehilde regarda Siegfried et Kriemhilde avant d'éclater en sanglots. Les larmes coulaient sur ses joues.

« Je plains ta soeur, » dit-elle à Gunther, « car c'est pour elle une honte que de se commettre avec ton vassal. »

« Ne t'inquiète pas, » répondit Gunther, « je te dirai un jour pourquoi j'ai donné ma soeur à Siegfried. D'autant plus qu'il possède un puissant château et un aussi grand royaume que le mien. C'est un riche souverain digne de ma soeur. »

Après la noce, les convives se dispersèrent et Siegfried se prépara au retour en compagnie des siens. Kriemhilde se fit accompagner de seulement trente-deux jeunes filles et de cinq cents soldats parmi lesquel le comte Eckewart. Car elle devait faire

honneur à Siegfried. Le trésor du Niebelung était si imposant ! Les adieux furent chaleureux et la famille de Kriemhilde les escorta un bon bout de chemin.
A Xanten, on célébra de nouveau la noce, avec plus de fastes encore qu'à Worms. Siegfried était à présent roi de Niederland et rendait justice sur tout son empire. Il régna de la sorte dix ans et tout le monde l'estimait et le respectait. Le fils qu'il eut de Kriemhilde reçut le nom de Gunther tandis que Brünehilde et Gunther baptisaient le leur Siegfried. A cette même époque, Sieglind mourut et sa fille Utina hérita de ses pouvoirs. Comme le royaume des Niebelungen appartenait à Siegfried, avec tout ses trésors qu'il avait gagné en guerroyant, il vécut heureux et riche.

Cependant, Brünehilde ne cessait de penser au rang de Kriemhilde, car elle considérait toujours Siegfried comme le vassal de Gunther et cela l'irritait de ne pas avoir vu depuis longtemps Siegfried venir rendre hommage à Gunther. Comme elle ne parvenait plus à cacher sa colère, elle demanda à Gunther de faire venir les deux époux. Elle insista tellement qu'il finit par céder et envoya ses émissaires afin d'inviter Siegfried et Kriemhilde à un grand tournoi sur le Rhin.
Les émissaires entreprirent le long voyage. Il leur fallut trois semaines avant de parvenir au château des Niebelungen au nord de Marka, où se trouvait Siegfried. Quand on annonça à Kriemhilde l'arrivée de ses hôtes, elle se réjouit. On conduisit les invités à leurs chambres puis ils parurent à la cour pour rendre compte de leur mission. Ils séjournèrent neuf jours au château de Siegfried pendant que Siegfried tenait conseil avec ses amis afin de savoir s'il devait ou non accepter l'invitation.
« S'il te plaît d'entreprendre ce voyage, » répondirent ses amis, « apprête-toi à te rendre sur le Rhin. Prends avec toi mille soldats en signe de majesté. »
Le roi et la reine voyagèrent durant douze jours. Les émissaires de Gunther allaient devant, chargés de tant de riches cadeaux qu'ils pouvaient à peine les faire porter. Quand ils descendirent de leurs montures devant Gunther, ce dernier bondit de joie, heureux de les voir si tôt de retour et porteurs d'aussi bonnes nouvelles.
Hommes et femmes contemplaient avec admiration l'or et les vêtements que Siegfried avait offerts aux émissaires. « Il est bien aise de faire ces présents, » déclara Hagen, « car il peut puiser indéfiniment dans le trésor des Niebelungen. Ah ! S'il appartenait aux Burgondes… »

Le roi Gunther n'avait jamais eu d'hôtes plus aimables que ceux qu'il recevait à présent dans son pays. Et nulle part ailleurs, les hommes de Siegfried ne reçurent un accueil plus chaleureux. Toute la ville résonnait de cris de joie. On pouvait y trouver tout ce qu'on

souhaitait. Quand le jour se leva, résonnèrent les flûtes, les cors et les trompettes. Les chevaliers montèrent fièrement à cheval, un tournoi de neuf jours commençait.
Au soir de ce neuvième jour survint un grand malheur. Tandis qu'hommes et femmes admiraient les prouesses des chevaliers, les deux reines parlèrent de leurs époux.
« Selon la loi, ce pays devrait être soumis à mon mari, » dit Kriemhilde. « Regarde-le surpasser tous les autres ! Il est comme la lune dans un firmament d'étoiles. »
« Bien que ton époux soit beau et glorieux, tu dois rendre hommage à ton frère Gunther. Ne le prends pas mal, Kriemhilde, mais lorsque Gunther est venu me chercher, Siegfried lui-même s'est présenté comme étant son vassal. L'ayant entendu de sa propre bouche, je le considère comme notre sujet. »
« Comment mes frères m'auraient-ils laissé épouser un vassal ? » s'écria Kriemhilde. « De grâce, Brünehilde, cesse de tenir de tels propos ! »
« Je ne cesserai point, » répliqua Brünehilde. « Comment pourrais-je aller à l'encontre des liens qui assujettissent nos vassaux ? »
« Siegfried est meilleur que mon frère et de plus haute naissance, » hurla Kriemhilde en colère. « S'il est ton vassal, comment se fait-il qu'il ne t'ait jamais payé de tribut ? Je suis lasse de ton orgueil ! »
« Ne le prends pas de si haut, » dit Brünehilde, également très en colère. « Nous verrons bien qui de nous mérite le plus de respect. »
« Nous le verrons, en effet, » s'écria Kriemhilde, lorsque nous irons aujourd'hui à l'église, j'entrerai devant toi aux yeux de tous. Et tu verras que ceux que tu crois être tes sujets entreront à la cour devant les Burgondes. »
Et les deux reines se séparèrent, furieuses et jalouses.
Quand Kriemhilde arriva à la cathédrale avec sa suite, la femme de Gunther était déjà là. Kriemhilde était plus parée que trente reines à la fois. Brünehilde l'arrêta :
« Aucune vassale ne doit pénétrer dans la cathédrale devant une épouse de roi ! »
« Tu ferais mieux de te taire et d'éviter de te couvrir de honte lorsque Siegfried sera là. N'as-tu pas renoncé à ce mensonge qui consiste à dire qu'il n'est qu'un vassal ? »
« Je le dirai à Gunther ! » cria Brünehilde, hors d'elle.
« Voici la fin de notre amitié ! »
Brünehilde laissa couler ses larmes et Kriemhilde avança avec son cortège et pénétra dans la cathédrale.
L'office sembla long à Brünehilde ce jour-là et, quand il s'acheva, elle s'empressa d'aller rapporter à Gunther les propos jetés par Kriemhilde.
« Que Siegfried vienne ici sans délai, » ordonna Gunther, « S'il se vante de ce qu'a dit ma soeur, il doit le répéter. »

Et l'on fit appeler Siegfried sans plus attendre.
« Une grande faute a été commise, » déclara le roi et il conta à Siegfried comment Kriemhilde avait outragé Brünehilde.
« Si elle a dit cela, elle le regrette sûrement, » répliqua Siegfried. « Je te jure devant les tiens assemblés que je n'ai jamais tenu devant elle de tels propos. »
Les Burgondes formèrent un cercle et Siegfried tendit la main à Gunther en guise de serment.
« Je vois que tu es innocent, » répondit Gunther, « et qu'on ne peut rien te reprocher. »
« Il est regrettable que Kriemhilde ait tant blessé et contrarié Brünehilde. Les femmes devraient être éduquées de façon à parler moins inutilement. Ordonne cela à ton épouse et j'en ferai tout autant. Je suis vraiment honteux de son comportement. »
Bien que Brünehilde fût lavée de son affront, la tristesse ne la quitta point. Cela blessa les chevaliers de Gunther. Hagen de Tronj rendit visite à la reine et lui promit que Siegfried devrait rendre raison des paroles de sa femme et qu'il n'aurait de paix tant que cela ne serait fait.
Ortwin et Gernot firent la même promesse et résolurent de punir Siegfried par la mort. Quand Gunther entendit cela il s'écria :
« Comment pouvez-vous imaginer une telle chose ? Siegfried n'a pas mérité cette haine ! Ce ne sont que querelles de femmes ! »
Mais les autres persévérèrent dans leurs mauvaises intentions et Hagen fit même remarquer à Gunther qu'il augmenterait considérablement son royaume à la mort de Siegfried.
« Siegfried n'a accompli pour nous que de nobles choses, » répondit le roi Gunther. « Comment pourrais-je attenter à sa vie alors qu'il m'a toujours fidèlement servi ? »
Mais Hagen poursuivit ses insinuations. Le roi Gunther s'assombrit et dit :
« Quittez donc cette haine. Siegfried est né pour nous protéger et protéger notre honneur. Outre cela, il est si puissant que personne ne peut songer se mesurer à lui. »
« Ne te soucie pas de cela, » répliqua Hagen. « Je trouverai un moyen de faire regretter les larmes de Brünehilde à Siegfried. »
En fin de compte, le roi finit par se rendre aux diaboliques raisons de Hagen. Et, dès ce moment-là, tous ne songèrent plus qu'à la trahison.

Un jour, sur le conseil de Hagen, le roi Gunther se rendit à Wasgenwald chasser le sanglier et l'ours. Quand les hommes firent leurs adieux aux dames, Hagen se présenta devant Kriemhilde qui lui dit :

« Souviens-toi de notre vieille amitié, mon cher Hagen. Je regrette infiniment d'avoir offensé Brünehilde et risqué de porter tort à Siegfried. »

« Vous vous réconcilierez dans quelques jours, » répliqua Hagen. « Mais dis-moi à présent comment puis-je venir en aide à Siegfried. Tu sembles craindre pour sa vie. Comment le protéger ? Je me tiendrai auprès de lui mais ne saurai faire davantage. »

« Protège mon cher époux de tous les dangers, » supplia Kriemhilde. « A toi seul, je puis avouer que Siegfried n'est pas invulnérable. Lorsque, de la blessure du dragon mort coula un sang brûlant et que Siegfried en fut baigné, une feuille de tilleul tomba et c'est à cet endroit que Siegfried est vulnérable. C'est cela qui me soucie. »

« Brode-moi une marque à cet endroit sur son vêtement, » dit Hagen. « Je verrai ainsi où le protéger. »

Kriemhilde accepta et broda sur le surcot de Siegfried une petite croix de soie jaune, pensant que cela aiderait à le protéger.

Lorsque Siegfried fit ses adieux à Kriemhilde, celle-ci se souvint du secret qu'elle avait confié à Hagen et se mit à pleurer :

« Ne va pas à la chasse, » lui dit-elle, « cette nuit, j'ai rêvé que deux sangliers se jetaient sur toi dans une plaine et que les fleurs étaient rouges de ton sang. Crois-moi, je ne pleure pas ainsi sans raison. J'ai peur d'une trahison due à la haine. Reste ici, mon cher seigneur, car je te le conseille. »

« Je ne vois pas qui pourrait me haïr. Ta famille me porte respect et je n'ai jamais trahi un chevalier, » répliqua Siegfried en embrassant Kriemhilde avant de s'en aller.

La chasse fut bonne. Un vieux chasseur, accompagné d'un bon chien, conduisit Siegfried vers un endroit où il y avait beaucoup de gibier. Siegfried abattit tout ce que le chien lui indiqua. Son cheval galopait si vite que rien ne lui échappait. Il força d'abord un buffle puissant, puis un bison et un élan. Enfin, quatre autres bisons et un taureau furieux. Il ne lui échappa que quelques cerfs. Il ajouta à ces prises un grand sanglier qu'il pourfendit de son épée. Cela n'aurait pu arriver à un autre chasseur. Grâce à lui, on ramena également un ours. Siegfried le poursuivit à cheval puis à pied dans les fourrés. Là, l'ours ne put lui échapper. Siegfried, l'attrapa et l'attacha solidement à sa selle. Puis il le ramena vers le feu de camp où les autres attendaient.

Tous ceux qui le virent vantèrent la force de Siegfried. Puis ils s'installèrent à une table préparée dans une clairière et les valets apportèrent un somptueux repas.

« La cuisine est bonne, mais où est le vin ? Si l'on ne traite pas mieux les chasseurs, je ne reviendrai plus chasser ici, » déclara Siegfried.

Gunther répliqua faussement : « Nous allons réparer cela. Hagen s'occupe du vin et ne nous laissera pas mourir de soif. »

« Mon seigneur, je pensais que notre chasse se déroulerait aujourd'hui près d'une falaise. J'y ai donc fait apporter le vin. Nous n'aurons donc pas une goutte à présent. Mais je me ferai pardonner cette faute à l'avenir. »
« Tu fais mal ton service, » répliqua Siegfried, « j'ai si soif que sept tonneaux d'hydromel et d'eau ne suffiraient pas à me désaltérer. »
« Noble chevalier, » répondit Hagen, « je connais non loin de là une source. Je pourrais t'y conduire. »
Siegfried, assoiffé, se leva et se dirigea vers le tilleul où coulait cette source. Hagen dit :
« J'ai souvent entendu dire que personne ne t'égalait à la course. Pourrais-tu nous montrer cela ? »
« Pourquoi pas ? Je le peux. Courez avec moi jusqu'à cette source. Je vous laisse prendre de l'avance. Je porterai tout mon costume, ma lance, mon bouclier et mon épée. »
Gunther et Hagen se mirent à courir comme des panthères, mais Siegfried les devança à la source. Il déposa ses armes et, bien que la soif le tourmentât, son éducation lui ordonna de ne pas boire tant que le roi ne l'aurait fait.
L'eau était fraîche et limpide. Gunther se pencha pour se désaltérer. Pendant ce temps, Hagen emporta l'arc et l'épée de Siegfried. Tandis que Siegfried se penchait à son tour pour boire, il planta sa propre lance dans la marque, entre les épaules, et le sang de Siegfried coula sur l'habit de Hagen. Il lui laissa la lance plantée dans le coeur et s'enfuit.
Mais Siegfried bondit. S'il avait eu à ce moment son arc et son épée, il n'aurait pas laissé Hagen en vie. Puis Siegfried blêmit et ses forces l'abandonnèrent. Il tomba dans les fleurs qui rougirent de son sang.
« Traîtres ! » dit-il encore. « Est-ce la récompense de mes loyaux services ? Je vous ai toujours été fidèle et, à présent, je dois mourir. Vous vous êtes comportés lâchement avec un ami. Que cette honte vous chasse des rangs des preux chevaliers, » déclara-t-il avant de pousser un dernier soupir.
Lorsque les chasseurs constatèrent la mort de Siegfried, ils l'allongèrent sur un bouclier d'or. Puis ils tinrent conseil pour tenir secret le fait que Hagen était responsable de cette mort.
« Nous dirons tous que des bandits l'ont tué alors qu'il était seul dans la forêt, » dirent-ils.
« Je suis seul responsable, » répliqua Hagen. « Cela m'est égal que celle qui a outragé Brünehilde apprenne la vérité. Je m'inquiète peu de ses larmes ! »
Hagen fit apporter le corps de Siegfried devant la chambre de Kriemhilde, afin que ses gens le trouvassent en se rendant à la messe.

Le matin se leva et Kriemhilde et ses suivantes se préparèrent à sortir. Un serviteur entra et dit :
« Attendez ! Un chevalier mort gît devant la porte. »
Kriemhilde se mit à se lamenter et un mauvais pressentiment l'assaillit :
« Siegfried, mon cher époux ! Brünehilde a médité une trahison et Hagen l'a accomplie ! » cria-t-elle tandis que le sang coulait de désespoir de sa bouche. « Misère ! Tu gis là, assassiné par des lâches et des meutriers ! »
L'ensemble des serviteurs se mit à se lamenter avec elle, car tout le monde regrettait le noble chevalier.
« Misère à nous d'être venus dans ce pays ! » dit le roi Siegmund. « Qui peut bien avoir tué mon fils, ton époux, alors que nous sommes chez de bons amis ? »
Il embrassa le mort et son cri de douleur résonna dans le palais et dans la cour. Il ne pouvait même pas réconforter la femme de Siegfried.
« Nous le vengerons de nos propres mains, » crièrent les héros de Niederland, « car le meurtrier ne peut être qu'ici ! »
Mais le roi Gunther et ses gens les assurèrent de leur innocence. Kriemhilde répliqua :
« Que celui qui se déclare innocent avance devant tous auprès du mort et la vérité se fera jour. »
Il advient, en effet, que lorsqu'un meurtrier s'approche de sa victime, les plaies de celle-ci recommencent à saigner. Et, lorsque Hagen se présenta devant le mort, les plaies de Siegfried se mirent à couler à nouveau.
« Je vais te dire la vérité, » lança Gunther à sa soeur. « Des bandits ont tué Siegfried et non Hagen. »
« Je connais ces bandits, » répliqua Kriemhilde. « Les amis de Siegfried vengeront sa mort de leurs propres mains. Gunther et Hagen, vous êtes tous deux coupables ! »
A partir de là, au nom de l'amour qu'elle portait à son époux, Kriemhilde ne songea plus qu'à la vengeance. Même dans le lointain royaume des Huns, où elle épousa après bien des années le roi Etzel, elle n'oublia point sa peine et ses fidèles chevaliers l'aidèrent à obtenir vengeance de ce meurtre. Ils n'eurent de cesse de décimer les Burgondes, responsables de la mort de Siegfried. Mais un destin tragique poursuivit la reine.

HÉROS POPULAIRES
DE TOUS LES TEMPS

LE PALADIN ROLAND

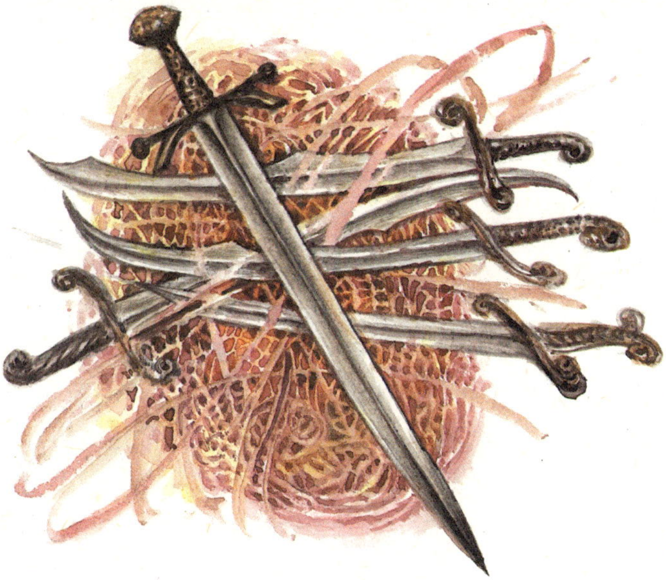

L'héroïsme indomptable
et la fidélité
jusqu'à la mort

L'Histoire est cruelle avec la Légende. A quoi se résume concrètement la bataille de Roncevaux ? A une embuscade désastreuse, tendue par les Vascons, où fut décimée l'arrière-garde de l'armée de Charlemagne commandée par Roland, en 778. Charlemagne n'avait que trente-six ans, n'était encore que roi des Francs et devait attendre l'an 800 pour être sacré empereur d'Occident. Il ne porta jamais la barbe mais seulement la moustache. Quant à Roland, héroïque lieutenant de Charlemagne, il n'était vraisemblablement pas son neveu. Pourtant le légendaire preux de « l'Empereur à la barbe fleurie » survit dans les mémoires, et ce depuis le XIIe *siècle, grâce surtout à* La Chanson de Roland : *la plus belle et la plus célèbre chanson de geste du Moyen Age français et anglo-normand.*

Charlemagne, l'Empereur à la barbe fleurie, régnait depuis des années. Certains disaient même, depuis des siècles. Léon, le successeur de saint Pierre, l'avait revêtu de la dignité impériale à Rome, le jour de Noël. Son pouvoir s'étendait sur tout l'Occident et les souverains de nombreux pays étrangers lui rendaient hommage ou cherchaient son amitié. Comme Haroun-al-Rachid, le puissant et fastueux calife de Bagdad qui lui avait un jour dépêché une ambassade composée d'innombrables envoyés et serviteurs ployant sous le poids de somptueux présents : pierres précieuses, or, bijoux, armes richement ornées, étoffes précieuses, friandises rares et animaux sauvages ou dressés pour la chasse – guépards, autours, faucons – et admirables chevaux.

Défenseur de la chrétienté, Charles le Magne – le Grand – était miséricordieux avec ses ennemis mais, malheur à qui reniait sa soumission et sa foi comme Wittikind, chef des Saxons, ou Didier, roi des Lombards, qui accueillit ses neveux révoltés ! L'empire franc de Charlemagne voyait pourtant peser sur lui de continuelles menaces : celle des Vikings qui, depuis leurs ports de Scandinavie, ravagaient les côtes de l'Ouest sans que l'on pût les courser sur la mer où ils glissaient à une vitesse inouïe sur leurs embarcations aux formes sveltes, aux excellentes voiles, dotées à l'avant d'une tête de dragon : les drakkars. Au Sud, l'autre menace se trouvait en Espagne dominée par les Sarrasins infidèles dont la riche capitale se situait à Cordoue.

A la tête de son armée, plus vaste que les riches épis de blé des immenses champs du beau royaume de France, Charlemagne guerroie depuis sept ans au nord même de l'Espagne et vole de victoire en victoire. Il a investi, après un long siège, une riche ville défendue pourtant avec héroïsme par la dame sarrasine Carcas : cette cité qui deviendra Carcassonne. Maintenant, l'empereur et ses chevaliers fondent sur l'Espagne. Les murailles des villes s'écroulent sous les chocs de leurs pierrières et les habitants se soumettent. Désormais, la puissante cité de Saragosse, défendue par la montagne, résiste avec acharnement. Le roi Marsile y réside avec, autour de lui, plus de vingt mille guerriers redoutables. Malgré cela, le souverain sarrasin hésite à engager le combat. Il convoque ses plus importants et sages conseillers ; parmi eux figure Blancandrin. Brave et subtil à la foi, il suggère au roi Marsile d'agir par ruse plus que par violence :

« Seigneur, je t'ai toujours servi par l'épée et par la parole. Aujourd'hui, daigne écouter encore mes conseils. Fais à Charles des présents. Puis, laisse-lui croire que s'il se retire de la terre d'Espagne et retourne en sa ville du nord, Aix-la-Chapelle, à la Saint-Michel tu l'y rejoindras et recevras la foi chrétienne. Et pour sceller ta prétendue promesse, livre-lui dix otages au moins : des garçons seulement. Seigneur, moi le premier, je veux que mon fils unique fasse partie de ces otages. Mieux vaut que nos fils perdent leur tête mais que ton royaume soit toujours tien ! J'ai terminé, ô, roi ! »

Marsile le remercie et demande à réfléchir. Il discute longuement avec ses autres conseillers : tous donnent raison à Blancandrin. Aussitôt, le roi donne ses ordres à dix seigneurs de sa suite la plus proche, connus pour leur art de bien parler et pour leur finasserie :

« Allez vers Charles, mes fidèles serviteurs, sans aucune arme mais en tenant dans votre main droite une branche d'olivier : gage de paix. Soyez suivis de mulets chargés de trésors. Annoncez-lui que d'autres présents suivront et que je suis prêt à lui livrer dix otages au moins, en attendant d'embrasser la vraie foi en sa capitale franque. »

Peu après, le cortège se dirige à franc étrier vers l'Empereur à la barbe fleurie qui vient encore de conquérir une nouvelle ville. Les messagers sont reçus fort courtoisement, traités avec honneur mais Charles demande avant de donner sa réponse à leur maître à conférer avec ses barons et chevaliers. Cependant, l'empereur et sa suite ne laissent pas de s'émerveiller devant le tas d'or et d'argent que l'on vient de décharger. Puis, entouré de ses meilleurs soldats et prudhommes, l'empereur tient conseil sous un arbre à l'ombreuse ramure.

Les Francs sont divisés et Charles hésitant. Chacun fait valoir son point de vue. Alors Roland s'avance et, avec son habituelle fougue, déclare tout net que l'on ne peut se fier à la parole de Marsile qui, quelques années auparavant, avait déjà tenté semblable ouverture afin de gagner du temps et refaire ses forces. A l'écouter, Charles sent sa confiance l'abandonner. Il aime certes tous ses chevaliers mais parmi ses paladins (ceux qui font partie de la propre garde de son palais), il témoigne une particulière affection à Roland, comte des marches de Bretagne: son neveu bien-aimé. Un autre chevalier interrompt brutalement Roland : c'est le comte Ganelon, brave et avisé, mais habité par la haine. Il dit à Charles que Roland ne porte en lui que violence et entêtement. Sage parmi les sages, le duc Naimes calme les deux hommes et, patiemment, expose à son suzerain et à ses pairs les raisons qui le poussent à croire à la véracité des offres de paix présentées par Marsile :

« Sire, c'est toi qui devrais envoyer une ambassade au roi sarrasin. Si tu le désires, j'irai en personne à Saragosse ! »

Charles est ébranlé par ses paroles mais le récuse :

« Jamais je n'accepterai qu'un sage tel que toi s'engage dans une si périlleuse aventure ! »

« Et moi, sire, » dit Roland, « me choisirais-tu comme ton champion ? »

Charles n'a pas même le temps de lui répondre que déjà le comte Olivier s'interpose :

« Roland, mon presque frère, si notre empereur t'envoyait là-bas, tu ne pourrais te contenir, perdrais la vie et prolongerais la guerre. »

Roland baisse la tête et se tait : Olivier semble avoir lu en son âme. Turpin, archevêque de Reims et redoutable guerrier, réclame à l'empereur qu'il lui soit octroyé le gant et le bâton, insignes de la majesté impériale, et qu'il puisse ainsi se présenter devant Marsile. Charles refuse tout net et adjure ses fidèles conseillers de choisir eux-mêmes un messager impérial.

Une nouvelle fois, Roland demande à être entendu :

« Comte Ganelon, mon parent, tu as cru le premier aux paroles de Marsile. Tu es brave autant qu'avisé : tout te désigne pour représenter notre empereur. Que les pairs t'élisent ! »

Ganelon a pâli et, dès cet instant il se sent prêt à tout accepter pour se venger de Roland : il ira, si Charles et ses compagnons d'armes le désignent. Mais Roland mourra, et Olivier ainsi que Turpin périront aussi – et même les autres preux. Et tous le choisissent.

De ce fatal conseil devaient découler bien des malheurs pour la chevalerie franque.

Ganelon, avant même de partir pour Saragosse laisse éclater son courroux : les traits défigurés par la haine, il promet aux preux de Charlemagne que, dès son retour, il leur demandera à chacun réparation par les armes. Charles, en souriant, tente en vain de l'apaiser.

Puis solennellement, l'empereur lui tend son gant : dans sa rage, Ganelon s'en saisit maladroitement et le gant tombe sur le sol. Tous les assistants sont atterrés par ce sinistre présage. Enfin, revêtu des insignes impériaux, à la tête d'un riche équipage, Ganelon chevauche à bride abattue en direction de la cour du roi Marsile. Blancandrin l'escorte et, lorsqu'il voit que la colère du comte franc s'est quelque peu calmée, il parle avec respect et admiration de l'empereur Charles avant de prononcer les noms des chevaliers francs que Ganelon abhorre. Perspicace et habile, le Sarrasin a compris qu'en Ganelon la haine l'emportait sur la bravoure. Et il répand dans le coeur ulcéré du chevalier franc des paroles où la perfidie se cache derrière la curiosité : pourquoi ce Roland est-il si aimé de l'empereur et de ses pairs ? est-il si vaillant guerrier ? vaut-il plus que Ganelon ?

Ils arrivent enfin à la cour du roi Marsile. Blancandrin présente Ganelon à son seigneur. Le roi ordonne au Franc de lui délivrer le message dont il est porteur.

Ganelon, encore loyal malgré sa soif de vengeance, fixe fièrement le roi et le harangue en ces termes :

« Mon maître Charles, le plus puissant souverain de la terre, me prie de te commander de mettre bas les armes, de lui remettre l'Espagne tout entière et de te rendre en sa cour d'Aix-la-Chapelle pour y recevoir la foi chrétienne. Si tu acceptes ses conditions, il te laissera une partie du royaume d'Espagne. Si tu refuses, il te livrera une guerre

implacable, ravagera tes terres, détruira tes villes et châteaux. Et tu perdras la tête. Voilà mon message ! »
A l'énoncé de ces propos, la colère de Marsile éclate : il se saisit d'une lance et veut en frapper Ganelon mais ce dernier, promptement, a déjà dégainé son épée. Blancandrin, voyant bien que la fougue des deux hommes va définitivement tout gâcher, s'interpose entre eux. Il fait sortir Ganelon et demande à s'entretenir avec le roi. Resté seul avec son maître, le Sarrasin le calme et lui démontre qu'au-delà de la loyauté la haine habite Ganelon. Qu'il utilise la ruse et il parviendra à faire trahir Ganelon pourvu qu'il puisse lui garantir que Roland, Olivier, Turpin et les autres preux périront de malemort.
Marsile refuse tout d'abord d'écouter les paroles perfidement habiles de son conseiller puis accepte son affreuse proposition. Il revoit Ganelon, le flatte, lui promet des présents pour prix de sa trahison et, surtout, met au point avec lui un plan diabolique propre à conduire à la mort de nombreux chevaliers francs dont Roland, et ses frères d'armes. Ganelon, devenu un traître fratricide, jure sur les reliques contenues dans le pommeau de son épée. Puis, il s'en retourne au grand galop trouver Charlemagne.
C'est le matin, l'empereur se montre soucieux : il a passé une nuit troublée par des cauchemars. Tout d'abord, un lion harcelé par des panthères succombait à ses blessures innombrables, achevé finalement par un chacal qui lui plongeait ses crocs dans la gorge. Ensuite, et songe pire encore, il a vu Ganelon tenter de lui arracher des mains l'oriflamme sacrée conservée en la basilique de Saint-Denis – l'insigne des dynasties franques depuis Clovis. Mais l'agitation qui règne dans la cour du château et, surtout, l'apparence calme et presque joyeuse du comte Ganelon achèvent de dissiper les angoisses nocturnes de Charles. Un grand silence succède au brouhaha qui a marqué l'arrivée du seigneur franc. Après avoir salué l'empereur et ses barons, Ganelon, calmement et d'une voix claire, rend compte de sa mission :
« Ô, sire, il était juste de croire aux ouvertures de paix de Marsile. J'ai discuté avec lui loyalement autant qu'avec fermeté. Le roi sarrasin, après s'être quelque peu cabré tout d'abord, a compris qu'il ne pouvait plus continuer la guerre contre toi. Il accepte de te remettre l'Espagne tout entière, attendant de ton bon plaisir que tu lui en laisses une partie. Mieux, ce ne sera pas à la Saint-Michel qu'il abjurera sa religion et embrassera la foi chrétienne, mais tout de suite. Il compte se mettre en marche ces jours-ci, suivi d'un nombreux concours de peuple. Il te prie simplement de lui assurer une escorte composée de tes plus vaillants chevaliers car lui et ses hommes seront désarmés. En ton nom, et muni de tes propres insignes impériaux, je lui ai octroyé une trêve pour lui permettre de rejoindre nos chevaliers. Mais, sire, la prudence doit toujours être de mise avec ton ancien et redoutable ennemi ; je te supplie d'accepter encore ce conseil : qu'une

importante arrière-garde de ton armée, confiée à tes plus valeureux preux, l'attende. Si comme je l'espère sincèrement il veut te rendre hommage, ce sera grand honneur pour lui qu'une telle escorte ; autrement, tu contiendrais facilement ses ambitions aux frontières du royaume de France car, tout m'a permis de m'en rendre compte, il sera accompagné de ses barons et de nombreux Sarrasins mais de peu d'hommes d'armes. Sire, maintenant, à toi de décider. »

Beaucoup de Francs approuvent l'accord conclu par Ganelon et, convaincu de la parfaite loyauté de son messager, Charles se rend à ses raisons. Vingt mille Francs, l'arrière-garde tout entière de Charlemagne, demeureront à Roncevaux, en Espagne encore mais près de la France.

Ganelon demande encore la parole et, semblant avoir oublié tout le courroux dont il avait fait montre à l'égard de Roland et des autres preux, suggère à l'empereur que Roland, Olivier, Turpin et leurs inséparables compagnons – les fameux douze preux – assurent le commandement de cette arrière-garde.

« Il restera auprès de toi, ô sire, le plus que sage duc Naimes et le vaillant Ogier le Danois. Bientôt, nous nous retrouverons tous au doux pays de France et la chrétienté comptera de nouveaux fidèles : Marsile et ses Sarrasins que je serai honoré de te présenter en personne car je demeurerai à tes côtés. »

Roland et ses compagnons n'hésitent pas un instant et demandent à l'empereur Charles que leur soit accordé de garder les monts et d'attendre l'arrivée de Marsile et de sa suite.

L'empereur ne répond pas immédiatement ; il tortille avec une certaine nervosité les pointes de sa barbe fleurie, puis accepte que son arrière-garde demeure provisoirement à Roncevaux sous les ordres de Roland, son neveu bien-aimé. Tous prient ensuite avec

ferveur, se quittent à grand-peine, et l'immense armée de Charlemagne s'ébranle. Dans un véritable nuage de poussière, les cavaliers prennent la route de France.

Demeurés seuls, Roland, les autres preux et tous les chevaliers débarrassent leurs montures des charges et harnais qu'elles portent et les laissent paître l'herbe du vallon de Roncevaux. Les Francs, eux aussi, ont quitté leur casque muni d'un nasal, posé leur lourd bouclier mais gardé leur haubert, le grand habit tout en mailles d'acier, et leur épée. Devant les lances réunies en faisceaux, ils devisent gaiement, rappelant leurs faits d'armes, leurs chasses souvent dangereuses et les épisodes les plus marquants de leur vie à la cour de Charles ou dans les vastes salles de leurs châteaux. Mais tous les chevaliers se liguent pour réclamer à Roland de leur narrer ses brillants exploits. Le paladin ne se fait pas longtemps prier et, avec flamme et modestie à la fois, rappelle combien de terres il apporta à son oncle. Puis, en souriant, il se tourne vers Olivier et lui demande de raconter à son tour à tous leurs compagnons comment ils devinrent amis et presque frères. Hormis Charlemagne et Turpin, nul ne connaît cette histoire : le silence s'établit aussitôt dans le camp des Francs.

Olivier, cet « aigle aux yeux de colombe » dit alors que, durant cinq jours, Roland et lui avaient lutté comme deux mortels ennemis rompant des lances, brisant des épées, arrachant même des arbres pour s'en frapper jusqu'à ce que, couverts de sang, ils se regardassent et décidassent de devenir des amis pour toujours.

« Tu es trop modeste, frère Olivier, » l'interrompt Roland, « car notre amitié, déjà liée par le sang, tu la scellas en me donnant pour épouse ta soeur : la belle Aude aux lourdes tresses et aux bras blancs. »

Les chevaliers n'ont pas le temps de faire part de leur émerveillement à l'audition de ce récit : une grêle de flèches s'abat sur eux, en tuant beaucoup et en blessant d'autres. Et, des flancs de la montagne, déferlent en hurlant des hordes de Sarrasins, lance au poing. Les Francs sont tombés dans une embuscade. Affolés, leurs chevaux s'enfuient. Vite, Roland et les siens ajustent casques et armes, puis foncent sur leurs assaillants, la lance et l'épieu en avant. Turpin, déjà revêtu de son habit guerrier, bénit aussitôt ses compagnons et Roland s'élance, tel l'ouragan, au milieu de la confuse mêlée, avec Olivier à ses côtés.

En peu d'instants, les Francs repoussent victorieusement leurs ennemis et reprennent souffle. Puis, ils prient pour leurs frères morts, donnent leurs soins aux blessés et se trouvent prêts à repousser un autre assaut possible. Roland assigne à chaque chevalier une place sur une ligne de défense qu'il forme avec célérité et science des armes. Sa colère est indescriptible : ainsi, par haine, Ganelon les a voués à la mort et trahi son Dieu et son souverain.

Un calme, lourd de menaces, succède au fracas des armes. Olivier, grimpe au sommet de la montagne et, que voit-il ? A perte de vue s'étend une mer d'acier dominée par des étendards verts. Plus de cent mille hommes d'armes vont bientôt déferler sur eux, encerclés dans le fond du vallon. Qui chevauche à leur tête, la lance enrubannée ? le roi Marsile lui-même. Pâle et haletant, Olivier se précipite vers Roland :

« Frère, nous sommes perdus ! Le combat sera trop inégal et nos adversaires, familiers de la montagne, nous tiendront bientôt à leur merci. Appelle avec ton olifant (ce cor d'ivoire, richement orné, passait pour avoir été taillé dans la défense d'un éléphant offert par le calife Haroun-al-Rachid) : l'armée de l'empereur Charles n'est pas encore loin d'ici et elle viendra nous secourir ! »

« Frère Olivier, aurais-tu peur ? Mon oncle m'a commandé de garder les monts : tous les Sarrasins seraient-il présents ce jour que nous devrions, seuls, leur résister ! »

« Alors, frère Roland, que le Seigneur nous ait en sa sainte garde ! Combattons et, s'il le faut, sachons mourir avec vaillance : car je crains que Roncevaux ne soit notre tombeau ! »

Brusquement, les flancs de la montagne étincellent, mais ce ne sont pas les rayons du soleil qui la frappent, ce sont les lueurs de l'acier des casques, des armures et des lances des Sarrasins qui l'illuminent.

Durant des heures la bataille fait rage. Les chevaliers francs déploient des prodiges d'héroïsme mais ils ne peuvent résister à des ennemis qui, sans cesse, voient leurs rangs décimés se reformer grâce à l'arrivée de continuels renforts. Bientôt, les Francs ne possèdent plus d'épieux ni de lances : c'est l'épée vissée dans leur main droite qu'ils frappent et tentent de contenir la marée sarrasine. Turpin et Olivier demeurent toujours debout. Quant à Roland, il brandit à la fois l'oriflamme confiée par Charles et son invincible épée Durandal, ralliant les rangs tout clairsemés des siens, au cri de « Montjoie ! Saint Denis ! »

Mortellement atteint, Turpin recommande son âme à Dieu avant que d'expirer. A son tour, Olivier chancelle mais parvient à se relever. Alors, Roland voyant que presque tous les preux et chevaliers francs sont couchés pour toujours, embouche son olifant et, malgré ses forces qui déclinent, sonne pour appeler Charles à son aide. Et si fort il sonne, que sa tempe gauche éclate. Olivier ne le voit déjà presque plus : une nouvelle blessure vient de l'achever. Il étreint faiblement Roland, son frère, puis s'effondre à ses pieds. Alors Roland, aveuglé par la sueur et le sang, pleure.

Désormais, Roland demeure seul dans le fond du vallon de Roncevaux : tous les chevaliers francs ont péri. Il se sait perdu. Réunissant ses dernières forces, il décide que jamais sa fidèle épée ne tombera entre les mains de ses ennemis. Il s'avance vers un important pan de la montagne et le frappe avec violence du tranchant de son épée : deux fois la lame rebondit mais ne se brise pas. Maintenant ce sont des larmes d'impuissance que Roland verse. Une troisième fois, il frappe le rocher et, ô prodige, c'est la montagne qui se fend, écrasant dans sa chute de nombreux Sarrasins.

De toutes part, flèches et lances volent sur le héros. Roland se traîne jusqu'à un pin qui a miraculeusement résisté au carnage et, à genoux désormais, tourné vers le pays de France, il tente une dernière fois d'appeler son oncle. Il fait un tel effort en sonnant que les veines de son cou se rompent. Roland s'affaise définitivement, recouvrant de son corps sa fidèle épée Durandal et son olifant. Et le silence s'étend sur Roncevaux.

Durant ce temps, Charlemagne et les siens chevauchent. L'empereur paraît accablé, nerveusement il serre la poignée de son épée, Joyeuse. Il lui semble sans cesse entendre des armes s'entrechoquer ou voir des figures sanglantes se former dans les nuages. Il se signe, les bruits et les visions cessent mais son coeur demeure lourd. Mais qu'entend-il là, distinctement ? certes, ce n'est pas la trompe d'un berger rappelant son troupeau qui vient, pour la seconde fois, de résonner derrière lui. Il n'a que trop compris : c'est Roland qui appelle à son secours ! Toute son arrière-garde a été attirée dans un piège mortel.

L'empereur se ressaisit sur-le-champ :

« Trahison ! sois maudite terre de perfidie et de sorcellerie ! Repassons la montagne, chevaliers ! »

C'est un raz de marée qui déferle sur les terres proches des montagnes d'Espagne. Malheur à qui se trouve sur son passage !

Blancs d'écume, les chevaux s'arrêtent au-dessus du vallon de Roncevaux. Par la brèche ouverte par l'épée de Roland s'engouffrent Charles et ses compagnons. Toute la fine fleur des chevaliers francs gît devant eux. L'empereur a du mal à demeurer debout ; il titube de chagrin quand il découvre enfin le corps de son neveu bien-aimé : le paladin Roland. Ensuite, sa rage éclate: où est Ganelon ? Loin d'ici : le traître s'est enfui pour se réfugier dans son domaine.

Avec de grands honneurs, Charles fait ensevelir les chevaliers morts dans ce sinistre vallon. Il ordonne que les coeurs de Roland, d'Olivier, de Turpin et des autres preux soient placés dans de riches coffres-reliquaires. Puis, il reprend la guerre contre Marsile et le vainc définitivement : l'abattant de sa propre main.

Quand Aude apprit la mort de son époux et de son frère, de la bouche même de l'empereur, elle ne put contenir sa trop grande douleur et tomba morte aux pieds de Charlemagne.

Et que devint Ganelon ? Arrêté, jugé, il subit un châtiment terrible : les membres attachés à la croupe de quatre fougueux chevaux, il périt écartelé.

De nos jours, l'on peut toujours voir à Roncevaux dans les Pyrénées espagnoles la brèche ouverte par l'épée du paladin Roland.

Pierre-André Touttain

(In memoriam X. de L.)

HÉROS POPULAIRES
DE TOUS LES TEMPS

ILYA MUROMETZ

Récit sur la façon
dont Ilyouchka l'infirme
devint le chevalier
Ilya Murometz aux glorieux
exploits

Au nord de la Russie, aux environs du lac Onega, sur les bords de la mer Blanche, près de Pinega, Mezeni et Petchore, on chantait encore, il n'y a pas si longtemps, des chansons de geste à la gloire des héros russes. « La mer immaculée est silencieuse et les braves gens écoutent. » Les conteurs parlaient d'événements réels, des batailles des Russes contre les Polovtsiens et, plus tard, les Tatars, aux XIe et XIIe siècles. Le héros le plus célèbre de cette région était un fils de paysan, Ilya Murometz. Juste, droit, toujours chevaleresque, brave au combat et en paroles, rusé mais incapable de mentir. Sa véritable patrie n'était pas à la cour de Kiev. Elle était plus vaste, dans la plaine, mère des Russes.

Loin au coeur de la Sainte Russie, près de la fameuse ville de Muroma, dans le village de Karatchov, vivaient un riche paysan du nom de Ivan Timofeïevitch et sa femme, Yefrosinia Yakovlevna. Bien qu'ils vécussent ensemble depuis longtemps, ils n'avaient pas d'enfant. Ils se plaignaient souvent avec tristesse de ne pas avoir de descendance à bercer sur leurs genoux lorsqu'ils seraient vieux. Finalement, leur voeu fut exaucé et ils eurent un fils qu'ils nommèrent Ilya. Cinq années s'écoulèrent sans qu'Ilya réussisse à se tenir debout. Cinq autres années passèrent et Ilya ne bougeait toujours que les bras. Et il demeura ainsi. Il restait assis sur un banc et ne réussit pas à s'en relever durant trente ans. Un jour où il faisait beau, les deux vieillards partirent aux champs et Ilya resta pour garder la maison. Soudain, quelqu'un se mit à frapper au volet :

« Lève-toi, Ilya ! Lève-toi sur tes jambes, fils d'Ivan et donne-nous un demi tonneau de bière de ta cave ! »

Il s'agissait de deux vieux voyageurs.

« Je vous offrirais volontiers de la bière mais je ne peux pas me lever du poêle, » répliqua Ilya.

« Quitte ce poêle, Ilya et apporte-nous de la bière afin que nous nous désaltérions ! » crièrent les vieillards.

« Je ne le puis ! Vraiment, je ne le puis... Je ne suis pas assis sur ce poêle depuis peu mais depuis trente années car je ne peux tenir debout ! » répliqua Ilya.

« Descends seulement de ce poêle en maçonnerie, Ilya, et tes jambes te porteront ! » crièrent les vieillards pour la troisième fois.

Ilya essaya. Il posa un pied à terre, puis un deuxième et il finit par descendre du poêle. Il saisit un seau et se mit à courir comme si ses jambes l'avaient toujours porté ainsi. Il se précipita dans la cave de son père, prit de la bière et l'apporta aux vieillards en se prosternant devant eux et disant :

« Désaltérez-vous tout votre soûl, voyageurs. Je me réjouis que vous m'ayez redressé sur mes jambes. »

« Bois le premier, Ilya, » dirent les vieux.

Ilya obéit, saisit le seau et le vida jusqu'au fond.

« Bien ! Sens-tu que tu as pris des forces, Ilya ? » demandèrent les voyageurs.

« Je sens que j'en ai pris beaucoup ! Oui, beaucoup ! » répliqua Ilya.

« Ce n'est encore pas assez. Va, Ilya, et ramène encore un seau. »

« Et à présent, bois, chevalier ! »

Ilya but et les vieillards demandèrent :

« Sens-tu la force en toi, brave chevalier ? »

« Je la sens ! Je sens une force si grande que s'il existait une colonne s'élevant jusqu'au ciel avec à son sommet un cercle, je l'attraperais et renverserais toute la terre de Russie. »
« Nous lui avons donné trop de force, beaucoup trop ! » chuchotèrent les vieux. « Va, Ilya, retourne encore une fois dans la cave et rapporte encore un seau de bière. »
Et quand Ilya eut bu pour la troisième fois, les vieux demandèrent :
« Sens-tu encore ta force ? »
Ilya répondit sincèrement :
« Je sens que mes forces se sont réduites de moitié. »
« Cela suffit, Ilya, et cela te conviendra. Maintenant, écoute : ne fais point de mal à ceux qui sont faibles et sans défense. Mais bats-toi contre les voleurs et les bandits. Ne t'affronte pas à la branche des Mikoulov, car notre mère Patrie les aime. Ne t'élève pas non plus contre le chevalier Svatohor, car notre mère Patrie le protège. Lorsque tu t'en iras dans le monde, tu auras besoin d'un cheval. Mais il faudra que tu le choisisses seul. Un jour, un paysan viendra par ici. Il mènera par la bride un poulain misérable. Ne le quitte pas des yeux tant qu'il ne te l'aura pas donné. Conduis-le à l'écurie. Nourris-le de froment. Donne-lui de l'eau fraîche et mène-le chaque matin se rouler dans la rosée. Quand il aura trois ans, conduis-le dans un champ et apprends-lui à bondir par-dessus de larges fossés et de hautes barrières. Puis selle-le avec une selle de soie. Prends une massue d'acier. N'oublie pas d'avoir aussi un sabre pointu et une lance damasquinée. Tu deviendras le fameux chevalier Ilya, si puissant qu'il ignorera la mort au combat. »
Ilya remercia et les vieux s'en allèrent. Le jeune homme ne perdit pas de temps et s'en fut retrouver ses parents dans les champs. Ceux-ci ne purent en croire leurs yeux ! Leur petit Ilya se tenait sur ses jambes et marchait avec une force incroyable ! Il arrachait les arbres à mains nues et les lançait sur le côté. Il défrichait ainsi la forêt afin que son père eût un nouveau champ. Le pauvre homme, en le voyant, n'en finissait pas de se réjouir. Mais Ilya ne songeait qu'aux paroles des vieillards.
Il prit soin du poulain comme ils le lui avaient recommandé. Il en prit soin trois années durant. Il le nourrit de froment, le fit rouler dans la rosée et lui apprit à sauter. Et, quand il se fut équipé comme tout chevalier doit l'être, il se rendit auprès de son père et de sa mère et leur dit :
« Mes chers parents, je dois m'en aller de par le monde afin de connaître les gens et de me rendre célèbre. Bénissez-moi pour le voyage. Je vais m'en aller de Karatchov et de Muroma pour me rendre à Kiev chez le prince Vladimir-Petit Soleil. »
Son père tenta de le faire changer d'avis, mais Ilya s'en tint à son idée. Ses parents le bénirent donc et sa mère lui dit :

« Puisque tu vas dans la fameuse ville de Kiev, souviens-toi de ne jamais tremper ton sabre dans le sang, de ne pas affliger ton père ni ta mère et de ne pas faire de tes futurs enfants des orphelins. »

Ilya revêtit son équipement de chevalier, enfila son casque à panache, mit son sabre à sa ceinture, son arc en travers de ses épaules et, à son côté, son carquois et ses flèches. Il tint dans une main sa massue d'acier et dans l'autre ses rênes. Il enfourcha son cheval et s'en fut de la ville de Muroma et du village de Karatchov. Il tenait à entrer dans la ville de Kiev à l'heure du déjeuner. Il galopa sur son cheval jusqu'à la fameuse ville de Tchernigov. Là, à perte de vue, tous les environs étaient brûlés. Les Tatars encerclaient Tchernigov et désiraient affamer ses habitants. Ilya se lança dans la bataille en hurlant. Il se servit comme il le devait de sa lance et de son sabre, tandis que sa monture piaffait. Et la lutte ne dura guère ! Bientôt, les gens de Tchernigov purent ouvrir les portes de la ville. Ils sortirent de leur enceinte en portant les clés de la cité sur un plateau d'or. Puis ils invitèrent Ilya afin de le récompenser.

« Eh ! Vous, gens de Tchernigov ! Je n'entrerai pas dans votre cité. Je préfère que vous me montriez le chemin le plus court pour la ville de Kiev. »

« Ne t'en va pas, chevalier de la Sainte Russie, par le chemin le plus direct, long de cinq cents verstes. Il vaut mieux que tu prennes celui qui fait un détour de mille verstes. Car le chemin le plus direct est aussi le plus dangereux. Personne ne peut s'y rendre, ni à pied, ni à cheval. Car, près des sombres marais, près de la berge inclinée, près de la rivière Smorodine, près de la croix de Levanidov, le brigand Slavik est assis sous un chêne moussu. Et, en vérité, Slavik Rachmanovitch siffle comme un rossignol, rugit comme un fauve et siffle encore comme un serpent. Quand il fait tout cela, l'herbe ploie, les fleurs d'azur s'effeuillent, les ténébreuses forêts se penchent vers la terre et les gens tombent morts. »

Ilya ne tint pas compte de ces propos. Il fit faire volte-face à son cheval et s'élança par le chemin le plus court. La brave monture traversa monts et montagnes, coteaux et collines, franchit des gués et contourna des lacs. Et le jeune homme arriva enfin près des sombres marais, près de la berge inclinée, près de la fameuse croix de Levanidov. Alors, Slavik siffla comme un rossignol, rugit comme un fauve, siffla encore comme un serpent et l'herbe ploya vers le sol, les fleurs d'azur s'effeuillèrent, les ténébreuses forêts se penchèrent vers la terre et le brave petit cheval d'Ilya tomba à genoux. Ilya saisit son fouet de soie, en frappa sa monture et lui dit :

« Ah ! Tu n'es qu'une chiffe ! N'as-tu jamais entendu un sifflement de rossignol ou un rugissement de fauve ? Tu ne connais donc pas encore les épreuves de la chevalerie ! »

Et le petit cheval se redressa. Ilya saisit son arc dans ses mains gantées de blanc. Il le banda et y ajusta une flèche. Puis il tira sur le brigand Slavik. Celui-ci fut atteint à l'oeil droit et à l'oreille. Il tomba de sa cachette et s'effondra sur le sol humide comme une gerbe d'avoine. Ilya le saisit, lui entrava les jambes, l'enchaîna et l'entraîna au galop vers la ville de Kiev. Mais ils passèrent d'abord devant chez Slavik où vivaient son épouse et ses trois filles. L'aînée regarda par la fenêtre et dit :

« Notre petit père arrive. Il est monté sur un bon cheval et entraîne derrière lui un homme enchaîné. Un paysan. »

La cadette regarda aussi par la fenêtre, se réjouit aussi de voir son petit père et dit pareillement :

« Notre petit père est de retour. Il est monté sur un bon cheval et entraîne derrière lui un homme enchaîné. Un paysan. »

La benjamine regarda aussi par la fenêtre vers la campagne et dit :

« Un homme approche sur un bon cheval. Il traîne notre petit père enchaîné. Notre petit père est atteint à l'oeil et à l'oreille. Chers époux, prenez vos javelots de chasse et allez dans la vaste plaine tuer cet homme, ce paysan ! »

Quand le brigand Slavik aperçut ses gendres, il leur parla ainsi :

« Mes chers beaux-fils, laissez ces lances. Ne touchez pas à ce chevalier. Mieux vaut l'inviter chez nous. Offrez-lui de quoi manger, de quoi boire et des présents de prix. »

En entendant cela, les gendres de Slavik Rachmanovitch jetèrent leurs lances et invitèrent Ilya dans la demeure familiale.

Mais Ilya ne leur prêta pas attention. Il pressa son cheval vers la plaine, sur le chemin le plus court qui menait à la ville de Kiev, chez le prince Vladimir-Petit Soleil.

Ilya pénétra dans la cité et abandonna son cheval dans la cour. Il entra dans le palais de pierre blanche et se rendit dans la chambre du prince. Il se signa, s'inclina dans quatre directions et devant le prince ainsi que devant les autres princes présents.

« Dis-nous qui tu es et d'où tu viens, jeune homme inconnu et puissant, » questionna Vladimir.

« Je viens de la glorieuse ville de Muroma et du village de Karatchov. Et je suis le cosaque Ilya Murometz, fils d'Ivan, » répliqua Ilya.

« Es-tu parti de Muroma depuis longtemps ? Quel chemin as-tu pris pour venir à Kiev ? »

« Glorieux Prince Vladimir, j'étais encore à Muroma au moment de la messe du matin et je suis arrivé à Kiev à l'heure du déjeuner. J'ai galopé par le chemin le plus direct, près de la ville de Tchernigov, par les sombres marais et la rivière Smorodine. »

« Tu es bien un moujik ! Ne te vante pas et ne te moque pas de moi ! La fameuse ville de Tchernigov est assiégée par l'ennemi tatar. Son armée est si dense qu'on n'y ferait pas un pas. Pas un cheval ne pourrait y galoper, ni même un oiseau la survoler. Pas même un loup gris n'oserait s'y aventurer. Quant aux sombres marais, près de la rivière Smorodine, voilà trente ans qu'ils sont le siège du brigand Slavik. Lorsqu'il siffle comme un rossignol, rugit comme un fauve et siffle encore comme un serpent, les gens tombent morts. »

« Le brigand Slavik est dans ta cour. Il a l'oeil crevé et il est enchaîné, » répliqua Ilya.

Vladimir-Petit Soleil bondit sur ses jambes, jeta une fourrure sur ses épaules et mit un bonnet sur sa tête. Il sortit dans la vaste cour et parla ainsi au brigand :

« Siffle comme un rossignol, rugis comme un fauve, siffle encore comme un serpent que je t'entende au moins une fois ! »

« Je ne peux pas, Prince ! Je ne peux pas vous obéir, car je suis aujourd'hui soumis au chevalier Ilya Murometz et dois écouter ses ordres. »

« Cosaque Ilya Murometz, ordonne à Slavik de siffler, » dit Vladimir Soleil.

« Siffle, Slavik Rachmanovitch ! Siffle et rugis. Mais seulement avec la moitié de tes forces, » ordonna Ilya.

« Aïe ! Chevalier Ilya ! Mes plaies viennent de sécher et je ne pourrai siffler ni rugir tant que l'on ne m'aura pas apporté de vin nouveau. Et pas un simple pichet mais un demi-tonneau ! Lorsque j'aurai bu ce vin, mes plaies guériront et ma bouche s'ouvrira. »

Vladimir, Prince de Kiev, s'en fut dans la salle de banquet du palais et en rapporta un demi-tonneau de vin nouveau pour Slavik.

Le brigand s'en saisit d'une seule main et le but d'un seul trait. Il siffla ensuite comme un rossignol, rugit comme un fauve et siffla encore comme un serpent de toutes ses forces. Les coupoles dorées des tours se mirent à pencher, les fenêtres du palais s'effondrèrent et les gens qui étaient alentour tombèrent morts. Le prince Vladimir se cacha dans sa pelisse de fourrure.

Le cosaque Ilya enfourcha son cheval et entraîna le brigand au galop vers la vaste plaine en lui disant :

« Tu ne siffleras ni ne rugiras plus ! Tu ne tourmenteras plus les pères ni les mères. Tu ne rendras plus les femmes veuves ni les enfants orphelins. » Et il lui trancha la tête.

On chante et on célèbre cette histoire en l'honneur de Ilya et on la chantera et la célèbrera jusqu'à la fin des temps.

Ensuite, Ilya s'en alla à la recherche du chevalier Svatohor. Il s'en fut par la Russie, par les vastes steppes, jusqu'aux montagnes Saintes. Il avança dans ces montagnes, erra parmi les roches sans rencontrer âme qui vive. Il finit par apercevoir un cheval brun. Il s'en approcha et vit qu'auprès de lui, à terre, dormait un chevalier : Iegor Svatohor. Comparé à lui, Ilya n'était pas plus haut qu'un pouce. Il saisit néanmoins sa massue et frappa le chevalier à la tête afin de le réveiller. Mais le géant ne broncha pas. Son sommeil était si profond qu'Ilya fut obligé de le frapper encore par deux fois pour qu'il réponde enfin :

« Qui lance des pierres ? » fit-il en ouvrant les yeux. Il vit Ilya devant lui, le saisit entre deux doigts et le mit dans sa poche. Puis il se releva et monta à cheval. Il avança durant deux jours, mais sa monture peinait sous la charge, ses jambes ployaient et elle butait dans les pierres.

« Tu es une mauviette pour buter ainsi ! »

Mais le cheval répondit d'une voix humaine :

« Comment pourrais-je avancer alors que je porte deux chevaliers ? »

Svatohor, surpris, mit la main dans sa poche et en retira un chevalier et sa monture !

« Qui es-tu, chevalier russe, pour t'aventurer ainsi sur moi ? » demanda Svatohor.

« Je viens de la ville de Muroma, du village de Karatchov et on m'appelle Ilya Murometz. »

« Pourquoi es-tu venu ? Pour te mesurer à moi ? »

« J'ai entendu parler de ta force et je sais que je ne peux me mesurer à toi. Je ne voulais que te voir car ta gloire s'est répandue de tous côtés. Je t'ai cherché par toute la vaste Russie sans te rencontrer jusqu'à présent. »

« Puisqu'il en est ainsi, viens avec moi dans les montagnes Saintes. Nous irons de concert. »

Ils avancèrent ensemble et Svatohor conta à Ilya :

« Je ne retournerai pas sur la terre de Russie tant que je ne serai pas revenu des montagnes Saintes, car je sais que la terre ploie sous mes pas et que les gens s'enfuient à mon approche. Cela ne me plaît pas que l'on me considère comme un animal effrayant. Aussi vais-je en songeant : j'ai beaucoup trop de force ! Si je trouvais une colonne avec un cercle en son sommet je pourrais la prendre et renverser toute la terre de Russie ! Un jour, à peine avais-je songé à cela que j'aperçus devant moi sur le sol une sacoche de paysan. Elle était si petite qu'on n'aurait même pas pu cracher dessus. Je descendis de cheval et la pris avec ma main droite. Mais elle ne bougea point. Je la pris avec ma main gauche, tirai, tirai, mais ne pus l'arracher de terre. Je la pris à deux mains et, alors que je tirais encore, je m'enfonçai jusqu'aux genoux dans le sol et réussis enfin à arracher la sacoche comme si le vent l'avait soufflée. Alors, je réalisai qu'il y avait dans cette sacoche un voeu de la froide terre de Russie qui disait qu'elle ne souhaitait plus me porter. C'est pourquoi je ne vais plus en Russie et ne marcherai plus que sur les montagnes

Saintes. »

Les chevaliers poursuivirent leur chemin. Sur le plus haut sommet, ils aperçurent un immense cercueil. Ils allèrent jusqu'à lui et Svatohor dit :

« Descends de cheval, Ilya, et prends la mesure de ce cercueil. Il t'attend, sans doute ! »

Ilya obéit et se coucha dans le cercueil. Mais il était beaucoup trop grand pour lui. Dedans, il avait l'air d'une mouche.

« Sors de là, Ilya, ce cercueil n'est pas pour toi, » dit alors Svatohor, « je vais l'essayer aussi. »

Svatohor s'allongea et le cercueil sembla fait à ses mesures. Soudain, il se sentit faible et incapable de se relever :

« Ilya, mon frère ! Aide-moi à sortir de là ! »

Ilya bondit pour l'aider, mais le couvercle se referma et le cercueil fut solidement clos. Svatohor cogna de toutes ses forces, mais ne réussit pas à ouvrir le couvercle. Il cria à Ilya :

« Aide-moi, mon frère ! Je ne parviens pas à soulever ce couvercle ! »

Ilya saisit le couvercle mais ne réussit pas à l'ouvrir.

« Ilya, mon frère ! Prends mon épée magique et brise ce couvercle ! »

« Je le ferais volontiers, chevalier Svatohor, mais je ne peux soulever ton épée ! »

« Penche-toi vers moi, Ilya, je vais te souffler mon souffle chevaleresque. »

Svatohor souffla son souffle chevaleresque sur Ilya et celui-ci sentit que ses forces avaient doublé. Il prit l'épée de Svatohor et l'abattit sur le bois de chêne. Mais quand il porta le coup, un cercle d'acier se forma et ferma le cercueil. Ilya porta un second coup et un second cercle d'acier surgit. Et, à chaque coup suivant la fermeture du cercueil se renforça. Ilya cessa de frapper. Mais Svatohor supplia :

« Penche-toi encore vers moi, Ilya, je soufflerai encore sur toi et te donnerai toute ma force. Ensuite, tu pourras peut-être me venir en aide. »

« Je n'ai pas besoin de toute ta force, chevalier Svatohor. J'ai assez de la mienne pour que la terre puisse encore me porter. »

« Tu as raison de ne pas m'avoir écouté, Ilya. Je n'ai moi-même plus de force et ne t'aurais soufflé qu'un souffle de mort. Porte-toi bien, mon frère. Nous ne parcourrons plus ensemble les montagnes Saintes. Prends mon épée. Et sers-toi de la force que je t'ai donnée. Mais laisse ici mon cheval. Attache-le au cercueil. Personne d'autre que moi ne l'utilisera. »

Svatohor se tut. Ilya demeura là un moment à attendre, le coeur douloureux. Mais il ne put aider Svatohor davantage et n'entendit plus de lui aucune parole.

Alors, il le quitta, mit son épée à son côté et attacha son cheval au cercueil. Puis il s'inclina profondément et abandonna ces montagnes.

Un jour Vladimir-Petit Soleil, Prince de Kiev, fit préparer un banquet de fête. Il envoya des invitations de tous côtés, aux soldats, aux popes et aux chevaliers de Russie. Mais il oublia le meilleur : le cosaque Ilya Murometz. Le vieux cosaque se fâcha. Il tendit son arbalète, y logea une flèche et visa les croix et les dômes des églises. Quand les dômes dorés tombèrent à terre, Ilya cria :

« Venez, mendiants ! Venez à moi miséreux ! Venez ramasser ces morceaux de coupoles d'or et allez à l'auberge. Buvez-y du vin nouveau pendant que l'on festoie chez Vladimir ! »

« Petit père ! » crièrent-ils en s'assemblant autour de lui. Bientôt, Kiev tout entière trembla sous les pas de cette foule de gueux en colère. Lorsque le Prince Vladimir s'en aperçut, il s'assombrit et dit :

« Réfléchissez, mes frères ! Réfléchissez bien et ne vous trompez pas. Qui pourrions-nous envoyer vers Ilya afin de l'inviter au banquet ? »

Ils réfléchirent et dirent :

« Envoyons-lui Dobrynia Nikitich car Ilya le nomme son frère et l'écoutera. »
Dobrynia entra à l'auberge pour y chercher Ilya et se dit :
« Ilya est terrible lorsqu'il est en colère. Qui sait si je ne vais pas à la mort ? Lorsque je me tiendrai devant lui, il me tuera et ne reprendra ses esprits qu'après. Je préfère l'aborder par derrière. Il m'écoutera peut-être. »
Dobrynia arriva donc derrière Ilya :
« Mon frère Ilya Ivanovitch ! Que ta santé soit bonne ! »
Ilya regarda furieusement autour de lui et découvrit son compagnon.
« Qu'est-ce qui t'amène ici ? » demanda-t-il, en colère.
« Je suis venu te trouver, mon frère, non sans raison. Je suis porteur d'une grande nouvelle. Le Prince Vladimir te prie de n'être plus fâché et t'invite au banquet d'honneur dans son blanc palais. »
« Hé ! Le prince savait qui m'envoyer afin de m'inviter. Et toi, mon frère, tu as su comment m'aborder. Et puisque c'est toi qui me le demandes, je me rendrai à cette invitation. »
Ils se rendirent ensemble dans la cour princière. Vladimir saisit les deux mains de Ilya Murometz, le baisa sur la bouche et lui souhaita la bienvenue :
« Sois le bienvenu chez moi, vieux chevalier Ilya Murometz et prends place à ma table. »
On versa à Ilya une coupe de vin nouveau. Il la prit d'une main et la vida d'un trait. On lui en versa une seconde, pleine de bière mousseuse. Ilya la prit d'une main et la but aussi d'un seul trait. On lui versa une troisième coupe dans laquelle il y avait cette fois de l'hydromel. Il la prit aussi et la but encore d'un seul trait. Ensuite, le banquet commença. Lorsque tout le monde fut rassasié et désaltéré, lorsque tout le monde fut gai et un peu ivre, Ilya déclara :
« Hé ! Vladimir-Petit Soleil, Prince de la ville de Kiev ! Tu savais bien qui envoyer pour m'inviter. Si cela n'avait pas été Dobrynia Nikitich, jamais je n'aurais pris la peine de l'écouter. J'aurais saisi mon arbalète, logé une flèche dedans, visé ta chambre. Et je vous aurais tués, toi et la princesse Apraksïa. Mais à présent, je te pardonne ta faute ! »
Le Prince Vladimir se fâcha et ordonna que l'on enfermât le vieux cosaque trois années durant dans les ténèbres d'une cave profonde. Le chevalier y aurait sans doute trouvé la mort si le prince n'avait eu une nièce avisée : Zabava Poutiatichna. Elle savait que le vieux cosaque était le défenseur de tous et elle fit préparer secrètement une clé. Elle fit également porter à Ilya de chaudes couvertures, de la bonne nourriture, de quoi boire et des vêtements. Elle fit tout cela si habilement et discrètement que le Prince Vladimir n'en sut rien.

Cependant, le Tsar Kalin s'était mis en colère contre Kiev. Il désirait détruire la ville, décimer la nation, brûler les églises, couper la tête du prince ainsi que celle de la princesse Apraksïa.
Le Prince errait, désemparé, les larmes aux yeux et les vêtements mouillés par les pleurs. Et il s'adressa à la princesse en ces termes :
« Que faire, ma chère épouse ? Le vieux cosaque Ilya n'est probablement plus de ce monde. Il n'y a plus personne pour protéger la Russie et la Foi ainsi que le royaume de Kiev et nous-mêmes. »
Mais sa bien-aimée lui répondit :
« Petit père Vladimir, Prince de Kiev, le vieux cosaque Ilya est bien vivant. Il est toujours dans les ténèbres des oubliettes. »
Le Prince Vladimir eut du mal à le croire et il saisit une clé pour se rendre en personne à la prison. Il en ouvrit les grilles et vit le vieux cosaque, installé dans la cave, auprès d'un bon repas, et vêtu de vêtements neufs.
Vladimir prit Ilya par la main et le fit sortir de prison pour l'emmener au palais. Là, ils s'assirent face à face, s'embrassèrent sur la bouche, mangèrent ensemble et se désaltérèrent. Puis le Prince déclara :
« Ilya Murometz, fidèle chevalier, viens à notre aide ! Les Tatars ont encerclé Kiev et ce chien de Kalin veut enflammer la Russie. Préserve notre Foi. Protège notre mère, la Russie. Et défends-nous ! »
Ilya se leva sans plus attendre. Il sortit du blanc palais et alla chercher son fidèle cheval à l'écurie. Il le trouva convenablement soigné et commença à l'harnacher : il lui mit sur le dos deux couvertures de soie et une selle circassienne. Il lui passa douze sangles de soie, tira les boucles d'acier, fixa les agrafes d'or... Il fit tout ceci non par souci de parader mais pour affirmer sa force de chevalier car les fils de soie ne se rompent pas, les boucles d'acier ne se brisent pas et les agrafes d'or ne rouillent pas.
Armé jusqu'aux dents, Ilya s'installa sur sa monture. Il avait une massue et une lance de fer, un sabre aiguisé et c'est ainsi équipé qu'il sortit de la ville de Kiev. Il avança et avança encore jusque vers l'armée tatare. Celle-ci se tenait dans la vaste plaine. Les cris humains et les hennissements des chevaux auraient effrayé n'importe quel homme. Ilya galopa dans la plaine sans voir le bout de cette armée. Il eut beau regarder de tous côtés, elle était présente partout. Il galopa plus loin, jusqu'à une haute montagne d'où il observa la situation. A l'ouest, il aperçut des tentes blanches et, près d'elles, des montures de chevaliers.
Ilya descendit de la montagne jusqu'à ces tentes. Il poussa son cheval auprès des autres. Ceux-ci se nourrissaient de froment. Puis il entra dans une tente blanche où il trouva

Samson Samoïlovitch, Dobrynia Nikitich, Alïocha Popovitch, Vassili Dolgopolyi, Suchman, Michaïl Danilovitch, Grichko – un fils de boyard – et en tout, douze chevaliers russes. Ils étaient assis là et mangeaient du pain et du sel. Quand ils virent Ilya, ils bondirent sur leurs jambes, le saluèrent et l'embrassèrent. Puis ils l'invitèrent auprès d'eux pour partager leur pain et leur sel.
« Petit père béni Samson Samoïlovitch, et vous braves chevaliers russes, sellez vos chevaux, enfourchez-les et venez avec moi dans la vaste plaine. Car, sous les remparts de notre glorieuse ville de Kiev, se tient ce chien de Kalin accompagné de son armée. Il veut détruire la ville, décimer le peuple, brûler les églises et couper la tête du prince et celle de la princesse. Levez-vous, Russes, défendez votre ville, vos églises et vos princes ! » déclara Ilya.
Mais Samson Samoïlovitch répliqua :
« Hé ! Ilya Murometz, cher fils béni. Nous ne sellerons pas nos chevaux. Nous ne les enfourcherons point. Nous ne nous rendrons pas dans la vaste plaine. Nous ne défendrons ni la Russie, ni sa Foi, ni la ville de Kiev, ni son église, ni son prince ni sa princesse. Vladimir possède assez de boyards et de prêtres dont il prend soin et qu'il couvre de cadeaux sans jamais s'inquiéter de nous... »
Ces propos ne plurent guère à Ilya. Il ne dit mot et sortit de la tente. Il prit son cheval par sa bride de soie et se rendit dans la vaste plaine vers l'armée tatare. Là, tel un aigle, il fondit, non pas sur une proie facile mais sur la puissante armée tatare. Les sabots des chevaux crépitèrent. Les lances cliquetèrent. Et Ilya faucha cette puissance comme on fauche simplement de l'herbe. Alors, son cheval lui dit avec une voix humaine :
« Ah ! Glorieux chevalier russe ! Même si tu es le plus fort, tu ne pourras vaincre les Tatars car ils sont très nombreux. Kalin a encore beaucoup de soldats et de chevaliers en réserve. Il a fait creuser trois fossés profonds dans la plaine. Lorsque tu auras vaincu cette armée, je sauterai le premier fossé en te portant sur mon dos. Puis je sauterai le second en te portant toujours sur mon dos. Mais quand je franchirai le troisième, qui est aussi le plus profond, je ne pourrai plus te porter et serai obligé de te laisser dedans. »
En entendant cela, Ilya saisit son fouet. Il en cingla son cheval et lui dit :
« Ah ! Traître ! Je t'ai nourri. Je t'ai soigné et tu veux m'abandonner dans la vaste plaine, dans un profond fossé ! »
Et il poussa sa monture vers la plaine. Les sabots des chevaux tatars firent jaillir des étincelles, les lances cliquetèrent et fauchèrent l'herbe. Et la force d'Ilya ne le quitta point et ne faiblit point. Lui et sa monture arrivèrent au premier fossé. Le cheval le franchit en gardant Ilya sur son dos. Et le chevalier se battit encore avec les Tatars. Sa force ne le trahit point. Sur son bon cheval, il n'avait peur de rien. Ils arrivèrent au

second fossé. Le cheval le franchit aussi en gardant toujours Ilya sur son dos. Et Ilya battit encore les Tatars comme s'il avait fauché de l'herbe. Ses forces ne diminuèrent point. Sur son bon cheval, il n'avait peur de rien.

Puis ils arrivèrent au troisième fossé. Le cheval le franchit mais il ne parvint pas à garder Ilya sur son dos. Ilya glissa de sa monture et demeura dans le fossé. Les Tatars voulurent attraper le cheval, mais celui-ci ne se laissa point approcher et s'enfuit dans la vaste plaine. Aussi l'ennemi retourna-t-il vers Ilya. Ils l'enchaînèrent et lui lièrent les mains. Puis ils voulurent lui couper la tête.

« Ne coupez pas sa tête chevelue, » crièrent certains. « Nous allons conduire Ilya devant le tsar Kalin. Lui seul décidera de son sort. »

Ils conduisirent Ilya à la tente de Kalin et lui dirent :

« Tsar, nous avons capturé le vieux cosaque Ilya Murometz dans ton fossé le plus profond et nous te l'avons amené afin que tu décides de ce que l'on doit en faire. »

« Hé ! Toi, vieil Ilya Murometz ! Comment as-tu pu oser t'en prendre à mon armée puissante ? Tu as failli la vaincre à toi seul ! Vous, détachez-lui les mains et les pieds ! Et toi, vieux cosaque, prends place à ma table auprès de moi. Mange de ces mets, bois de mon hydromel et prends mon or et mes habits précieux. Ne sers plus ce prince russe et viens à mon service à moi, Tsar des Tatars ! »

« Je ne m'assierai point à ta table. Je ne toucherai pas à ta nourriture. Je ne boirai pas de ton hydromel. Je ne prendrai ni tes somptueux habits ni ton or ! Je ne te servirai pas, chien de Kalin ! Je défendrai toujours ma mère patrie, la Russie, sa Foi, la ville de Kiev, le prince Vladimir et la princesse Apraksïa ! » répondit Ilya en sortant de la tente. Mais il n'avait rien. Ni cheval, ni arme qui pussent l'aider à combattre. Les Tatars l'encerclèrent et voulurent l'abattre. Ilya vit que les choses tournaient mal. Il attrapa un premier Tatar par les jambes et commença à s'en servir comme d'une massue. Les Tatars s'enfuirent et Ilya traversa leurs rangs. Il atteignit la vaste plaine et siffla. Son fidèle cheval l'entendit et vint à lui et Ilya l'enfourcha pour s'en aller vers la montagne. Là, il regarda de tous côtés. Il vit qu'auprès d'une tente blanche se trouvait un cheval. Il descendit du sien, banda son arc, prit une flèche et visa la tente blanche. « Vole jolie flèche ! Vole vers cette blanche tente. Transperce-la et plante-toi dans la poitrine blanche du petit père Samson, mon parrain. Plante-toi dans cette poitrine, mais n'y fais qu'un petit trou, seulement un tout petit trou. Il dort, et je ne peux aller là-bas moi-même, » dit Ilya à la flèche. Puis il tendit le fil de soie. La flèche fut lancée. Elle vola jusqu'à la blanche tente, transperça le toit et tomba sur la poitrine de Samson Samoïlovitch. Elle n'y fit qu'un tout petit trou. Samson s'éveilla d'un sommeil profond, ouvrit les yeux et vit qu'il n'avait plus de toit !

« Hé ! Chevaliers de Russie ! Sellez vite vos chevaux et enfourchez-les sans plus attendre ! Mon filleul m'a envoyé une mauvaise nouvelle. Une flèche a volé jusqu'ici. Elle est entrée dans ma poitrine et ne m'a fait qu'un petit trou, juste un petit trou. Grâce à Dieu, j'avais autour du cou une chaîne ornée d'une croix. Et je la bénis, car si je ne l'avais pas eue, la flèche m'aurait transpercé le coeur ! »

Les chevaliers ne se le firent pas dire deux fois. Ils montèrent à cheval et s'en allèrent dans la vaste plaine, vers la ville de Kiev et l'armée tatare.

Du haut de sa montagne, Ilya vit douze chevaliers galoper sur leurs montures. Il se remit lui-même à cheval pour aller à leur rencontre. Ensemble, ils combattirent l'ennemi, dans le piétinement des chevaux et le cliquètement des lances. Puis ils arrivèrent auprès de la tente du tsar Kalin.

« Nous aurons sa tête, à ce chien de Kalin ! » dirent les chevaliers russes.

« Pourquoi faire ? » répliqua Ilya Murometz. « Enchaînons-le et menons-le à Kiev devant le prince Vladimir. »

Et c'est ce qu'ils firent. Ils conduisirent le tsar Kalin au blanc palais du glorieux prince Vladimir.

Le prince accueillit le Tatar à bras ouverts. Il le fit asseoir à sa table, lui offrit à manger et à boire. Et Kalin déclara :

« Ah ! Prince Vladimir ! Tu n'as pas voulu de ma tête. Je te composerai donc une chanson de geste. Je te paierai un tribut pour l'éternité et ne reviendrai jamais sur la terre de Russie. »

C'est ainsi que l'on raconte cette légende à la gloire d'Ilya Murometz et c'est ainsi qu'elle finit, tout à son honneur.

LE CID

Comment la colère
du roi Alfonso chassa
le Cid de Castille et comment
le Cid conquit la gloire,
la richesse et la ville
de Valence avant
de retrouver la faveur
du roi

La belle épopée du Cid, le Romancero, *qui date du XIIe siècle, conte des faits historiques, concernant un héros national espagnol, le noble Rodrigue, autrement nommé Ruy Diaz de Bivar, qui vécut de 1040 à 1099.*

Après la mort du puissant roi Fernand qui soumit la Castille et le Léon, son fils Don Sanche lui succèda sur le trône. Il était juste et aimable mais mourut peu de temps après et Don Alfonso devint roi. Depuis l'époque du roi Fernand, un fidèle vassal servait à la cour : le noble Rodrigue, autrement nommé Ruy Diaz de Bivar. Rodrigue était né sous une bonne étoile et avait pris l'épée sous les meilleurs auspices ! Depuis longtemps déjà, sa gloire avait franchi les frontières de la Castille et l'on parlait de ses exploits dans toute l'Espagne et au royaume des Maures. On ne l'appelait plus que le Cid Campeador.

Un jour de l'année 1081, le roi Alfonso envoya le Cid chez les souverains maures de Cordoue et de Séville afin d'y collecter le tribut qu'ils lui devaient.

Le Cid fit ce que le roi lui avait ordonné puis s'en retourna dans son domaine de Bivar. Mais à un bienfait ne répond pas toujours un autre bienfait. Le roi prêta l'oreille aux propos des bavards et des jaloux de sa cour et finit par croire à leurs discours qui disaient que le Cid l'avait trompé et ne lui avait remis que la moitié de l'argent des Maures. Il se mit en colère et adressa une lettre au Cid. En raison de ses prétendus mauvais services, il y ordonnait au Cid de quitter d'ici neuf jours son pays natal, le royaume de Castille.

Le Cid savait bien qu'il était victime d'une injustice, mais il savait également qu'un fidèle vassal se doit d'obéir à l'ordre de son suzerain. Aussi ne lui resta-t-il d'autre alternative que de se mettre en route. Auparavant, il convoqua ses voisins et ses vassaux dans son palais de Bivar et leur déclara :

« Mes amis, je suis victime d'une injustice. Le roi n'a pas apprécié mon service et me chasse de Castille. Il me reste neuf jours au terme desquels il m'ordonne de quitter ma patrie. Ceux qui me suivront seront récompensés par Dieu. Quant à ceux qui resteront, je leur dirai adieu sans colère. »

« Nous irons avec toi, Cid, » répliqua Alvar Fañez, cousin du Cid et le plus fidèle de ses amis, « et nous ne te quitterons pas tant que nous serons en vie et en bonne santé. Nous te servirons toujours en amis et vassaux dévoués. »

Les autres confirmèrent les paroles d'Alvar et le Cid les remercia chaleureusement. Comme ils n'avaient plus de raison de différer leur départ, le Cid et ses seize fidèles se mirent en chemin pour Burgos. Il regarda une dernière fois son palais avec des larmes dans les yeux et il l'abandonna, désert, vide, les portes grandes ouvertes et les grilles non verrouillées. Le Cid avait le coeur lourd et il soupira à haute voix :

« Une telle infortune ne m'a été causée que par la faute de vils envieux ! » Et, comme si cela ne suffisait pas à son malheur, un corbeau de mauvais augure traversa le chemin en venant de la gauche. Soudain, alors qu'ils arrivaient aux portes de Burgos, un autre corbeau traversa la route en venant de la droite. Le Cid regarda ses compagnons joyeusement :

« Alvar Fañez, mes amis, regardez, un bon augure a effacé le mauvais. Notre mauvais sort tournera aussi. En ce moment, vous êtes tous comme moi exilés de Castille, mais nous y retournerons pleins d'honneur ! »

Lorsqu'ils arrivèrent dans Burgos, jeunes et vieux sortirent des maisons en courant, des gens se penchèrent à leurs fenêtres et l'on entendit de toutes parts :

« Le Cid, Ruiz Diaz, est un si bon vassal... S'il pouvait avoir un aussi bon suzerain ! »

Les habitants de Burgos auraient bien volontiers accueilli et hébergé le Cid, mais ils n'en avaient pas le droit. La colère du roi était terrible. Pas plus tard que la veille, était arrivée à Burgos une lettre de lui contenant cet ordre sévère : quiconque hébergera le Cid, le nourrira ou lui viendra en aide d'une façon quelconque sera puni. Il perdra son bien, la vue et la tête. Quant à son âme, elle sera maudite. Aussi les gens se cachèrent-ils, refermèrent-ils leurs fenêtres, verrouillèrent-ils leurs portes et tirèrent-ils leurs loquets. Aucun d'entre eux n'osa adresser le moindre mot au Cid. Seule, une petite jeune fille d'environ dix-neuf ans redressa la tête et chuchota rapidement :

« Cid Campeador, tu as pris l'épée un bon jour. Le roi nous a hier adressé une lettre afin que nous ne t'aidions en aucune façon. A défaut de quoi nous risquerions notre bien et notre tête. Or, notre mort ne te servirait pas. Aussi ne pouvons-nous rien pour toi si ce n'est vous souhaiter, à toi et à tes compagnons, beaucoup de chance. »

Le Cid fit tourner son cheval et sortit de la ville. Il traversa la rivière Arlanson et campa à la belle étoile avec ses fidèles compagnons. Au cours de cette triste heure, un cavalier apparut entre les tentes. Le Cid le reconnut aussitôt :

« Martin Antolinez, tu as eu le courage de nous suivre depuis Burgos ? »

« Campeador, tu es né sous une bonne étoile. J'apporte du pain et du vin pour toi et tes amis. Je n'ai rien acheté. Tout vient de chez moi. Néanmoins, cela suffira à me faire tomber en disgrâce auprès du roi. Mais qu'importe ! Tant que nous serons en vie et en bonne santé... Le roi finira bien par me pardonner et, s'il ne le fait pas, la propriété que j'abandonne à Burgos ne vaudra guère mieux qu'une pièce percée. »

« Tant que nous serons en vie, Martin Antolinez, je te revaudrai au centuple ce que tu viens de faire pour moi en ce pénible instant. Tu vois, j'ai distribué tout mon or et mon argent et je n'ai plus rien, pas même de quoi nourrir ma troupe. Mais je sais ce que je vais faire, même si cela me coûte :

« Nous allons emplir deux coffres de sable, nous allons les recouvrir de cuir écarlate et les ferrer de serrures dorées. Tu vas retourner à Burgos, Martin Antolinez, et tu vas les mettre en dépôt chez les usuriers Raquel et Vidas. Ils nous croiront sûrement, car ils penseront sans doute comme le roi qu'il s'agit là de l'argent des Maures que j'ai gardé. »

Martin Antolinez ne perdit pas de temps. Dès la nuit venue il frappa aux portes de Burgos :

« Raquel, Vidas, mes vieux amis, je voudrais vous parler en toute confiance. »

Raquel et Vidas étaient assis ensemble dans leur cave et comptaient de l'argent.

« Raquel et Vidas, écoutez ce que je vais vous dire. Mais auparavant donnez-moi la main et jurez de ne rien dire. Je vous promets que vous allez être riches. Mon Cid Campeador, sur l'ordre du roi, a rapporté l'impôt de chez les Maures. Il s'agissait d'une somme énorme ! Il a gardé pour lui deux coffres d'or le plus pur. A cause de cela, il fut disgrâcié et dut quitter le pays. Bien entendu, il ne peut emporter ces coffres à moins de se trahir. Aussi voudrait-il les déposer chez vous afin de les cacher un an durant. Sur cette garantie il vous emprunterait une somme honnête. Mais pendant toute cette année, vous ne devrez pas toucher aux coffres. »

Lorsque Martin eut fini de parler, Raquel et Vidas tinrent conseil, puis ils dirent :

« Nous savons bien que le Cid a rapporté de chez les Maures une somme énorme. Celui qui a autant d'argent ne peut dormir en paix. Aussi prendrons-nous l'or du Cid en dépôt et ne jetterons-nous même pas un coup d'oeil aux coffres. Mais dis-nous au moins combien le Cid veut nous emprunter et à quel taux d'intérêt. »

« Mon Cid ne désire rien que d'honnête. Six cents deniers lui conviendraient. »

« D'accord, » répondirent Raquel et Vidas, « mais donne-nous d'abord la garantie et nous te donnerons l'argent. C'est la loi du commerce. »

« Bien, » dit Martin Antolinez, « nous avons peu de temps. Venez avec moi au camp du Cid et nous vous aiderons à transporter les coffres et à les cacher en lieu sûr à l'abri des Maures et des Chrétiens. »

Au campement, le Cid remit les coffres aux usuriers. Ils étaient si lourds qu'ils parvinrent juste à les soulever. Dans les ténèbres, ils rentrèrent du camp à Burgos avec l'or du Cid et se réjouirent à l'idée de vivre riches désormais. Tandis que le jour se levait, ils comptèrent à Martin Antolinez pour le Cid trois cents pièces d'argent et trois cents pièces d'or. Il reçut pour lui seul trente pièces d'or pour leur avoir permis de réaliser une aussi bonne affaire.

« Et maintenant, mon Cid, ordonne de défaire les tentes et prenons la route. Le temps passe. Si tu veux encore faire halte au cloître San Pedro de Cardeña et dire adieu à ton épouse Chimène et à tes filles, nous devons y être avant que le coq ne se mette à chanter. Ensuite, nous quitterons le royaume, » dit le fidèle Martin Antolinez.

Peu de temps après, toute la troupe était à cheval. « A San Pedro de Cardeña, mes amis, » cria le Cid en éperonnant sa monture. Toute la troupe s'élança joyeusement au galop. Au premier chant du coq, le Cid avait atteint le portail du cloître. Le père Don Sancho accueillit le Cid et sa suite et leur proposa asile et nourriture.

« Je vous remercie, Don Sancho. Je suis un exilé et je quitte la Castille. Je suis venu afin de dire adieu à mon épouse et à mes filles. Voici cent pièces d'or. Occupez-vous d'elles pendant toute cette année aussi bien que vous le pourrez. Veillez à ce qu'il ne leur manque rien. Je vous promets que pour chaque pièce que vous serez amené à donner en plus, votre église en recevra quatre. »

Le père accepta volontiers et ordonna que l'on fît venir Chimène et ses deux filles, Elvire et Sol.
« Campeador, pourquoi faut-il que la vilenie de ces médisants vous chasse du pays, » pleura amèrement Chimène. Elle tomba à genoux devant le Cid et lui baisa les mains.
« Doña Chimène, mon épouse bien-aimée, je vous chéris comme mon âme. Mais vous voyez bien que nous devons nous séparer, » dit le Cid en embrassant ses petites filles qu'il aimait beaucoup et souffrait de devoir quitter.
A ce moment, les cloches de San Pedro se mirent à sonner et annoncèrent à toute la Castille que le Cid Campeador quittait le pays natal. Lorsque les chevaliers de Castille les entendirent, ils abandonnèrent qui leur maison, qui leur champ et traversèrent le pont sur l'Arlanson à la rencontre du Cid. A l'aube, ils étaient cent cinquante à l'avoir rejoint. Et, chaque jour qui suivit, sa troupe augmenta et se renforça. Il en vint encore et encore qui lui baisèrent la main en signe d'allégeance. Six jours passèrent ainsi au cloître de San Pedro de Cardeña. Il n'en restait plus que trois et le Cid déclara à sa troupe :
« Préparez-vous au départ, mes chevaliers. Procurez-vous le nécessaire. Je n'ai pas beaucoup d'argent mais chacun en aura sa part. Demain matin, au chant du coq, sellez votre cheval. Lorsque la cloche sonnera, le père nous dira une messe. Puis, nous nous mettrons en chemin. »
La nuit s'écoula et le jour se leva. Au chant du coq, les fidèles du Cid sellèrent leurs chevaux. Et, lorsque les cloches se mirent à sonner, ils se rendirent à l'église derrière le Cid et Doña Chimène. Tous prièrent afin que le sort soit favorable au Cid. Mais aucun ne pria avec autant de ferveur que Chimène :
« O Seigneur ! Protège le Cid du mal et fais que nous nous revoyions à nouveau quand bien même nous devons aujourd'hui nous séparer. »
Lorsqu'ils furent sortis de l'église, tous montèrent à cheval. Une dernière fois, le Cid embrassa Chimène et, en larmes, elle lui baisa la main sans pouvoir davantage retenir sa peine. Puis ils se séparèrent dans les pleurs et la douleur. Le Cid se tourna vers les autres, mais il revint encore vers Chimène. Alors, Alvar Fañez déclara sagement :
« Mon Cid, toi qui es né sous une bonne étoile, où est donc ta vaillance ? Il est temps de partir et nous devons nous dépêcher. Mais fais que votre peine laisse place à la joie! »
Ainsi le Cid quitta-t-il le cloître San Pedro de Cardeña. Tout le long du jour, il galopa en compagnie de sa troupe sous le soleil torride. La nuit, ils firent halte à Espinas de Can et, de tous côtés, des cavaliers vinrent les rejoindre et s'ajoutèrent aux exilés. La nuit suivante, lorsqu'ils atteignirent Figueruele, la troupe était encore plus nombreuse. Il ne restait plus qu'une journée au terme imposé par le roi. Neuf jours auparavant, l'exilé était seul. Aujourd'hui, trois cents combattants le suivaient. Trois cents armures furent

dénombrées par le Cid et, sur chacune d'elles, étincelait un blason.
« Demain, mes amis fidèles, nous traverserons la Sierra et nous quitterons le pays du roi Alfonso, » dit le Cid.
La journée torride s'écoula et, dans la nuit fraîche et sombre, ils traversèrent la frontière de la Castille et campèrent à l'abri près de la ville de Castejon au-dessus de Henares.
Lorsque le jour pointa, Alvar Fañez, cousin du Cid, vint le trouver et lui dit :
« Mon Cid, tu as pris l'épée sous de bons augures. Ecoute mon conseil. Reste ici avec une centaine d'hommes et attaque la ville de Castejon. Quant à moi, permets-moi de poursuivre avec deux cents autres hommes jusqu'à la ville d'Alcala. »
« Tu parles bien, mon cousin. Prends avec toi Alvar Alvares et Alvador Alvara. Ce sont de preux chevaliers. Allez avec courage ! Pénétrez dans Guadalajara sans crainte des Maures. Pendant ce temps, je prendrai Castejon et tiendrai la ville pour nous y protéger.
Le soleil se leva et un jour nouveau commença. Castejon s'éveilla lentement. Les portes de la ville s'ouvrirent et les Maures en sortirent pour aller aux champs, dans leurs jardins, ou pour mener paître les troupeaux. C'est alors que le Cid attaqua. Les gardes, surpris, prirent peur et s'enfuirent. Et le Cid entra dans la cité sans avoir besoin de combattre. Les soldats rapportèrent au Cid un énorme butin d'or et d'argent. Ils donnèrent tout au Campeador. Pendant ce temps, Alvar Fañez connaissait aussi un heureux sort. Après avoir dépassé Henares et Guadalajara, il atteignit la ville d'Alcala et s'en revint aussi avec un riche butin. Le Cid vint à sa rencontre devant Castejon :
« Ainsi, tu es revenu, Alvar Fañez, mon preux chevalier. Ajoute ton trésor au mien et prends-en le cinquième, si tu es d'accord, » proposa le Cid à son cousin.
« Glorieux Campeador, que le cinquième que tu m'offres aille à Alfonso de Castille. Je

ne veux rien pour moi. Je ne désire rien d'autre que demeurer près de toi et combattre les Maures tant que je serai à même de tenir mon bouclier et mon épée, » répondit Alvar Fañez.

Alors, le Cid ordonna que l'on fît le compte du butin et qu'on le partageât entre les soldats.

Chacun des chevalier reçut cent pièces d'argent, ceux qui combattaient à pied en reçurent la moitié et un cinquième du tout revint au Cid.

Le lendemain, tous étaient à nouveau en selle. Jour après jour, le Cid mena sa troupe au-delà de Henares, par Alcarija, Alama, Boverca, Teca et Alcocera. Là, au milieu du pays des Maures, ils établirent leur campement sur un versant abrupt au-dessus de la rivière Jalón afin d'avoir suffisamment d'eau et d'être en bonne position pour attaquer la ville. Le Cid ordonna que l'on érigeât des remparts et que l'on creusât des fossés tout autour du camp afin d'y être en sécurité.

Mais la ville d'Alcocera refusa de se rendre. Les Maures préféraient payer un tribut, non seulement pour Alcocera, mais aussi pour Terrera, Teca et les autres villes autour de Calatayud. Le Cid attendit quinze semaines avant d'avoir finalement recours à la ruse.

Un matin, du haut des remparts d'Alcocera, les Maures virent s'éloigner le Cid et sa troupe. Les cavaliers étaient en armes, l'épée au côté, le bouclier et la lance en main. Une seule tente demeurait sur la colline au-dessus du Jalón.

« Le Cid manque de pain et ses vivres sont épuisés, » se réjouirent les Maures d'Alcocera. « Il n'a laissé qu'une seule tente et s'enfuit comme si on l'avait chassé. A présent, c'est nous qui allons l'attaquer et rapporter gloire et argent. Quant au tribut que nous lui avons payé, nous allons le récupérer au centuple. »

Ils se ruèrent hors de la ville, jeunes et vieux, sans plus penser à rien. Ils laissèrent ouvertes les portes de la ville sans le moindre garde. Ils ne pensaient qu'à une seule chose : « La richesse est à portée de nos mains. » Le Cid observait cela et, quand il vit que les Maures étaient assez loin de la ville, il ordonna que l'on fît faire demi-tour aux chevaux. Les cavaliers s'élancèrent et, en un instant, ils furent parmi les Maures et dans la ville. Les Maures tentèrent de regagner la cité, mais les chevaliers du Cid les en empêchèrent sans pitié. Certains galopèrent jusqu'aux portes de la ville et barrèrent le chemin de leurs armes. La bataille ne dura pas longtemps et le Cid et sa troupe s'emparèrent d'Alcocera.

« Ecoutez ce que je vais vous dire ! » dit le Cid à ses soldats. « Alcocera sera pour nous un asile sûr. Nous y avons acquis de bonnes prises et les Maures qui n'ont pas péri n'auront qu'à revenir et nous servir. A présent, nous sommes ici les maîtres. »

L'histoire du sort d'Alcocera se répandit dans les autres villes maures de Terrera, Teca, Calatayud et on envoya des messagers à Valence chez le roi maure Tamin. « Un homme que l'on appelle Cid ou Ruiz Diaz de Bivar a attiré la colère du roi Alfonso et fut chassé de Castille. Non loin d'Alcocera, il a établi un siège et a réussi à s'emparer de la ville par la ruse. Si tu ne nous viens pas en aide, tu perdras aussi Teca et Terrera, peut-être même Calatayud. Tout le pays autour du Jalón est déjà tenu par les Espagnols. Il en sera bientôt de même pour Siloca et tout ton royaume. ».

Ce message emplit le roi Tamin de colère :

« Là, à ma cour, je vois trois rois maures. Deux d'entre eux n'ont qu'à se lancer avec trois mille hommes d'armes contre le Cid. Je les aiderai aux frontières. Attrapez-moi ce Cid et ramenez-le moi vivant ! Il a osé s'aventurer dans mon pays et il me le paiera ! »

Les Maures s'empressèrent d'obéir à l'ordre du souverain. Mais ils assiégèrent en vain Alcocera pendant trois semaines. Ils tentèrent sans succès de couper la route de l'eau au Cid et ils s'efforcèrent inutilement de se rendre maîtres des Espagnols. Enfin, les deux rois maures Fariz et Galva furent vaincus. Fariz trouva refuge derrière les remparts de Terrera et Galva fut poursuivi par le Cid jusqu'à Calatayud.

Mais, écoutez encore l'épopée du Cid...

Après la bataille d'Alcocera, le Cid revendit la ville aux Maures et poursuivit sa route car beaucoup d'autres villes d'Espagne appartenaient encore aux Maures.

Il établit un nouveau camp sur la montagne de Montreal. Et cette montagne se nomme depuis lors la montagne du Cid et elle se nommera ainsi tant que vivront Chrétiens et Maures au royaume d'Espagne. De là, il se lança contre les villes maures de toute la région jusqu'à la rivière Martino. Et, jusqu'à Saragosse, les Maures contèrent l'événement. Il ne tarda pas à se rendre maître de toute la contrée et Saragosse, dans la crainte, lui paya un tribut. Et celui qui était né sous une bonne étoile vainquit également l'armée du Comte de Barcelone, Ramón. Au cours de la bataille, celui-ci perdit sa

célèbre épée Colada qui valait plus de mille pièces d'or et s'enfuit comme un lièvre. Ensuite, le Cid quitta la région de Saragosse. Il dépassa Huesca, Mont Albea et se rendit à l'est, vers la mer. Il assiégea Jeric, Honda et Alménar, chassa les Maures de la région de Burriana et de Murviedro. Il fit même trembler Valence.
Mais le Cid lui-même ne put s'attaquer à cette ville puissante. Il ne perdit cependant pas son temps. Nuit après nuit, ses cavaliers assaillirent les environs. Ils attaquèrent Jativa, Hujer, abattirent les remparts de Denia, au sud de la ville et assiégèrent Peña Cadelia. Trois ans durant, le Cid combattit ainsi et il ne resta plus aux Maures que Valence, avec de la colère et de l'amertume au coeur.
En ville, les gens mouraient de faim. Il n'existait plus ni père, ni fils, ni ami. Le roi du Maroc en personne prit la tête de ses armées et vint de l'Atlas pour combattre, mais il ne put venir en aide à Valence.
Alors, le Cid envoya de rapides messagers proclamer par la Navarre, l'Aragon et même la Castille : Que ceux qui sont dans la misère et désirent s'enrichir me rejoignent. Je m'apprête à combattre pour rendre Valence à ceux à qui elle appartenait. Qui veut assiéger la ville avec moi ? Je n'accueillerai que les volontaires. Personne ne viendra contre sa volonté. J'attendrai trois jours au fond de ce ravin ! »
Les Espagnols se rendirent en grand nombre à cet appel et le coeur du Cid s'émut devant la foule des volontaires. Le Campeador assiégea donc la ville avec une armée énorme, tant et si bien que les Maures ne purent résister. Ils ne purent bouger, ni employer aucune ruse et personne ne vint à leur secours car le Cid ne leur en laissa pas le temps. La ville fut ainsi encerclée durant neuf mois. Et, au cours du neuvième mois de l'année 1094, la ville de Valence se rendit. Une joie immense parcourut les rangs espagnols. Ils célébrèrent le Cid qui était né sous une bonne étoile. L'or et l'argent ne manquèrent pas. Le Cid en reçut le cinquième, trois cents mille pièces, et il put payer sa dette à Raquel et à Vidas. Il poussa des cris de joie avec ses compagnons lorsque son étendard flotta au-dessus de l'Alcazar.
« Alvar Fañez, » fit-il en se retournant vers son fidèle chevalier, « te souvient-il de la poignée d'hommes qui quitta Bivar ? Nous sommes à présent trois mille six cents et nous avons vaincu les Maures ! Comme notre départ de Castille me semble loin ! Regarde ma barbe et mes moustaches ! Comme je m'en étais fait la promesse, les ciseaux n'y ont pas touché. Et je ne me raserai pas tant que le roi ne m'aura pas rendu justice. Si tu le veux bien, mon ami, je vais t'envoyer en Castille. Donne au roi Alfonso, mon Seigneur, cent chevaux comme part de notre butin. Baise sa main de ma part et prie-le de laisser Doña Chimène et mes filles me rejoindre sur la terre que nous avons conquise. »
« J'accomplirai avec joie ce que tu me demandes, » répondit Alvar Fañez et il se rendit

en Castille accompagné de cent soldats. Le roi séjournait à Carriona. Là, Alvar Fañez tomba à genoux devant lui, lui baisa la main et lui déclara :
« De grâce, notre Seigneur et notre roi ! Le Cid Campeador vous baise les mains et vous demande miséricorde. Vous l'avez chassé de sa patrie, mais il a combattu pour vous dans des contrées lointaines et étrangères. Il a pris les forteresses de Jeric et de Honda, Almenar et la grande ville de Murviedro. Il a fait de même avec Cellola, Castejon et la fière Peña Cadelia. Il est de surcroît maître de Valence où il a établi un évêque. Il a été vainqueur dans de nombreuses batailles et a récolté un riche butin. Pour preuve de cela, je vous amène cent chevaux harnachés comme il se doit. Acceptez-les comme un présent du Cid. Il demeure votre fidèle vassal et vous êtes son suzerain. »
« Je me réjouis des victoires du Campeador et j'accepte volontiers son présent, » répondit le roi. Mais le sournois et médisant Garcia Ordoñez, lui, ne se réjouissait point.
« On dit, » insinua-t-il, « qu'il ne reste plus aux alentours de Valence âme qui vive. Le Cid y fait tout ce qu'il veut. »
Mais cette fois, son discours n'atteignit pas l'oreille du roi et ce dernier l'interrompit :
« Cessez de tenir ce langage, comte, en toutes circonstances le Cid m'a mieux servi que vous. »
Et Alvar Fañez parla à nouveau avec noblesse :
« Le Cid vous prie de laisser Doña Chimène et ses filles sortir du cloître où elles vivent depuis si longtemps afin de rejoindre le Campeador à Valence. »
« J'accède volontiers à cette prière. Sur le territoire de mon royaume, je les protègerai du mal, des offenses et des injures, » déclara alors le roi et se tournant vers les courtisans, il dit :
« Que le Campeador et ses fidèles reviennent en ma grâce ! Je leur rends le bien que je leur ai pris. Qu'ils oublient le mal et les offenses et servent loyalement leur seigneur ! »

ROBIN DES BOIS

Comment le fidèle
comte Robert Huntingdon
devint Robin des Bois
et son amie Marianne
reine de la forêt
de Sherwood

Lorsque le roi Richard Coeur de Lion quitta l'Angleterre, en 1190, afin de participer à la troisième croisade en Terre sainte, son pays traversa une bien pénible période. Le frère du roi s'empara du pouvoir. Il s'agissait de l'ambitieux prince Jean. Envers ceux qui étaient restés fidèles au roi et ne voulaient pas se soumettre à lui, il fut cruel et sans pitié. Il employa tous les moyens pour les dépouiller et les soumettre. Il prit leurs terres, brûla leurs châteaux et, sans le moindre jugement ni autre forme de procès, chassa les gens de leurs propriétés.

Le comte Robert Huntingdon, seigneur d'un des plus nobles châteaux du nord de l'Angleterre, dans le Nottinghamshire, était l'un des plus fidèles sujets du roi Richard. Longtemps, le prince Jean ne parvint pas à s'emparer de ses biens. Le comte Robert était un noble et preux chevalier. Son fils Robert était le meilleur tireur à l'arc des alentours et les gens louaient la grandeur d'âme et la générosité de leur seigneur. Seule, la trahison pouvait forcer les portes du château. Et c'est ainsi qu'une nuit sombre, les hommes d'armes du prince Jean pénétrèrent dans la forteresse, vainquirent le comte Huntingdon et massacrèrent tous ses gens. Seul, le jeune Robert réussit à s'enfuir dans la proche forêt de Sherwood. De sa cachette, il vit brûler le château de son père. La colère et la douleur emplirent son coeur. Il était seul, orphelin et sans abri. Il venait de perdre ses plus proches amis et tous ses biens. Il ne lui restait que son arc et sa corne de chasse accrochée à son cou.

Il finit par se calmer, s'agenouilla dans l'herbe et fit ce serment : « Je jure de servir fidèlement Dieu et le roi, d'aider les pauvres et de punir l'oppresseur. Je distribuerai le bien des riches aux pauvres. Que le Seigneur me vienne en aide ! »

Puis il s'allongea sous un arbre, son arc à côté de lui et il s'endormit.

La nouvelle de ce qui était arrivé au château du comte Huntingdon se répandit comme l'éclair. Comme un semblable destin était le lot de nombreuses gens en Angleterre, Robert ne tarda pas à avoir une troupe de jeune gens autour de lui, qui ne désiraient pas courber la tête. Bientôt, le peuple conta des anecdotes au sujet des joyeux drilles de la forêt de Sherwood. Ils vivaient libres comme les oiseaux du ciel et avaient pour chef celui qu'ils n'appelaient plus le comte Huntingdon mais Robin des Bois. Lui et sa troupe portaient des manteaux de drap vert à capuche. Ils dormaient dans des huttes et vivaient de la chasse. Parfois, ils abattaient un cerf, bien que cela fût interdit car le cerf appartenait à la table du roi.

Mais personne ne trahit jamais Robin ni ses compagnons, car ils étaient toujours du côté des pauvres et des opprimés. En vérité, Robin des Bois ne perdait pas son temps en braconnages. Il attaquait les riches et les puissants afin de venir en aide aux humbles. Il ne se contentait pas de leur voler leur bourse. En échange, il les invitait à dîner et personne ne se serait alors hasardé à refuser cette invitation.

Par un beau jour d'été, Robin des Bois s'en allait sans but précis dans la forêt de Sherwood quand il arriva au bord d'une rivière traversée par un tronc. De l'autre côté, il aperçut un grand et solide gaillard. Il pouvait bien avoir sept pieds de haut et s'appuyait sur un jeune chêne comme sur un bâton. Tous deux, Robin et le solide gaillard, se hâtèrent de traverser la rivière. Et ils se rencontrèrent au milieu du tronc.

« Ôte-toi de mon chemin, chien ! » rugit le géant.

« Tu ne passeras pas ! » trancha Robin en voulant pousser le géant dans la rivière. Le gaillard brandit son bâton, mais Robin répliqua habilement et le géant reçut un coup sérieux. La bagarre commença. Les coups pleuvaient sur les têtes, les échines et les épaules. Ils se battirent ainsi une demi-heure. Mais ils prenaient plaisir à cette bataille car ils étaient aussi forts et habiles l'un que l'autre. A un moment, alors que Robin pensait qu'il allait enfin réussir à pousser le géant à l'eau, il reçut un tel coup sur la tête que c'est lui qui tomba à l'eau. Mais il ne s'avoua pas vaincu. Tout trempé, il se hissa sur la berge et porta sa corne de chasse à ses lèvres. Et il souffla. Dès qu'il eut soufflé dans sa corne, une douzaine de gars sortit de la forêt, s'empara du géant et le jeta aussi dans la rivière.

« Alors, mon ami, que t'arrive-t-il ? » dit Robin en riant.

Mais le gaillard se hissa aussi sur la berge et jeta à terre d'un seul coup trois des compagnons de Robin. Ce dernier se montra magnanime : « Cela suffit ! » dit-il au géant, « tu me plais. Nous allons devenir amis. Voici ma main. »

Lorsque le gaillard eut fait la paix avec son adversaire et qu'il se fût calmé, il commença à poser des questions sur Robin et sa troupe.

« Je souhaite rejoindre ce fameux Robin et faire partie de son équipe, » dit-il.

Les garçons se regardèrent les uns les autres et éclatèrent de rire.

« Dans ce cas, tu es arrivé où tu voulais car je suis Robin des Bois, » dit Robin quand il fut capable de reprendre la parole. « Reste avec nous, mais auparavant, dis-nous comment tu te nommes. »

« John de Mansfield, » répondit le géant.

« Bien, chez nous, tu te nommeras Petit John ! »

Un peu plus tard, un autre solide gaillard rejoignit la troupe de Robin. Voici comment cela arriva :

Afin que l'été s'écoulât plus agréablement, les compagnons de Robin passaient leur temps, dans la région de Sherwood ou de Barnesdale, en combats et tournois où ils mesuraient leur habileté, leur force et leur courage.

Un jour, comme ils revenaient d'une de ces joutes, ils aperçurent un troupeau de cerfs. Will Sutely détacha son arc de ses épaules et tira une flèche qui atteignit un noble animal. Robin lui-même le félicita et demanda à ses autres amis s'ils étaient capables d'en faire autant. Et, en vérité, Will fut surpassé. Petit John réussit un tir encore meilleur, ce qui fit dire à Will, en colère :

« Dans un cloître à Fountains, il existe un prêtre encore plus fort que toi ! »

« Parfait ! » approuva Robin avec un sourire bien qu'il ne le crût pas. « Puisqu'il en est ainsi, allons le trouver et mesurons-nous à lui ! »

Ils arrivèrent auprès d'une rivière qui les séparait encore du cloître. Là, ils aperçurent un énorme moine en robe de bure. De façon assez surprenante, il portait sur la tête un casque de soldat et, à sa ceinture, une épée. Le moine fouilla dans les plis de sa robe, y trouva un morceau de pâté de chevreuil et se mit à manger. Puis il tira une bouteille de la même cachette et but une rasade. Il mangea et but ainsi sans se préoccuper de rien d'autre. Robin s'approcha sans ménagement et dirigea une flèche droit sur le coeur du moine. Celui-ci ouvrit des yeux étonnés.

« Mon père, je regrette de vous déranger au cours de votre repas, mais on m'a dit que vous pourriez me porter pour traverser la rivière sans que je me mouille les jambes, » dit Robin avec un sourire.

Le moine n'eut même pas l'air surpris et répondit :

« Bien que tu sois fort impoli, je te porterai de l'autre côté de la rivière, car j'ai fait la promesse de venir en aide aux faibles. »

Il prit Robin sur son large dos et, en deux enjambées, le mena de l'autre côté. Lorsque Robin se trouva sur la terre sèche, il sentit que le moine le chatouillait de son épée.

« Je regrette, étranger, mais étant donné que mon repas m'attend toujours de l'autre côté, c'est moi qui te prierai à présent de me ramener sur l'autre bord ! »

Sans attendre de réponse, il grimpa sur son dos. Pauvre Robin ! Il ployait sous la charge et l'eau gicla de tous côtés tandis qu'il traversait péniblement la rivière. Une fois arrivé, il s'empara habilement de l'épée du prêtre et déclara en riant : « Cela m'ennuie de te déranger à nouveau, mais je suis très pressé. Porte-moi encore sur l'autre berge ! »

Le moine ne put faire autrement que de reprendre Robin sur son dos. Mais il était malin et avait son idée. Au milieu de la rivière, il secoua brusquement les épaules et Robin tomba dans l'eau tandis que le moine se relevait et disparaissait. Il reparut de l'autre côté, où il poursuivit son repas. Pendant ce temps, Robin atteignait l'autre rive. Là, sans prendre garde à l'eau qui ruisselait de ses vêtements, il se mit à tirer flèche après flèche sur son adversaire...Quand son carquois fut vide, il se rua sur le moine.

Bien que Robin fût un bon et habile combattant, le prêtre était un gaillard inhabituellement robuste. Il porta de si rudes coups à Robin que celui-ci faillit s'avouer vaincu. Humblement, il pria le moine de lui accorder une dernière faveur : souffler dans sa corne de chasse. Le moine accepta et, à peine le son de la corne se fut-il fait entendre que surgirent de la forêt douze tireurs à l'arc, en tête desquels se trouvait Petit John.

Le moine se rendit compte qu'il ne pouvait plus rien faire et demanda à son tour à Robin de lui accorder une faveur : souffler par trois fois dans sa flûte. Robin accepta. Trois sifflements aigus percèrent l'air, aussitôt, une horde de chiens sauvages s'abattit sur les

tireurs. Ces derniers tentèrent de se cacher derrière les arbres et, de là, de tirer sur les chiens. Mais les bêtes étaient si habiles qu'elles parvenaient à arrêter les flèches avec leur gueule. Enfin, les tireurs réussirent à atteindre l'un des animaux et les autres s'éloignèrent. Quand le moine eut constaté que les chasseurs avaient touché son meilleur chien, il cria :
« Attendez ! Dites-moi qui vous êtes et je me mesurerai à vous ! »
« Avec plaisir, » répliqua Robin en disant son nom.
En apprenant qui il était, le moine ne sut plus s'il devait ou non se réjouir de cette rencontre.
« J'ai tellement entendu parler de tes exploits et j'ai si souvent souhaité me joindre à ta troupe ! »
C'est ainsi que ce moine robuste devint compagnon de Robin. On l'appela Frère Tuck et il s'avéra être non seulement redoutable combattant, mais aussi excellent cuisinier.

Un jour, Robin entendit dire que l'évêque de Hereford allait se rendre en visite chez l'évêque d'York en traversant la forêt de Sherwood. C'était l'occasion rêvée de s'emparer de ses richesses. Robin ordonna à ses compagnons d'abattre un chevreuil.
« Toi, Tuck, cuisine-le de façon appétissante, car nous serons aujourd'hui les hôtes à déjeuner de l'évêque, » ordonna-t-il.
Tous se mirent à l'ouvrage, ravis de faire encore aujourd'hui une bonne plaisanterie. Robin divisa sa troupe dans la forêt afin de ne pas manquer le passage de l'évêque. Ses hommes étaient déguisés en bergers. Ils devaient souffler dans leurs cornes afin d'annoncer l'arrivée du cortège. Robin, quant à lui, demeura près du feu où l'on préparait le somptueux repas. Soudain, il entendit dans le lointain des chants religieux et fit prévenir ses compagnons.
Cependant, l'évêque et son cortège commençaient à sentir une étrange mais agréable odeur de chevreuil rôti. Ils descendirent de cheval et, doucement, se rendirent dans la clairière. Là, ils ne purent en croire leurs yeux. Autour d'un feu, dansaient des bergers tandis qu'un chevreuil du roi rôtissait. Les gens de l'évêque se jetèrent sur ces bergers et les dispersèrent de tous côtés. Les bergers revinrent tout de même demander grâce. Mais le gros évêque était décidé à punir le plus sévèrement du monde ceux qui avaient osé commettre cette impardonnable faute.
« Je vais vous faire pendre ! » cria-t-il tandis que ses gens attachaient les bergers aux arbres. Soudain, l'un des pasteurs souffla dans la corne qu'il portait autour du cou et rejeta ses hardes de berger. A l'instant même, surgirent de la forêt quarante-cinq

gaillards qui quittèrent aussi en courant leur déguisement de berger. L'évêque ne s'attendait pas à cela. Il prit peur et voulut s'enfuir à cheval. Mais, dans sa hâte, il ne réussit pas à enfourcher sa monture et se retrouva à terre. Robin lui vint en aide avec le sourire et lui dit :
« Venez manger avec nous, seigneur ! ». Et il le conduisit près du feu. Le Frère Tuck lui avait déjà découpé les meilleurs morceaux et versé une coupe d'excellent vin. Après une première inquiétude, la peur de l'évêque disparut devant le mets appétissant. Lorsqu'il se fut rassasié, il songea au moyen de s'éclipser afin de préserver sa vie et l'or qu'il apportait à York.
« C'était un excellent repas, je te remercie. Mais le temps a passé. Dis-moi de quoi je te suis redevable et je poursuivrai ma route, » dit-il en se tournant vers Robin. Et, tandis que l'autre méditait sa réponse, il lança une pleine bourse à Petit John.
Robin n'y prêta pas attention. Il fit signe à ses gars de descendre de cheval le chargement de l'évêque. Quelle richesse ! Il y avait là des plats d'or, des tissus précieux, des pièces d'or et des pièces d'argent. L'évêque écumait de rage mais ne pouvait rien faire.
Voyant son désespoir, Robin lui rappela ses obligations envers les pauvres, dont ils étaient. « Et toi, Allan, joue-nous quelque chose de gai afin que nous dansions ! L'évêque lui-même s'en réjouira, » ordonna-t-il.
Allan prit sa flûte et tous se mirent en cercle pour danser joyeusement. Robin saisit l'évêque par sa taille épaisse et se mit à tournoyer avec lui. Au bout d'un moment, le pauvre homme fut à bout de souffle et put à peine se tenir sur ses jambes. Puis Robin lâcha gentiment l'évêque qui s'enfuit comme un lièvre effrayé avec tous ses gens sur les talons.
Robin et ses hommes éclatèrent de rire, heureux de leur succès.

A l'époque où Robin vivait encore au château de son père, il connaissait la belle et jeune Marianne, fille du comte Fitzwalter et dame d'honneur de la reine.

« C'est elle et aucune autre qui deviendra ma femme, » s'était dit Robert.

Ses yeux noirs l'avaient ensorcelé, ainsi que ses cheveux sombres et son blanc visage. Robin plaisait aussi à Marianne. Ils se rendaient ensemble à la chasse où Robin ne se lassait pas de contempler la jeune fille dans son costume vert, portant son carquois sur la poitrine et son arc en main.

Mais, quand Robin était devenu hors-la-loi, dans la forêt, il avait dû quitter Marianne sans lui faire ses adieux. Depuis, il songeait avec amour et douleur à la dame de son coeur. Lorsqu'elle apprit que Robin était encore en vie et se cachait dans la forêt de Sherwood, Marianne sut aussitôt ce qu'elle avait à faire. Elle se déguisa en chevalier et, armée et casquée de façon à masquer son visage, elle quitta clandestinement le château de son père pour partir à la recherche de son bien-aimé.

Un jour, Robin aperçut dans la forêt un jeune chevalier armé : « Hé ! Chevalier blanc ! » cria-t-il. « Personne n'a le droit de venir dans cette forêt sans y être invité par moi. Qui es-tu pour t'aventurer ici ? » Marianne ne le reconnut pas non plus à cause de son nouvel habit. Elle prit peur, tira son épée de son fourreau et se prépara à combattre.

« Tu ne veux pas répondre ? Tu n'as donc pas bonne conscience. Prépare-toi à combattre, chevalier sans nom ! » cria Robin en tirant aussi son épée.

Bien que Robin fût plus fort et expérimenté, Marianne esquiva si bien les coups et se défendit si habilement que Robin ne put s'empêcher de l'admirer. Quand il se rendit compte que le jeune chevalier était à bout de forces, il lui tendit la main en disant : « Bravo, jeune homme ! Tu as montré que tu étais digne de Robin des Bois. Voici ma main. Soyons amis ! »

L'épée tomba aussitôt des mains de Marianne : « Robin, mon bien-aimé ! Je t'ai enfin trouvé ! »
Plus tard, ils s'en allèrent ensemble dans la forêt en se réjouissant de leur bonheur. Quand ils approchèrent du campement des compagnons de Robin, celui-ci cria : « Hé ! Petit John ! Viens à mon aide ! Ce jeune chevalier m'a atteint au coeur et je crains que ce ne soit sans espoir. »
« Si tu es réellement touché, Seigneur, ce mécréant ne vivra pas longtemps ! »
Robin éclata de rire et, enlaçant Marianne d'un bras, répliqua : « Je plaisante : voici Marianne. Et mon coeur n'est atteint que par l'amour. Marianne, voici Petit John, le plus grand et le plus fort de mes compagnons. Il est aussi plus malin que nous tous ! »
Petit John s'agenouilla pour baiser la main de Marianne.
« Dame Marianne, si vous désirez vivre avec nous dans cette forêt, je jure de vous servir aussi fidèlement que je sers notre seigneur Robin. »
Robin souffla dans sa corne et, peu de temps après, ses compagnons s'assemblèrent autour de lui. Chacun d'entre eux s'inclina devant Marianne, baisa sa main et lui jura fidélité. Puis commença un joyeux banquet. Les cuisiniers se surpassèrent. Ils étendirent des nappes sur l'herbe, les décorèrent de fleurs et apportèrent la nourriture.
Robin tendit une coupe et dit :
« A la santé de ma chère Marianne, reine de ces bois ! »
Tous bondirent sur leurs pieds, lancèrent en l'air leurs chapeaux et acclamèrent Marianne et Robin. Puis Frère Tuck se présenta devant eux en habits sacerdotaux, une bible à la main, et bénit les jeunes gens, dans l'herbe verte et sous le ciel.
Marianne et Robin devinrent donc mari et femme. Depuis, en Angleterre, lorsqu'un jeune couple s'unit, on lui souhaite : « Soyez aussi heureux que Robin et Marianne ! »

Après de longues années, lorsque le roi Richard Coeur de Lion rentra en Angleterre, en l'an 1194, il trouva son pays plongé dans une grande tristesse. La terre était abandonnée. Les familles et les cultures décimées. Le frère du roi, Jean, avait commis bien des exactions et des crimes. Le roi Richard apprit également comment le comte Robert Huntingdon était devenu le hors-la-loi Robin des Bois. Il demeura à Londres afin d'en savoir davantage, puis il partit à la recherche de Robin. Il s'installa au château de Nottingham où il organisa des fêtes et des banquets et d'où il partit à la chasse dans la forêt de Sherwood. Mais la troupe de Robin l'évitait, à cause, probablement de tous les cerfs qu'elle avait illégalement tirés.
Un jour, Richard rentra d'une de ses équipées, fort contrarié de ne pas avoir rencontré Robin.

« Si vous étiez évêque ou moine, vous l'auriez sans doute rencontré, Seigneur, » lui fit remarquer insidieusement l'évêque d'Hereford au cours du dîner.

C'est ainsi qu'un jour, Robin et sa troupe aperçurent un groupe de moines à cheval qui arrivait vers eux. En tête, se tenait un homme puissant, au manteau de couleur, monté sur un superbe cheval noir. A sa vue, le coeur de Robin se mit à battre plus vite. Le visage de l'homme était caché par sa capuche mais une paire d'yeux au regard aigu contemplait Robin. Sans crainte, le hors-la-loi s'avança vers lui, prit le cheval par la bride et dit :

« Seigneur, descendez de cheval et venez déjeuner avec nous ! »

« Mais nous sommes les envoyés du roi, » répliqua le moine, « laissez-nous passer ! »

« Non, les envoyés du roi sont toujours les bienvenus chez nous. Nous vous inviterons d'abord, puis nous vous escorterons. »

Le grand moine approuva et tout le groupe suivit Robin dans la clairière où le repas embaumait déjà. Tous s'installèrent sur la mousse et se restaurèrent. Gibier, poissons, volailles, bon vin... Il ne manquait vraiment rien au festin ! Et quand les cuisiniers apportèrent le cerf, le grand moine sourit sous sa moustache.

« A présent, buvons à la santé de notre roi ! » fit Robin en levant sa coupe.

« Que Dieu protège le roi ! » répondirent les autres courtoisement.

« A présent, en l'honneur de notre hôte, montrons ce que nous savons faire ! » déclara Robin.

Et ils commencèrent à rivaliser à l'épée, au bâton et enfin au tir à l'arc. Celui qui n'atteignait pas la cible recevait en punition un coup de poing de l'énorme Tuck. Quelques-uns des tireurs qui n'avaient pas réussi à atteindre leur but se présentèrent devant Tuck qui les envoya l'un après l'autre au tapis. Quand Petit John se présenta pour la punition, Robin se mit tellement à rire qu'il manqua lui aussi sa cible et dut se présenter à son tour devant Tuck. Soudain, ses yeux pétillèrent et il se retourna vers son hôte :

« Seigneur, j'aimerais mieux que ce soit toi qui m'infliges ma punition.

Le moine protesta, mais en vain. Ils finirent par se mettre d'accord que celui des deux moines qui serait le plus fort punirait Robin. L'invité dit à Tuck :

« Bien, mais c'est toi qui commences ! »

Tuck retroussa ses manches et porta à l'inconnu un coup si violent qu'il aurait assommé un boeuf. Mais l'autre ne broncha pas.

« A mon tour ! » dit-il. Et il saisit Frère Tuck par le doigt avec tant de force que celui-ci se recroquevilla sur le sol et en perdit le souffle.

Ce faisant, le moine inconnu avait perdu sa capuche et tous purent voir, au lieu d'un crâne rasé, une flamboyante chevelure bouclée.

« Le roi ! C'est le roi ! » s'écrièrent les hommes étonnés en tombant à genoux. Robin lui-même s'inclina, baissa la tête et dit :

« Seigneur, je requiers votre grâce pour mes compagnons et pour moi. Nous vous avons toujours été fidèles. J'ai tenté de combattre le mal et d'aider les opprimés. C'est la raison pour laquelle je me suis attaqué aux riches et ai pris le parti des pauvres. »

« Lève-toi, Robert, comte de Huntingdon ! Mon coeur ne connaît ni la colère ni la vengeance. Et je suis convaincu que tu es l'homme dont j'ai besoin. Es-tu prêt à me servir fidèlement ? »

« Oui, Seigneur, je suis prêt, » répliqua fièrement Robin.

« Puisqu'il en est ainsi, ta troupe sera ma garde personnelle. Et toi, comte Robert, tu en seras le chef, » dit le roi Richard.

Après ce retour en grâce, Robert prêta serment et, peu de temps après, la nouvelle garde royale fut acclamée dans la ville de Londres.

HÉROS POPULAIRES
DE TOUS LES TEMPS

GUILLAUME TELL

Récit de la colère
juste, de l'amour
de la patrie, de la soif
d'indépendance
et de la gloire éternelle
de l'arbalétrier
Guillaume Tell

Au treizième siècle, dans trois cantons suisses, vivaient trois fameux citoyens : Arnold Melchtal, dans le canton d'Unterwald, Werner Stauffacher, dans le canton de Schwyz et Walter Fürst, dans le canton d'Uri. Le courage, l'aspiration à la justice et à l'indépendance, les poussèrent avec dix autres compagnons à s'unir secrètement contre le joug des Habsbourg. Dans les trois cantons, ils s'employèrent à brûler des châteaux, à chasser les gouverneurs des villes et les étrangers du pays. Mais un événement inattendu, bouleversa en 1291 leur alliance secrète…

A l'époque où le pouvoir des Habsbourg s'étendait sur le territoire de la Suisse actuelle, régnait une grande insatisfaction au sein du peuple des montagnes. Depuis la domination des Autrichiens, tout avait changé. Pourtant, le soleil brillait toujours aussi clair sur les sommets des Alpes. Mais les gens ne souriaient plus. Ils en oubliaient même de chanter. L'inquiétude et la peur nichaient dans leurs coeurs. Car eux, libres paysans et bergers, devaient servir les Autrichiens !

Un jour, au début de l'été 1291, le chevalier Conrad von Tillendorf, qu'on nommait aussi Gessler, arriva de la cour des Habsbourg. Soumettre les Suisses libres et fiers n'était pas tâche aisée. Mais il savait comment s'y prendre. Il fit édifier un château à Altdorf, haut, solide et pourvu de profondes oubliettes. Les Suisses eux-mêmes durent apporter les pierres nécessaires à la construction de leur propre prison. Bien qu'ils pressentissent le plan diabolique de Gessler, ils ne voulurent pas le heurter de front et travaillèrent avec obéissance. Un jour cependant, les soldats de la troupe de Gessler arrivèrent sur la place d'Altdorf, portant un chapeau au bout d'un bâton. Les citoyens n'avaient jamais vu quelque chose de semblable.

« Qu'est-ce que cela signifie ? » se demandèrent-ils les uns aux autres avec curiosité et inquiétude.

Les soldats s'arrêtèrent et le héraut annonça :

« Au nom de l'empereur, écoutez ! Ceci est le chapeau du plus puissant des souverains. Il sera installé au-dessus de la ville et vous, citoyens suisses, vous devrez le saluer avec le même respect que s'il s'agissait de l'empereur lui-même. Celui qui refusera de le faire sera puni et emprisonné ! »

La troupe s'en alla et il ne resta plus que deux soldats pour suspendre le chapeau au-dessus de la place. Les gens se regardaient entre eux. Saluer un chapeau ? C'était impensable ! Et, dès cet instant-là, la place fut désertée. Les gens l'évitèrent afin de ne pas avoir à saluer ce fameux chapeau.

Arnold Melchtal était connu pour ses chevaux dans tout le canton d'Unterwald. Il les avait hérités de son père et on peut dire qu'ils n'avaient pas leurs pareils. Un jour, un soldat de Gessler s'en vint trouver Arnold dans son champ.

« Le gouverneur a besoin d'une paire de chevaux. Les tiens sont beaux et forts. Je suis donc venu les chercher, » dit-il en les prenant déjà par la bride.

C'en était trop pour Arnold !

« Cet homme arrive ici et veut tout simplement emmener mes chevaux ? » se dit-il en un éclair. Et il se tourna vers le soldat pour le frapper. L'homme fut si surpris qu'il ne se défendit même pas et s'en alla.

Le soir, Arnold conta à son père ce qui s'était passé et le vieil homme se lamenta.
« Qu'as-tu fait là, mon fils ! »
« Le gouverneur va te faire arrêter par ses gens. Il te punira et te jettera en prison ! »
En vain Arnold tenta-t-il de rassurer son père en lui disant qu'il ne redoutait pas les Autrichiens. Mais le vieillard avait de sombres pressentiments.
« Arnold, mon fils, écoute mon conseil. Ne reste pas ici une minute de plus. Tu vas voir les gens de Gessler arriver pour te prendre. Pars tout de suite ! Tu iras chez mon ami Walter Fürst dans le canton d'Uri et il te cachera. »
Bon gré, mal gré, Arnold suivit le conseil de son père et, la nuit même, se mit en chemin pour le canton d'Uri. Il trouva un second foyer chez le vieux Walter Fürst. Quelques jours plus tard, alors qu'ils parlaient du triste destin de leur patrie, quelqu'un frappa à la porte. Arnold bondit et courut se cacher. Cela n'était pas nécessaire, pour cette fois. Sur le seuil se tenait Werner Stauffacher, du canton de Schwyz, un bon ami de Walter. Il apportait de mauvaises nouvelles.
« Les soldats de Gessler ont cherché Arnold durant cinq jours et cinq nuits. Ne le trouvant pas, ils ont pénétré dans la maison de son père et lui ont dit : « Si nous ne trouvons pas ton fils, nous te prendrons. » Et ils se sont précipités sur lui, l'ont battu, lui ont crevé les yeux et l'ont traîné hors de chez lui, n'épargnant que sa vie.
En entendant la nouvelle de la terrible vengeance qui avait atteint son père, Arnold se tourmenta. Il se reprocha d'avoir vécu caché tandis que le vieillard payait pour lui.
« Je vais me rendre à Altdorf, chez Gessler et je crèverai également les yeux de son père. Ma propre vie m'importe peu à présent. Je dois venger mon père ! » décida-t-il.
« Tu ne peux le faire seul, » dit amèrement Walter Fürst, « car tu es sans armes. On rira de toi et l'on te jettera en prison. Nous devons unir nos forces afin de libérer la Suisse tout entière du tyran. »
« D'accord, » convint Arnold, « j'ai beaucoup d'amis dans le canton d'Unterwald. Nous nous sommes juré fidélité à la vie à la mort. Ils ne m'abandonneront pas. »
« Moi aussi, je compte de bons et vieux amis à Uri, » ajouta Walter Fürst.
« Et moi également dans le Schwyz. Nous devons tous nous rencontrer et tenir conseil. Le libre seigneur von Attinghausen, chef du canton d'Uri, qui possède le plus puissant château du pays, et son fils Rudenz, ainsi que sa fiancée Berthe von Bruneck, sont avec nous, » dit Werner avant qu'ils ne se séparassent.

Arnold n'eut pas besoin de chercher son père longtemps. Des amis lui montrèrent le chemin des montagnes. Là, dans une pauvre chaumière de berger, le vieux Melchtal avait trouvé refuge. Arnold l'embrassa sans pleurer. Il se sentait fort et savait que la lutte l'attendait. Aussi se rendit-il dans les montagnes, comme Walter et Werner. Il alla de village en village, de maison en maison et rencontra des gens mécontents qui ne demandaient qu'à prendre les armes. Avec trois de ses fidèles, Arnold se rendit ensuite à Rütle. Là l'attendaient Walter et Werner qui avaient aussi amené chacun trois amis. Et tous ensemble, ils firent le serment de combattre pour la liberté de leur pays.

Dans un village de montagne du canton d'Uri vivait également un homme du nom de Guillaume Tell, avec sa femme Hedwige et ses fils Walter et Wilhelm. Cet homme était le meilleur tireur à l'arc du pays. Il n'était pas grand mais il était fort et portait une barbe rousse. Un jour du mois d'août de l'année 1291, Tell se mit en chemin pour Altdorf.

« N'y va pas aujourd'hui, » lui dit sa femme, « cette nuit, j'ai fait un mauvais rêve. J'ai eu le sentiment que le malheur guettait toute notre famille. En outre, Gessler ne va pas tarder à quitter Altdorf. Mieux vaut attendre son départ. J'ai entendu dire qu'il se rendait à Immensee. Attends demain et reste aujourd'hui à la maison. »

« Pourquoi devrais-je redouter Gessler ? Je l'ai déjà rencontré il y a deux jours dans la montagne alors qu'il chassait. Il s'était éloigné de ses gens et se trouvait en haut d'Amsteg complètement seul. Il a été surpris de me voir. Il semblait que ce fût lui qui avait peur de moi. Sans doute a-t-il pensé que je pouvais, loin de ses gens, attenter à sa vie. Il n'a pas dit un mot et s'est contenté de me faire signe de poursuivre mon chemin. »

« Misère ! Mon époux ! J'ai peur qu'il ne te pardonne jamais d'avoir vu sa faiblesse. »

« Ne crains rien, femme ! Tout ira bien. Quant à toi, Walter, viens avec moi à Altdorf ! »

« Laisse au moins cet enfant à la maison, » supplia Hedwige.

Mais l'enfant était déjà sur le pas de la porte. Un long chemin les attendait par les montagnes, les prés et les champs.Quand ils arrivèrent sur la place d'Altdorf, tout était silencieux.

« Regarde, père ! Il y a là deux soldats et un chapeau suspendu à un poteau ! Je vais voir de quoi il s'agit... » cria Walter en voulant lâcher la main de son père.

« N'y va pas, garçon ! Reviens ! Cela n'est pas pour nous, » dit le père en l'entraînant.

Mais les soldats les avaient aperçus et, aussitôt, les entourèrent et les arrêtèrent.

« Ta faute va te conduire en prison ! » crièrent-ils à Guillaume Tell.

« Mais je n'ai rien fait ! » protesta-t-il fièrement.

« Comment ? Tu n'as pas salué ce chapeau ! Tu n'as donc pas rendu hommage à l'empereur comme l'a ordonné le gouverneur, » crièrent les soldats.

« Je ne suis pas d'ici et je ne savais rien de cela. Laissez-moi ! » protesta encore Guillaume Tell.

Les cris firent s'ouvrir les fenêtres et s'assembler les gens sur la place. Tous s'interrogeaient :

« Pourquoi veulent-ils emmener Tell ? Pourquoi veulent-ils le traîner en prison ? Il est innocent ! Il vit dans les montagnes et ne savait rien des ordres de Gessler. Faut-il que nous souffrions de voir les Autrichiens punir des innocents ? Non ! Nous ne les laisserons pas faire ! » s'exclamèrent-ils les uns après les autres.

« Dispersez-vous, braves gens, afin que le pire n'advienne pas ! » tenta de dire Guillaume Tell.

« En effet, les choses peuvent empirer ! » crièrent les Suisses furieux.

A ce moment-là, Gessler en personne apparut sur la place.

« Faites place au chevalier Conrad ! » hurlèrent les soldats. Et les gens s'écartèrent.

« Que veulent ces gens ? Pourquoi avez-vous arrêté cet homme ? » demanda Gessler aux soldats en regardant autour de lui. Puis il reconnut Guillaume Tell tandis que les soldats lui expliquaient sa faute.

« Avance un peu ! » ordonna Gessler. « Tu n'as pas obéi à mon ordre et tu n'échapperas pas au châtiment ! »

« Seigneur, je ne savais rien de cet ordre. Je suis innocent ! » répliqua Tell.

« Ah ! Oui ? Innocent ? Je sais bien pourtant ce que vous faites de mes ordres. Mais s'il en est comme tu le dis, je te donne l'occasion de réparer ta faute. Incline-toi maintenant devant tous face à ce chapeau ! »

Tell regarda tout autour de lui. La place était pleine de monde. Muets, la colère dans les yeux et la tristesse au coeur, ils l'observaient et attendaient de voir ce qu'il allait faire. De son côté, le petit Walter craignait pour son père.

« Je suis un homme libre, Seigneur ! » répliqua Tell de façon à ce que tout le monde l'entende, « et je ne saluerai jamais aucun chapeau Habsbourg ! »

Les gens murmurèrent et, au fond d'eux-mêmes, dirent adieu à Tell. Chacun savait qu'après une telle réponse il ne pouvait échapper à la punition. Le chevalier Conrad rougit, ses yeux étincelèrent de colère. Il réfléchit un instant et dit :

« J'ai entendu dire que tu étais le meilleur tireur à l'arc du pays. »

« C'est vrai, Seigneur ! » s'écria aussitôt le jeune Walter, « mon père est capable de tirer un oiseau en vol. »

« C'est ton fils ? » questionna Gessler.

« Oui, Seigneur, » répliqua Tell.

« Ainsi, tu es capable de tirer un oiseau en vol... » répéta Gessler.

« Mon père est même capable de tirer une pomme dans un arbre ! » s'écria encore le jeune Walter.

« Tu as d'autres enfants ? » demanda Gessler.

« Oui, seigneur, j'ai encore un fils. »

« Et lequel préfères-tu ? »

« Je les aime tous deux, seigneur. »

« Puisqu'il en est ainsi, montre-nous ce que tu sais faire ! » décida Gessler. « Prends ton arbalète et touche une pomme sur la tête de ton fils !

« Comment ? » fit Tell qui n'en croyait pas ses oreilles. « Je dois tirer une pomme sur la tête de mon propre enfant ? Vous plaisantez, sans doute, seigneur ! Vous ne pouvez exiger cela d'un père même coupable. Infligez-moi donc une autre punition ! »

« As-tu entendu mon ordre, Tell ? Touche une pomme sur la tête de ton fils. Je ne te donnerai qu'un conseil : vise bien ! Car, si tu ne touchais pas cette pomme, ce serait ton arrêt de mort. »

Les prières de Tell furent vaines, ainsi que les interventions de Berthe et de Rudenz. Gessler ne changea pas d'avis. Les soldats entraînèrent Walter sous un arbre et lui mirent une pomme sur la tête. Les gens s'écartèrent et Guillaume Tell vit que rien ni personne ne pouvait lui venir en aide. Il s'inclina, saisit son arbalète, et pria pour réussir son tir. Mais ses mains tremblaient et sa vue se brouillait. Il jeta la première flèche sur le pré.

« Père ! » lui cria Walter, « montre-leur quel tireur tu es ! Vise et tire ! »

Le malheureux homme saisit une seconde flèche, banda son arbalète, ferma un oeil et tira. La pomme tomba et le garçon s'élança vers son père. Ce dernier lui ouvrit les bras sans réussir à prononcer un mot. Fiers et émus, les Suisses avaient les larmes aux yeux. Guillaume Tell prit son fils par la main et s'en alla.

« Attends ! » lui cria Gessler. « Explique-moi pourquoi tu as laissé ta première flèche. »

« Ce n'est rien qu'une habitude de tireur à l'arc, » répliqua vivement Tell.

« Tu ne dis pas la vérité. Cela signifiait autre chose, » insista Gessler.

Mais Tell se taisait.

« Si tu me dis la vérité, tu n'auras plus rien à craindre pour ta vie, » dit encore Gessler.

« Bien seigneur, puisque j'ai votre parole, je vais vous dire la vérité : si j'avais blessé mon fils avec cette première flèche, je vous aurais atteint avec la seconde devant tous. »

En entendant cela, Gessler se mit à hurler : « Je ne peux plus te prendre la vie, mais tu ne verras plus le soleil jusqu'à ta mort ! Soldats, prenez-le, attachez-le et emmenez-le sur mon bateau. Nous partirons dans un instant et je l'emmènerai moi-même à la prison de Küssnacht. »

Puis il éperonna son cheval et s'en fut. Les gens se dispersèrent et le jeune Walter rentra chez lui en larmes.

Ce jour-là, un föhn violent se mit à souffler et le lac fut agité. De hautes vagues pleines d'écume surgirent et les soldats de Gessler furent obligés de ramer de toutes leurs forces. Le vent souffla encore plus fort et le bateau pencha si dangereusement que tous craignirent de ne pas atteindre la rive. Devant eux se dressait la falaise d'Axen. Les soldats luttèrent contre les vagues et le vent les poussa sans ménagement vers un endroit du nom de Sisikon où le bateau faillit se briser sur les rochers. Seul, Guillaume Tell aurait pu les aider. Mais il gisait entravé au fond du navire.

« Seigneur, nous n'avons plus assez de forces pour ramer. Nous allons à une mort certaine. Ordonnez-donc que l'on délie Guillaume Tell car il est fort, connaît bien le lac et pourra nous tirer de là, » supplièrent les soldats.

« Tu as entendu ? » fit Gessler du côté de Tell. « Si tu es capable de nous venir en aide et d'emmener ce bateau jusqu'à Küssnacht, j'ordonnerai que l'on défasse tes liens. »

« Je le ferai, » répliqua Tell.

Les soldats le détachèrent et il se mit à la barre. Il ne tarda pas à éloigner l'embarcation d'Axen et à atteindre la berge bien que la nuit commençât à tomber et qu'on la distinguât plutôt mal. Tell mena tout le monde à bon port sans quitter son arbalète du regard. L'arme gisait au fond du bateau. Ils approchèrent d'un rocher. C'était une bonne occasion pour Tell.

« Tenez-vous bien ! » cria-t-il aux soldats. « Après ce rocher nous serons en sécurité ! »

Quand ils se furent approchés de la roche, il prit son arme et bondit hors du bateau. Celui-ci tangua et les vagues l'emportèrent à nouveau loin de la berge. Depuis ce jour, ce rocher se nomme le rocher de Guillaume Tell.

Tell poussa un soupir de soulagement car il était sauvé. Il se dirigea dans la nuit sombre à travers les montagnes de Schwyz jusqu'à Hohle Gass, par le seul chemin qui menait à Küssnacht. Il savait que Gessler ne pouvait plus y aller en bateau et qu'il ne pourrait faire autrement que d'emprunter cette route. Alors il se cacha et attendit. De sa cachette, il voyait toute la vallée. A l'aube, il entendit un galop de chevaux. Gessler approchait avec son escorte. Tell prit alors son arbalète, la banda et tira. Il ne manqua point son but. La flèche atteignit Gessler qui tomba de cheval. Tout d'abord, personne ne comprit ce qui s'était passé. Les soldats descendirent de leurs montures.

« C'était sûrement Guillaume Tell, » dit Gessler dans un dernier soupir avant de clore les yeux.

« Oui, c'était moi, Gessler ! Nul besoin de chercher ailleurs, » proclama Tell en sortant de sa cachette. « Tu m'as enseigné qu'il ne suffit pas de tirer sur les animaux de la forêt mais que l'on peut aussi tirer sur les hommes. J'ai donc dû le faire afin d'épargner nos vies. A présent, nous sommes libres ! »

Puis Guillaume Tell retourna chez lui par les sentiers de montagne. La nouvelle de la mort de Gessler se répandit dans tout le pays à la vitesse du vent. Le soir, des feux de camp guerriers s'allumèrent à tous les sommets. La guerre d'indépendance de la Suisse commençait.

HÉROS POPULAIRES
DE TOUS LES TEMPS

TILL L'ESPIÈGLE

Les friponneries, les farces
et les ruses
de Till L'Espiègle, qui vécut
en Saxe, en Hesse,
au Danemark et
à Prague

Les joyeuses aventures de Till L'Espiègle sont contées dans toute l'Allemagne, la Hollande et la Belgique. Et il y en a beaucoup ! Certaines sont sans doute imaginaires mais il est certain que Till L'Espiègle a existé. Il naquit aux environs de 1300 à Knetlingen, près de Schöppenstadt, dans la région de Brunswick et parcourut une partie du monde. D'Allemagne, il se rendit en Pologne, en Italie, dans les Pays-Bas et mourut en 1350 à Möllna, près de Lübeck. Sous un masque comique il cachait une inépuisable réserve de malignité et de ruse qui troublait tout un chacun. Till se moquait aussi bien des avares et des riches, que des nobles et des bourgeois et même des penseurs et des savants.

Sous le règne du Roi Ludwig IV, en Saxe, près de la forêt de Melbe, dans le village de Knetlingen, Klaus L'Espiègle et Anne Wibckenov mirent au monde un fils qui reçut le nom de Till.

Quand il eut à peu près trois ans, Till s'avéra être malin et agile comme un écureuil, mais aussi si polisson que ses voisins se plaignirent à son père de ses méfaits. Le père fut très ennuyé et déclara au petit Till :

« Que fais-tu donc, mon fils, pour que tous nos voisins se plaignent de toi ? »

« Cher papa, je ne fais rien à personne, » répondit Till. « Crois-moi, il ne s'agit que de racontars. Emmène-moi avec toi sur ton cheval. Tu verras comme je serai sage et comme on ne se plaindra plus de moi ! »

« Bien, nous verrons... » répondit le père en installant l'enfant derrière lui sur son cheval et en s'en allant à travers les rues. Till n'avait guère sur lui qu'un petit manteau et, quand la rue fut pleine de monde, il le souleva. Les gens commencèrent aussitôt à protester contre tant d'impudeur et d'insolence.

« Hou ! Tu n'as pas honte ? Tu n'es qu'un fripon ! » crièrent-ils.

Mais Till ne s'en souciait guère. Le visage innocent, il fit remarquer à son père :

« Tu vois ? Je me tiens sans rien dire ni rien faire derrière toi et les gens me crient que je suis un fripon. »

Le père ne se contenta pas de cette explication. Il prit son fils et l'installa devant lui. Till se tint coi comme une souris mais fit quelque chose que son père ne pouvait voir : il se mit à faire des grimaces et à tirer la langue.

« Ce petit Till est un petit diable, » dirent les gens en hochant la tête.

« Hé ! Tu es né sous une mauvaise étoile, mon fils ! Je ne sais si tu as fait quelque chose de mal car je t'ai pourtant sous les yeux et tu ne parles pas. Cependant, les gens se plaignent encore de toi ! » fit le père affligé.

L'hostilité des voisins l'affectait tellement qu'il décida avec sa femme que tous trois partiraient de Knetlingen pour se rendre à Magdebourg, sur la rivière Saale, d'où était originaire la mère de Till. Ils firent ce qu'ils avaient dit. Mais le vieux Klaus L'Espiègle ne tarda pas à mourir et la mère dut s'occuper seule de son garnement. Il n'apprit pas de bon métier et se contenta de danser chaque jour sur une corde tendue au-dessus de la Saale. Un jour, cela agaça tellement sa mère qu'elle coupa purement et simplement la corde et qu'il tomba à l'eau. Tout le monde se mit à rire et accourut admirer les facéties de Till. Les gens se tordirent en le voyant se hisser hors de l'eau, entortillé dans les bouts de la corde. « Le bain ne t'a pas suffit ? Il faut encore que tu fasses le malin en sortant de l'eau ? » dirent-ils en se moquant. Cela contraria Till. Mais pas longtemps car il trouva de nouveau quoi faire. Le lendemain, il prépara une autre corde et recommença à danser

dessus. Autour se pressait une foule de gens. Environ une centaine de personnes.
« Donnez-moi tous votre chaussure gauche. Et je vous ferai un sacré tour sur ma corde ! » déclara Till.

Personne ne se douta de rien. Les gens se déchaussèrent et Till suspendit les chaussures à un long lacet. Il y en avait tant qu'il avait peine à les porter. Il avança néanmoins sur la corde et s'assit au milieu. Puis il tira toutes les chaussures à lui et cria :

« Attention ! Que chacun trouve la sienne à présent ! »

Puis il coupa le lacet et fit tomber toutes les chaussures les unes après les autres. Tout le monde se rua dessus et chacun tenta de retrouver la sienne. « La voilà ! » criait l'un. « Non, c'est la mienne ! » criait l'autre. Un troisième survenait et protestait : « Je vous dis qu'elle est à moi ! » Mais il semblait que plus aucune chaussure n'allait à personne. Les gens en vinrent aux mains. Ils hurlaient, se tiraient, riaient, se disputaient. C'était une véritable cacophonie !

Là-haut, sur son fil, Till riait et battait des mains en s'exclamant : « J'ai bien été obligé de me baigner, hier... Aujourd'hui, c'est à vous de vous démener. » Puis il gagna habilement l'autre rive et se glissa dans la maison de sa mère par une lucarne du toit. Durant trois semaines, il ne put reparaître aux yeux des gens car ceux-ci étaient trop en colère et l'auraient sans doute rossé. Till préféra demeurer chez lui à réparer les chaussures. Sa mère se réjouit, croyant qu'il s'était enfin humainement décidé à prendre un métier. Elle ne se douta pas un instant que, seule, la peur le retenait ici.

Puis vint l'époque où l'on tue le cochon. Selon la coutume, un riche aubergiste devait inviter les enfants des voisins et leur offrir un repas. Cela brisait le coeur de cet avare, et il décida de leur faire passer le goût de cette coutume. Il leur prépara un plein panier de pain dur, leur distribua de la bouillie et se tint avec son fouet devant eux jusqu'à ce qu'ils eussent tout fini. Les pauvres gamins mordaient dans les croûtes dures et l'aubergiste demanda :

« Alors, vous reviendrez chez moi pour manger la bouillie ? »

« Oui, nous reviendrons, » s'écria Till en affrontant l'aubergiste du regard, lorsque tes poules picoreront quatre par quatre chaque morceau de pain. »

« Que racontes-tu là, espèce de fripon ? » hurla l'aubergiste.

« Attendez, ce sera bientôt, quand on tuera le cochon ! » dit Till en entraînant les autres chez lui. Il prépara une vingtaine de morceaux de fil auxquels il attacha les morceaux de pain. Puis il les lia deux par deux, en croix et les cacha dans l'herbe, à l'endroit où les poules de l'aubergiste avaient l'habitude de venir chercher du grain. Et qu'arriva-t-il ? Les poules ne purent faire autrement que de découvrir les morceaux de pain. Elles les picorèrent et les avalèrent. Ce faisant, elles avalèrent aussi les fils. Du moins, la moitié chacune. Car chaque poule qui avait avalé un morceau de pain se trouvait rattachée à une seconde poule qui avait avalé l'autre morceau de pain attaché au fil. Ainsi, les pauvres poules de l'aubergiste se retrouvaient liées quatre par quatre et tiraient désespérément sur les fils.

Cette bouillie traditionnelle revint assez cher à l'aubergiste. Mais Till n'eut pas le temps d'en subir les conséquences car il s'en alla de chez lui pour voir le monde. La ville la plus proche était Magdebourg. Till se fit connaître à l'hôtel de ville et déclara qu'il allait enseigner aux citoyens comment voler. Les notables communaux approuvèrent. La renommée de L'Espiègle se répandit aussitôt dans toute la ville et les badauds accoururent. Till s'assit au bord d'un balcon sur la façade de l'hôtel de ville. Il croisa les bras sur la poitrine et croisa les jambes. D'en haut, il sourit aux gens qui tournaient vers lui leur visage curieux, tendaient le cou pour mieux le voir et clignaient des yeux. Au bout d'un bon moment, Till décroisa les jambes et dit :

« Je pensais être le seul fou au monde. Mais il m'a suffit de venir à Magdebourg pour constater qu'il pouvait y en avoir plein la ville ! Si un seul d'entre vous m'avait affirmé qu'il était capable de voler, je ne l'aurais pas cru. Et vous, gens raisonnables, vous avez tous cru que j'étais capable de le faire. Suis-je une oie ou une colombe ? Ai-je des plumes à la place des cheveux, qui m'aideraient à m'envoler ? »

Il salua les gens de Magdebourg, sauta du balcon et disparut. La foule lança des jurons. Certains se mirent à rire de leur propre bêtise et dirent : « C'est un bouffon et un farceur, ce Till L'Espiègle, mais il a raison ! »

Cependant, Till se trouvait déjà sur le chemin de Brunswick. Il s'engagea comme apprenti boulanger, mais cela dura peu de temps. Dès le lendemain, il joua un tel tour au boulanger qu'il dut quitter la place. Voici comment cela se passa : lorsque le boulanger vit que Till était capable de retourner et pétrir la pâte, il lui dit :

« Cette nuit, c'est toi qui feras cuire. Tâche que tout soit fait pour demain matin ! »

« Que dois-je faire cuire ? » demanda Till innocemment.

« Ne me dis pas que tu ne le sais pas ! » ironisa le boulanger, fatigué, « des chouettes et des petits cochons ! »

Till ne se le fit pas dire deux fois ! Il se mit au travail et, au matin, le boulanger ne put en croire ses yeux. A la place des miches de pain, il ne trouva que des chouettes et des petits cochons ! Que dire d'un pareil apprenti ? Les choses ne se passèrent guère mieux avec le tailleur chez qui Till fut apprenti à Berlin. Ni avec le boucher de Wittenberg. Ni même avec le prince de Hesse qui l'avait engagé comme peintre de cour. Till fit à chacun des tours pendables. Et, chaque fois, il ne lui resta plus qu'à aller tenter sa chance ailleurs. Mais cela ne l'inquiétait guère, car il avait de l'imagination à revendre.

Till L'Espiègle séjourna également à Rostock. Là, il lui vint à l'idée de jouer un bon tour à la corporation des tailleurs. Il fit appeler tous les tailleurs de Saxe, du Holstein, de Poméranie, de Stettin, de Mecklembourg, de Lübeck, de Hambourg, de Stralsund et de Weimar : « Venez à Rostock, maîtres tailleurs, » leur fit-il annoncer. « Je vais vous enseigner quelque chose qui vous sera utile, à vous, à vos enfants et à vos petits-enfants jusqu'à la fin des temps. »

Les tailleurs des villes et des villages s'étonnèrent de cette invitation et tinrent conseil pour savoir ce qu'elle signifiait. Finalement, la curiosité les poussa à se rendre tout de même à Rostock pour apprendre cette chose extraordinaire.

Au jour convenu, ils apparurent à Rostock. Toute la ville était debout. « Qu'est-ce que cela signifie ? » se demandaient les gens. « Pourquoi tous ces tailleurs sont-ils ici ? »

L'Espiègle attendit que tout le monde fût assemblé tout en souhaitant à chacun la bienvenue.

« Nous sommes là, sur ton invitation, afin que tu nous enseignes cette chose extraordinaire qui nous sera utile à nous, à nos enfants et nos petits-enfants. Dis-nous ce que c'est, Till. Tu seras récompensé, » promirent les tailleurs.

« Je vais vous la dire. Mais auparavant, venez avec moi sur la place de la ville, afin que vous puissiez tous voir et entendre ! » répliqua Till.

Il alla devant, entra dans la plus proche maison et, par la fenêtre ouverte du premier étage, déclara aux tailleurs :

« Vénérés maîtres de la corporation des tailleurs, écoutez-moi bien et souvenez vous de ce que je vais dire. Ciseaux, mètre, fil, dé et aiguille sont vos outils. Sans eux, vous ne pourriez pas faire votre métier. Mais le fin du fin, vous allez l'apprendre de moi à l'instant et vous vous en souviendrez toujours. Regardez. Lorsque vous enfilez une aiguille, n'oubliez jamais de faire un noeud au bout du fil. A défaut de quoi, vous piqueriez dans le tissu en vain. Tandis qu'avec un noeud, votre fil ne glisse pas. »

Un pesant silence régnait. Les tailleurs se regardaient les uns les autres en se disant : « Que nous raconte-t-il là ? Nous savons cela depuis longtemps. » N'as-tu rien d'autre à nous dire ? Est-ce pour entendre cela que nous avons parcouru toute cette distance jusqu'à Rostock ? » ajoutèrent-ils, en colère.

Mais Till ne se laissa pas dérouter :

« A quoi cela sert-il de le savoir depuis longtemps si personne ne s'en souvient ? » déclara-t-il. « Si ce que je vous ai conseillé, sans espoir de recueillir autre chose que votre reconnaissance, ne vous plaît pas, vous n'avez qu'à rentrer chez vous ! »

Cette réponse mit le feu aux poudres. Les tailleurs furieux se ruèrent sur Till. Mais il ne les attendit pas, disparut de la fenêtre et s'enfuit.

Il ne resta plus aux tailleurs qu'à se disperser. Ceux qui étaient venus de loin, fatigués, tempêtèrent contre Till et lancèrent des jurons, mais en vain. Les gens de Rostock se moquèrent d'eux, de surcroît, car ils avaient été bien bernés.

« C'est de votre faute. Pourquoi avez-vous cru aux propos de ce bouffon et êtes-vous venus de si loin ? Vous savez bien que ce Till est un bon à rien ! »

Till L'Espiègle finit même par s'installer comme opticien. Il n'avait jamais fait une paire de lunettes de sa vie mais cela ne le gêna pas le moins du monde. Voici comment cela se passa :

Les Electeurs de l'Empire germanique étaient divisés et mécontents et une nouvelle élection en vue de désigner un empereur se prépara. On finit par élire le comte von Supplenbourg. Mais il ne réussit pas à rétablir l'ordre car de nombreux seigneurs voulaient s'emparer de l'Empire et le nouveau souverain dut établir un siège devant Francfort et attendre.

Till L'Espiègle apprit que de nombreux soldats se trouvaient autour de Francfort et pensa qu'il pouvait en tirer parti.

« Il y a là beaucoup de seigneurs étrangers. Si je pouvais entrer au service de l'un d'entre eux, cela me conviendrait », se dit-il en se rendant à Francfort. Les routes étaient pleines de nobles et de troupes. Près de Wetterau, aux alentours de Fribourg, Till L'Espiègle se mêla au convoi d'un évêque qui se rendait également à Francfort. Le regard de l'homme d'église tomba sur les habits saxons de Till :

« Hé ! Toi, là... Approche ! » lui cria-t-il, « qui es-tu ? »

Till L'Espiègle avança humblement, ôta poliment son bonnet et dit : « Je suis un opticien du Brabant, Votre Grâce. Chez moi, je n'ai plus de travail, c'est pourquoi je m'en suis allé de par le monde. Mon métier va mal. »

« Ton métier devrait pourtant aller de mieux en mieux, avec tous ces gens mal en point qui ont sans doute de plus en plus besoin de lunettes, » répondit l'évêque.

« C'est vrai, » répondit Till, « Votre Grâce a raison. Et pourtant notre métier va mal. »

« Et pourquoi donc ? » s'étonna l'évêque de Trèves.

« Je vous le dirais si j'étais sûr que votre Grâce ne se mette pas en colère... »

« Je ne me fâcherai pas, » sourit l'évêque, « car je m'attends à tout de la part de gens dans ton genre. Dis-moi ce que tu as sur le coeur. » Till se lança alors dans un long discours :

« Miséricordieux seigneur, ce qui gâche notre métier, c'est que vous et les autres – le pape, les cardinaux, l'empereur, le roi, les princes, les conseillers et gouverneurs de toutes sortes, les juges... – vous considérez le droit à travers les pots-de-vin. Autrefois, les seigneurs et les prêtres étudiaient consciencieusement les livres afin de rendre la justice. Pour cela, ils avaient besoin de nombreuses lunettes et notre métier était florissant. Les prêtres de cette époque étudiaient davantage que ceux d'aujourd'hui et n'allaient jamais sans lunettes. A présent, ils sont instruits par les livres qu'ils achètent et ne lisent pas ce qu'ils connaissent par coeur. C'est pourquoi mon métier va mal. Et je vais, de pays en pays, sans trouver le moindre travail. »

L'évêque comprit ce que Till L'Espiègle voulait dire. Il se mit à rire car le garçon lui plaisait :

« Viens avec nous à Francfort ! Tu recevras mon emblème et ma livrée, » dit-il. Et c'est ainsi que Till L'Espiègle entra et demeura longtemps au service de l'évêque. Ce qui fut bon pour lui.

L'hiver approchait. Il se mit à souffler un vent glacial. Le travail se fit rare et les temps devinrent plus durs pour Till L'Espiègle qui n'avait plus un sou. Il s'en alla, de village en village, l'estomac vide. Finalement, il s'arrêta chez un quelconque forgeron et demanda de la nourriture. Mais le forgeron était un homme dur et avare. Il voulut bien donner à manger à Till, à condition qu'il demeurât à son service durant tout l'hiver.

Le dur travail de la forge ne tentait guère Till mais la faim et la misère le contraignirent à accepter.

« Tu dois supporter cela, » se dit-il, « et tant que le printemps ne sera pas revenu, tu devras obéir aux ordres de ce forgeron. » « Bien, je travaillerai chez vous et ferai ce que vous commanderez. Je mangerai même ce que les autres ne voudront pas, » promit le misérable Till.

« Bien ! » se dit ironiquement le forgeron, « je le prends ! Il ne doit guère manger en hiver. »

Dès le lendemain, le forgeron Till actionna le soufflet. Il devait aussi apporter le marteau, tenir les pinces, limer... Et il eut du mal à attendre l'heure du déjeuner. Lorsque tinta midi et que les autres apprentis s'en allèrent déjeuner, le forgeron emmena Till dans la cour jusqu'à un tas de limaille et de déchets et dit :

« Tu m'as promis, afin que je te donne du travail, de manger ce que les autres ne voudraient pas. Voilà... Tu peux manger tout ce que tu vois ! »

Le forgeron rentra chez lui pour se mettre à table et Till demeura seul dans la cour. Il se tut en pensant : « Bien fait pour toi, Till L'Espiègle ! Tu as joué aux gens tant de mauvais tours que tu en reçois la rançon. Mais comment rendre la pareille à ce forgeron ? Si tu ne le fais pas, l'hiver sera trop cruel. »

Till L'Espiègle continua néanmoins à travailler à la forge comme si de rien n'était. Il reçut le soir quelque chose à manger après sa dure journée, mais c'était bien peu depuis

le matin.
« Demain, tu te lèveras de bonne heure et tu forgeras tout ce que tu trouveras dans la forge. La servante actionnera le soufflet. Ensuite, tu couperas les clous des fers à chevaux avant que je ne me lève, » ordonna le forgeron en guise de bonsoir.
Till sut alors comment rendre la monnaie de son maigre repas au forgeron. Dès que l'aube pointa, il fit dans le foyer de la forge un grand feu, saisit les pinces, les souda à une louche, puis à un marteau, à une broche à rôtir et à un crochet. Il n'oublia pas un seul des instruments du forgeron. Puis il prit le récipient à clous et le renversa sur l'enclume. Il prit les clous les uns après les autres et sectionna leur tête. Sur un tas il forgea une roue, sur l'autre une petite tête. Là-dessus, il entendit le forgeron dans la cour, jeta son tablier et se sauva.
Lorsque le forgeron entra dans la forge, il constata tous les dégâts : les instruments soudés ensemble et les clous sans tête. Il sut aussitôt d'où venait ce mauvais coup.
« Où est l'apprenti ? » rugit-il.
« Il est sorti par la porte, » répondit la servante.
« Je m'en doute bien, idiote ! Il a bien fait de disparaître ce gredin, car si je l'avais seulement aperçu, je l'aurais battu comme un chien ! »
« Il a écrit quelque chose sur la porte et dessiné quelque chose qui ressemble à une chouette, » dit la servante.
En effet, comme chaque fois qu'il avait fait une friponnerie, Till L'Espiègle avait dessiné sur la porte à la craie une chouette et écrit en latin : *Hic fuit.*
Le forgeron envoya la servante chercher le prêtre afin de faire déchiffrer l'inscription. Lorsque celui-ci eut regardé la porte, il éclata de rire :
« Il n'y a que Till L'Espiègle pour avoir écrit et dessiné cela ! Dommage que tu ne m'aies pas prévenu, forgeron. J'ai tellement entendu parler de lui et de ses méfaits que j'aurais

bien aimé le rencontrer. »
« Comment aurais-je pu dire quoi que ce soit alors que je ne savais pas qui il était ? » cria le forgeron vexé au prêtre.
« Mais on voit bien à présent qu'il est venu dans ma maison ! Il suffit de voir mes instruments ! Je n'avais vraiment pas besoin de lui sous mon toit ! »
Il prit une poignée de paille et effaça le dessin à la craie. Le prêtre s'en alla espérant que Till se montrerait encore. Mais après une farce pareille, Till avait tout intérêt à s'éloigner le plus vite possible. Il se rendit donc au Danemark. On ne sait trop comment, il y devint l'un des favoris du roi. Tout le monde tentait de s'attirer son amitié. Till recevait des cadeaux et rien ne lui manquait : ni riches vêtements, ni appétissante nourriture, ni chevaux, ni argent. Le roi lui-même lui témoigna sa faveur. Un jour, il dit à Till :
« J'ai entendu dire que tu possédais un beau cheval. S'il en est ainsi, il te faut le ferrer convenablement. Choisis toi-même les fers, Till L'Espiègle, ce sera mon présent. »
Till s'inclina respectueusement et dit :
« C'est pour moi un grand honneur, Seigneur, mais dois-je vraiment vous prendre au mot ? »
« Crois-tu que le roi ne tienne point sa parole ? » répliqua le souverain.
En entendant cela, Till ne perdit plus de temps et s'en fut faire ferrer son cheval. Mais il ne se rendit pas chez un maréchal-ferrant. Il choisit un orfèvre.
« Ferre mon cheval avec des fers d'or et des clous d'argent, Maître, » lui dit-il effrontément. « Lorsque le travail sera fait, je reviendrai avec un secrétaire du roi et tu seras bien payé. »
L'orfèvre s'étonna de cette demande mais fit ce que Till lui avait commandé. Le secrétaire du roi s'étonna encore davantage quand Till, au lieu de le conduire chez un maréchal-ferrant, l'emmena chez l'orfèvre qui lui réclama cent marks danois. Le pauvre

secrétaire n'avait pas cette somme sur lui. Et il dut retourner chez le roi. Le souverain lui-même fut surpris d'entendre parler de fers à cheval en or. Et il ordonna que l'on fît venir Till L'Espiègle.

« Comment se fait-il que tu aies commandé sur mon compte des fers aussi chers ? » demanda-t-il en colère. « Si je faisais moi-même ainsi ferrer mes chevaux, je serais bientôt obligé de vendre mon royaume et mes sujets. Je n'aurais jamais pu penser qu'il te viendrait une telle idée ! »

Mais la fureur du roi ne troubla pas Till L'Espiègle :

« Je n'ai fait que vous prendre au mot, miséricordieuse Majesté ! Vous m'avez dit que je devais ferrer mon cheval aussi bien qu'il se pouvait. Et il m'a semblé qu'il n'y avait rien de mieux que des fers en or et des clous en argent. »

« Tu es vraiment le meilleur de mes serviteurs, » répliqua le roi à contrecoeur, « tu fais exactement ce que je t'ordonne. »

A présent, le roi était de meilleure humeur et, quand il envoya son secrétaire payer l'orfèvre, il dit à Till :

« Dis-moi, n'est-ce pas une folie de laisser ces fers en or à ton cheval alors qu'ils s'useront plus vite que des fers ordinaires ? »

« Bien sûr, Seigneur ! C'est pourquoi je vais tout de suite les faire retirer et en faire mettre d'autres avec des clous d'acier. »

Cette fois, le roi éclata de rire et il n'en voulut pas à Till du cadeau qu'il lui avait extorqué.

Mais Till ne demeura pas longtemps au Danemark. Il se rendit en Bohême et se présenta à Prague comme étant un grand savant capable de répondre aux questions les plus difficiles et d'expliquer ce que les autres maîtres des sciences et des arts ne pouvaient résoudre. Il inscrivit toutes ces choses à son sujet sur une feuille qu'il accrocha au portail d'une église et même à la porte de l'université. Cette prétention irrita le vieux recteur, tous les professeurs, docteurs et magistrats. Ils se réunirent afin de tenir conseil et de convoquer ce bouffon. Ils décidèrent de lui préparer des questions auxquelles il ne pourrait répondre, ce qui le couvrirait de honte. A la suite de quoi, il ne lui resterait plus qu'à déguerpir au plus vite de Prague.

Le lendemain matin, ils dépêchèrent quelqu'un chez Till afin qu'il vienne dans la grande salle de l'université où le recteur lui poserait devant l'assemblée entière des questions auxquelles il ne saurait répondre aussi bien qu'il le prétendait.

« Nous allons te poser cinq questions, » dit le recteur quand Till fut arrivé. « Si tu n'y réponds pas, tu seras puni comme étant un imposteur des sciences et des arts et un vulgaire charlatan ! »

Mais Till ne se troubla point. Vêtu de la toge et de la toque noires, il attendit les questions du recteur.

« Voici la première question. Combien de tonneaux d'eau y a-t-il dans la mer ? » demanda le recteur.

« Vénéré docteur, ordonnez-donc à toutes les eaux qui coulent vers la mer de s'arrêter de couler afin que je puisse calculer combien il y a effectivement de tonneaux d'eau dans la mer. Si la quantité d'eau varie sans cesse, on ne peut pas la mesurer ! »

Cette réponse emplit le recteur de honte et il dut poursuivre.

« Dis-moi combien de jours se sont écoulés depuis la création du monde jusqu'à aujourd'hui ? » demanda le recteur pensant avoir collé Till L'Espiègle.

« Il s'est écoulé seulement sept jours, puis encore sept, et encore sept... Et, de sept en sept, nous parviendrons jusqu'à la fin du monde, » répondit Till.

Le recteur embarrassé poursuivit :

« Donne-nous vite à présent la réponse à la troisième question : où se trouve le centre du monde ? »

Till L'Espiègle sortit les bras des larges manches de sa toge et, du doigt, désigna devant lui une latte du parquet de bois :

« C'est à cet endroit qu'est le centre du monde ! Afin de vous en convaincre, ordonnez que l'on mesurât le monde avec une ficelle et, si je me suis trompé, ne serait-ce que d'un cheveu, j'admettrai mon erreur, » répondit Till.

Le recteur était très en colère. Il n'avait nulle intention de faire mesurer le monde et se hâta de poser la question suivante.

« Dis-nous quelle est la distance de la terre au ciel. »

« Hé ! » fit Till en regardant le sol puis en levant les yeux en l'air comme pour estimer la distance, « cela n'est pas très haut : quand quelqu'un appelle ou parle dans le ciel, on entend très bien ici-bas. Lorsque vous serez au ciel, je vous parlerai d'ici à voix basse et vous verrez que vous m'entendrez fort bien. Si ce n'est pas le cas, j'admettrai que je me suis trompé. »

Le recteur ne savait que dire et posa donc à Till la question suivante sans se douter qu'il en trouverait encore la réponse.

« Quelle est la taille du ciel ? »

Et Till L'Espiègle répliqua sans hésiter :

« Le ciel fait mille lieues de large, mille coudes de haut et il ne lui manque pas un seul pouce. Si vous ne me croyez pas vous pouvez facilement vous en convaincre. Enlevez du ciel le soleil, la lune et les étoiles et mesurez-le avec précision. Vous verrez que je vous en aurai donné exactement sa taille. »

Que pouvaient répondre à cela le recteur et les professeurs ? A leurs sournoises questions, ils avaient reçu des réponses non moins sournoises et ils devaient s'incliner devant Till L'Espiègle.

Mais Till savait que s'il avait trompé les savants, il lui serait moins aisé de berner les étudiants et qu'il risquait de s'attirer la honte. Aussi quitta-t-il la toge et s'éloigna-t-il de Prague pour se rendre à Erfurt.

Dans la ville d'Erfurt, il existait également une célèbre université où Till L'Espiègle chercha à réitérer sa plaisanterie pragoise. Mais le bouche à oreille avait bien fonctionné et les professeurs d'Erfurt évitèrent le ridicule qui avait accablé leurs collègues pragois. Ils n'autorisèrent pas Till L'Espiègle à faire la preuve de son savoir et décidèrent de confier un âne à son éducation de façon à ce qu'il démontrât sa compétence.

« D'accord, » déclara Till lorsqu'ils le lui amenèrent, « j'enseignerai à votre âne, mais j'aurai besoin de temps, car ce n'est pas une créature bien intelligente. Elle ne sait même pas parler ! En paiement de cette tâche, je réclame donc cinq cents ducats. »

Les professeurs acceptèrent et lui donnèrent même une avance. Puis ils déterminèrent la période d'apprentissage à vingt ans. Alors, Till L'Espiègle se dit : « Il me suffit de vivre confortablement trois ans à Erfurt. Le vieux recteur finira bien par mourir et je serai libre. Si c'est moi qui meurt, personne ne se souviendra de moi. Et si c'est mon élève, je m'en tirerai encore mieux. »

Till L'Espiègle prit donc l'âne pour élève et logea dans une auberge, près de la tour. Par bonheur, l'aubergiste était un brave homme qui comprenait bien la plaisanterie. Il reconnut son hôte à ses vêtements et enferma l'élève dans une petite écurie. Till L'Espiègle posa dans l'auge un vieux livre de psaumes dont il parsema les pages d'orge. L'âne sentit le grain et se mit à tourner les pages du livre avec ses babines. Il lécha l'orge entre les pages et, quand il eut fini, se mit à crier : Hi-Han ! Hi-Han ! Till L'Espiègle renouvela l'expérience, puis s'en fut trouver le recteur afin de lui dire :

« Honoré recteur, auriez-vous l'amabilité de venir voir comment mon élève se consacre à l'étude ? »

« Cher maître, comment cela se passe-t-il ? Est-ce que cet élève apprend bien ? »

Till haussa simplement les épaules :

« Vous savez bien que mon élève est peu doué et qu'il est difficile de lui apprendre quoi que ce soit. Mais avec des efforts et de la patience, j'ai cependant réussi à lui enseigner quelques lettres, principalement des voyelles qu'il sait reconnaître et nommer. Si cela vous intéresse, vous pouvez venir vous en rendre compte par vous-mêmes. »

Malheureux élève ! Ce jour-là, il fut mis dès le matin à la diète afin que l'examen devant

le recteur fût probant. Lorsque Till et le recteur parurent, l'âne reçut un livre dans son auge en guise de nourriture. Il se mit à en tourner les pages afin d'y découvrir de l'orge. Comme il n'en trouva pas, il se mit à crier : « Hi-Han ! Hi-Han ! »
« Vous voyez, chers messieurs, qu'il sait déjà ces deux voyelles. Je crois que je vais pouvoir poursuivre mon enseignement », déclara Till.
Le vieux recteur ne tarda pas à mourir. Et Till laissa aller son élève où bon lui semblait.
« Hé ! Si tous les ânes d'Erfurt avaient eu besoin de mes services, je ne serais pas encore sorti de l'auberge ! » dit-il en partant aussi de son côté.

Toute vie humaine a un terme. Un jour, la mère de Till apprit que son fils était malade. La vieille et pauvre femme le rejoignit afin de le voir peut-être une dernière fois. Comme autrefois, elle espérait encore quelque chose de lui.
Lorsqu'elle vit son malheureux fils allongé dans son lit, elle le questionna, les larmes aux yeux :
« Alors, mon fils, où souffres-tu ? »
En plaisantant, comme il l'avait fait toute sa vie, Till répliqua :
« Je souffre là, entre le mur et l'armoire. »
« Ah ! Mon fils, ne pourrais-tu au moins une seule fois me dire un mot doux ? »
« Un mot doux ? » fit Till sans réfléchir, « Miel ! »
« Je suis vieille, mon fils. Je suis misérable. Ne me laisse pas sans secours. »
« Ma chère maman, celui qui n'a rien doit donner ce rien et prendre à celui qui a beaucoup. Ma richesse est si secrète qu'on ne saurait la trouver. Mais si tu trouves quoi que ce soit qui m'appartienne, prends-le. Je te lègue tout ce que j'ai. Le bien comme le mal, car je n'ai pas la moindre richesse. »
Till L'Espiègle continua de dépérir. La vieille religieuse qui s'occupait de lui cessa de lui conseiller de se repentir de ses péchés et pensa qu'il valait mieux qu'il meure.
« Ah ! Non ! » dit Till L'Espiègle à chacun. « Je ne mourrai pas si facilement car la mort n'est pas chose facile. Pourquoi devrais-je avouer mes actes secrètement, en confession, alors que tout le monde est au courant de ce que j'ai fait durant toute ma vie ? Ce que j'ai fait de bien, chacun pourra le reconnaître. Et si j'ai fait quelque chose de mal, il ne me suffira pas de m'en repentir pour qu'on me le pardonne ! »
Quand Till sentit sa dernière heure approcher, il fit un testament en vertu duquel son bien devait être divisé en trois parts. L'une revenait à ses amis, l'autre au conseil municipal de Möllna et la troisième au prêtre de l'église de Möllna. Il le fit tous appeler et leur montra son coffre aux riches ferrures.
« Vous ne pourrez l'ouvrir que quatre semaines après ma mort. Alors seulement, vous

pourrez vous partager mon bien, » leur ordonna-t-il avant de prendre congé d'eux. Il ne souffrit plus longtemps car il ne tarda pas à rendre le dernier soupir.

Au jour convenu, les héritiers se réunirent et ouvrirent le coffre avec curiosité. Quelle déception quand, à la place des richesses attendues, ils ne découvrirent qu'une pierre ordinaire ! Ils se regardèrent mutuellement avec colère et commencèrent à se disputer :

« Vous avez ouvert ce coffre alors qu'il était à l'hôtel de ville ! C'est vous qui avez pris l'argent et l'avez remplacé par une pierre ! » cria le prêtre aux conseillers municipaux.

« Nous ? Nous n'y avons pas touché ! C'est vous qui l'avez sans doute ouvert, » accusèrent les conseillers en désignant les amis de Till. « Et vous l'avez sans doute fait pendant que Till était malade. »

« Non ! Pas nous ! C'est sans doute le prêtre car il a eu le premier connaissance de l'existence de ce coffre ! » accusèrent à leur tour les amis de Till.

Et ainsi de suite... Selon le voeu de Till L'Espiègle qui avait pressenti combien on se disputerait avec avidité cet argent gagné sans labeur. Ainsi réussit-il à faire des farces même après sa mort !

Dans la ville de Möllna, de nos jours, on montre cette pierre portant l'emblème de Till L'Espiègle : une chouette tenant entre ses serres un miroir et, en dessous, cette inscription :

Il ne faut jeter cette pierre à personne,
car elle porte l'épitaphe de Till L'Espiègle.
An de Grâce MCCCL.

HÉROS POPULAIRES
DE TOUS LES TEMPS

LE ROI MATHIAS

Récits au sujet
du savoir, de l'équité,
de l'habileté et
de la courtoisie
de ce roi

Sur le vaste territoire qui inclut aujourd'hui la Slovaquie, la Hongrie, la Transylvanie et, plus à l'ouest, la Moravie, la Silésie, la Lusace, ainsi qu'au sud la partie nord de l'acctuelle Yougoslavie, régnait le roi Mathias Hunyadi dans les années 1458 à 1490. On le nommait également Mathias Corvin, à cause du corbeau qui était son emblème. Le roi Mathias fut souverain de Hongrie et, pendant un certain temps, de Bohême. Il mena de grandes batailles afin de réaliser son voeu de former un grand empire danubien. C'est pour cela qu'il demeura plus qu'aucun autre roi hongrois dans la mémoire des peuples slovaque, hongrois, slovène et tchèque, grâce aux légendes qui le décrivent comme un seigneur puissant et juste. Après sa mort, lorsque les temps devinrent plus durs, les gens soupirèrent : « Le roi Mathias est mort. C'est la fin de la justice. »

Comme à son habitude, déguisé pour ne pas être reconnu, le roi Mathias traversa l'Autriche afin de voir de ses propres yeux la façon dont vivait son peuple. Ce faisant, il arriva au village de Tsinkota. Dans une auberge, devant un verre de vin, se tenait un maître d'école. Le roi s'approcha de lui et s'installa.

« Je suis secrétaire du roi, » dit-il en ordonnant de faire servir dix verres de vin. L'aubergiste se méfia. « Ce jeune secrétaire aura-t-il de quoi payer ? On dit que ce genre de métier rapporte peu d'argent, » se dit-elle.

« Apporte-donc ce vin, » répéta le secrétaire comme s'il lisait dans les pensées de la belle aubergiste. « Voici un ducat. Je paierai ! »Tandis que l'aubergiste posait le vin sur la table, deux tziganes apparurent. Bientôt, tout le monde se mit à boire et l'ambiance devint fort gaie. Le roi Mathias invita même la belle aubergiste à danser. « Lorsque viendra le moment de payer, » lui chuchota-t-il à l'oreille, « je dirai que j'ai perdu mon ducat. Mais seulement pour plaisanter. »

Et il fit ce qu'il avait dit. Au moment de payer, le jeune secrétaire chercha son ducat sans le trouver.

« J'ai dû le perdre en dansant. Aidez-moi à le retrouver, » dit-il.

Tout le monde se mit à chercher l'argent. Le maître d'école rampa sous les tables mais... Pas de ducat !

« Puisque vous n'avez plus de quoi payer, » dit la belle aubergiste, « vous devrez demeurer ici en gage. »

Mais la jolie femme plaisait également au maître d'école et il ne voyait pas d'un bon oeil le jeune secrétaire demeurer dans la place. Aussi déclara-t-il :

« Je ne te laisserai pas dans l'embarras, l'ami. Je vais aller chercher de l'argent chez moi et payer pour toi. »

Pendant ce temps, les tziganes ivres s'étaient endormis en travers du chemin. Et quand le maître d'école sortit de l'auberge, il buta sur les corps allongés dans le noir et tomba. Il se releva en colère, tambourina de son bâton sur le dos des tziganes qui se mirent aussitôt à gémir et à se plaindre.

Le maître d'école ne trouva point d'argent chez lui. Aussi engagea-t-il la pelisse de son père et put-il ainsi payer le vin à l'aubergiste.

Cette générosité émut le roi Mathias.

« Viens avec ta femme à Budin, afin de m'y rendre visite au château du roi Mathias. Tu verras. Je suis son secrétaire préféré, » dit-il en prenant congé de l'instituteur.

Le maître d'école ne tarda pas à se rendre à Budin.

« Prépare-toi, femme. Tu viendras avec moi. C'est le secrétaire qui me l'a demandé. »

«A Budin ? » grogna la femme, « ne te suffit-il pas d'avoir engagé la pelisse de ton père

pour payer à la place de ce jeune homme ? Tu veux encore dépenser les deux grosses pièces d'or que tu viens de gagner ? »
« Ne discute pas et viens ! Ce secrétaire est un grand personnage. Il est dans les grâces du roi Mathias. »
Ainsi se rendirent-ils au château de Budin.
Comme s'il n'avait été là que pour les attendre, un garde les conduisit directement dans la salle du trône. Là, siégeait un seigneur qui portait sur ses épaules la pelisse que l'instituteur avait engagée pour lui à Tsinkota. Le maître d'école et sa femme n'en croyaient pas leurs yeux. « Comment la pelisse de leur père pouvait-elle se trouver à Budin ? » Mais ils n'eurent pas le temps de poser de questions. Déjà, le garde les conduisait dans une autre salle. Là, le roi fit son entrée en grande tenue de souverain. La noblesse s'inclina profondément et la femme du maître d'école comprit qu'ils étaient devant le roi. Le souverain s'installa sur son trône et dit :
« Seigneurs, ce brave homme a mis en gage la pelisse de son père afin de payer pour moi ce que je devais à l'auberge. Qu'il prenne mon manteau en échange ! » ajouta-t-il en se tournant vers le maître d'école et en lui jetant sa tenue royale. Le maître d'école ne trouvait plus le moindre mot à dire.
« Dis-moi ce que tu souhaites en récompense ? » lui demanda le roi.
« Je ne souhaite rien pour moi-même, Seigneur. Je réclamerai seulement que la pinte de vin soit deux fois plus grande à Tsinkota que partout ailleurs, » répliqua le maître d'école.
« Je réaliserai ton voeu, » sourit le roi, « et j'ordonnerai que tu puisses boire gratis. »
Puis le roi invita les deux braves gens à sa table et les renvoya chez eux.
« Pourquoi n'as-tu pas plutôt demandé de l'or ou de l'argent ? » gronda la femme insatisfaite.
« Le manteau royal ne te suffit donc pas ? » dit le maître d'école. « Ses poches sont pourtant pleines d'or ! »

On ne sait trop pourquoi, le sultan de Turquie rendit un jour visite au roi Mathias. Ce dernier l'accueillit avec tous les honneurs et son hôte lui dit :
« J'ai entendu raconter que vous possédiez un agneau d'or. »
« C'est vrai, » répliqua le roi Mathias, « dans mon troupeau, j'ai un agneau d'or et j'ai aussi un berger qui ne ment jamais. »
Le sultan de Turquie en fut étonné et dit d'une voix convaincue :
« Je vous prouverai qu'il ment. »
« Il ne ment pas, j'en suis sûr, » répliqua le roi Mathias.

« Je parie qu'il ment. Je le mettrai dans une situation telle qu'il ne pourra faire autrement ! »

« Et moi, je parie qu'il ne mentira pas ! Je parie la moitié de mon royaume ! « déclara le roi Mathias.

« Très bien, et moi je parie aussi la moitié de mon royaume. Je la donnerai si votre berger ne ment pas ! »

Ils se serrèrent la main et le sultan de Turquie s'en fut dans sa chambre. Là, il s'habilla en paysan et se rendit à la bergerie.

« Bonjour, brave homme, » dit-il au berger.

« Bienvenue à vous, Majesté ! » répliqua le pasteur.

« A quoi as-tu reconnu que j'étais un souverain ? »

« Votre noblesse se trahit dans votre voix. »

« Puisqu'il en est ainsi, je te donne un monceau d'or, six chevaux et un carrosse afin que tu m'offres en échange ton agneau d'or, » dit le sultan de Turquie.

« Aïe ! » répliqua le berger, « je ne le donnerais pas pour un empire, car le roi Mathias me ferait pendre ! »

Le sultan de Turquie essaya de le convaincre par tous les moyens mais en vain.

Le souverain n'eut pas d'autre choix que de rentrer, vexé, au palais. Il s'assit tristement dans sa chambre.

Sa fille le vit et lui demanda en le cajolant :

« Pourquoi êtes-vous si triste mon père ? »

Le sultan ne voulut pas répondre, mais elle insista et il finit par lui raconter sa conversation avec le berger.

« Ne soyez-donc plus triste, mon père. Je vais aller trouver moi-même ce berger et ce que vous n'avez pas obtenu, je l'obtiendrai, » promit la princesse. Elle prit un petit coffre d'or, une bouteille de vin adoucie de miel et se faufila hors du palais.

Mais elle offrit des pièces en vain car elle n'obtint pas non plus l'agneau d'or.

« Je ne manque pas d'argent, » déclara le berger, « et si je donne cet agneau d'or, que dirai-je au Roi Mathias ? Il me fera pendre ! »

« Bois tout de même un peu de vin, » insista la princesse.

« Je boirais bien volontiers, à condition que tu te serves la première car je ne sais pas si tu n'y as pas mélangé quelque chose. »

La jeune fille but et le berger se laissa convaincre de boire à son tour. Lorsqu'ils eurent fini le vin, l'homme se sentit d'humeur joyeuse et dit :

« Bien, je vais te donner l'agneau d'or, à condition que tu m'épouses. »

La princesse accepta :

« Retire la peau de l'agneau et garde la viande. Seule la fourrure m'importe, » dit-elle.
Puis elle saisit la toison d'or, enchantée, et se dépêcha d'aller retrouver son père. Ce dernier se réjouit qu'elle eût réussi à berner le berger.
Le matin se leva et le berger s'inquiéta de ce que dirait le roi en ne voyant plus l'agneau d'or.
Il se rendit chez le souverain et, en chemin, réfléchit à ce qu'il allait bien pouvoir lui dire. Mais il ne trouva rien. Bien des fois, il planta son bâton dans un trou et suspendit dessus son chapeau. Il fit quelques pas et revint à son bâton. Il le salua comme s'il s'agissait du roi. Et le roi demandait :
« Eh ! Bien, berger, quoi de neuf ? »
« Rien, Majesté, si ce n'est que l'agneau d'or s'est perdu. Le loup l'a dévoré. »
Mais à peine avait-il dit cela que l'homme prenait peur.
« Tu mens, » disait le roi, « il aurait aussi mangé les autres. »
Le berger reprit son chapeau, retira son bâton du trou et poursuivit son chemin. Bientôt, il trouva un autre trou, y replanta son bâton, y suspendit à nouveau son chapeau et recommença :
« Seigneur… »
« Alors, quoi de neuf ? »
« Rien, si ce n'est que l'agneau d'or est tombé dans une source. »
« Tu mens. Les autres aussi y seraient tombés. »
Le berger reprit encore son chapeau, retira son bâton du trou et s'en alla plus loin. Une troisième fois, il trouva un trou, y planta son bâton, suspendit son chapeau et dit :
« Majesté… »
« Alors, quoi de neuf ? »
« Quelqu'un a volé l'agneau d'or. »
« Tu mens ? Il aurait aussi volé les autres. »
Le berger reprit son chapeau et son bâton pour s'en aller plus loin. Il finit par atteindre le palais du roi.
Dans la chambre royale se tenaient le souverain et ses hôtes, le sultan de Turquie et sa fille. Le souverain étranger avait déjà remis la toison d'or au roi Mathias et celui-ci attendait la suite des événements. Si le berger mentait, il s'apprêtait à perdre la moitié de son royaume. Cela aurait bien arrangé le sultan de Turquie ! Le berger salua tout le monde comme il se devait.
« Alors, quoi de neuf ? » demanda le roi Mathias.
« Rien, si ce n'est que j'ai échangé l'agneau d'or contre un noir. »
Cette réponse réjouit le roi Mathias qui répondit néanmoins sévèrement :

« Apporte-donc cet agneau-là ! »
« Il est assis ici, entre deux rois, » répliqua le pasteur.
« Très bien, » s'écria le roi Mathias, « ta réponse est bonne ! Comme tu n'as pas menti, tu recevras la moitié du royaume que le sultan de Turquie a pariée et que j'ai gagnée. »
« Et moi, » surenchérit le sultan de Turquie, « je te donne ma fille pour épouse, puisque vous vous plaisez. »
Et c'est ainsi qu'un berger devint souverain turc.

Au cours d'autres de ses pérégrinations dans le pays, le roi Mathias arriva dans un village où régnait un grand désordre.
« Qui est votre gouverneur ? » demanda-t-il aux gens.
« Nous avons élu le fils du vieux gouverneur, » répondirent-ils.
« Et pourquoi n'avez-vous pas gardé l'ancien ? »
« Un vieil homme ne fait pas un bon gouverneur, » répliquèrent les gens.
Le roi Mathias se rendit à l'hôtel de ville où siégeait le jeune gouverneur. Il dit :
« Un si jeune homme n'est pas fait pour être gouverneur. Il sait à peine de quoi se compose sa charge. »
« Je donne des conseils à tous, » répliqua bravement le jeune gouverneur.
« Ah ! Oui ? Eh ! Bien, nous allons voir cela ? A mon retour, il faudra que tu aies assemblé ici trente loups, quarante sages et soixante fous. Nous verrons comment tu t'en sortiras, » ordonna le roi avant de partir.
Le jeune homme rentra chez lui. Mais il n'avait plus le goût à manger ni à boire. Son père vit que quelque chose le tracassait et lui demanda :
« Qu'est-ce qui te soucie, mon fils ? »
« Le roi Mathias m'a ordonné de réunir avant son retour trente loups, quarante sages et

soixante fous. Si je n'y parviens pas, il me punira sûrement. »

« Ne te tracasse pas, mon fils. Il a dit cela sans y penser, » répondit le vieil homme. Mais il ne dit rien de plus à son fils. Il pensa que cela ne lui ferait pas de mal de se creuser un peu la tête. Quant à lui, il ne lui déplaisait pas de redevenir gouverneur.

Sans en avertir son fils, il réunit dans le village trente jeune gens de trente ans, quarante quadragénaires et soixante vieillards séniles. Puis il dit à son fils :

« Ne t'inquiète pas. Je dirai au roi ce qu'il conviendra de lui dire. »

Lorsque le roi Mathias revint, étaient réunis devant l'hôtel de ville tous les hommes que le vieux gouverneur avait convoqués. Le fils prit peur en voyant cette foule car il pensait qu'il s'agissait de citoyens venus en badauds le voir humilier par le souverain.

Et le roi Mathias demanda :

« Est-ce que les trente loups, les quarante sages et les soixante fous dont j'ai ordonné la présence sont là ? »

Le jeune gouverneur blêmit et ne sut que dire. Mais son père parla à sa place :

« Ils sont bien là, Majesté, » fit-il en désignant les jeunes gens forts comme des loups, les quadragénaires pleins de sagesse et les autres.

« Vous voyez, » répliqua le roi, « un vieil homme a parfois plus de raison qu'un jeune. » Puis il se tourna vers le vieil homme : « C'est toi qui seras à nouveau gouverneur. » « Quant à toi, » dit-il au jeune, « tu es moins avisé que ton père, j'en suis convaincu. » Et il poursuivit sa route.

Près d'un autre village, il ordonna à son cocher de s'arrêter. Il descendit de voiture et alla dans un champ, suivi de son escorte. Là, il entra en grande conversation avec un vieux laboureur qui avait autrefois servi comme soldat dans sa garde noire.
« Honneur à toi, grand-père ! » dit-il avant d'engager la conversation.

« J'en remercie mon épouse, » répondit le laboureur et le roi poursuivit.

« Pour combien de pièces d'or travaillez-vous ? »

« Pour six, Majesté, » répliqua le laboureur.

« Et combien vous en faut-il pour vivre ? »

« Deux. »

« Et que faites-vous des quatre autres ? »

« Je les jette dans la boue. »

« Dis-moi encore, vieil homme, ce qu'il te reste des trente-deux ? »

« Hé ! Mon roi... Peut-être bien seulement vingt. »

« Saurais-tu traire des boucs ? »

« Je le saurais, pourquoi pas ? »

« Nous avons bien bavardé, mon brave. Que Dieu te garde ! Et ne dis à personne ce que signifiaient mes questions tant que tu ne verras pas mon portrait, » dit le roi en s'en allant.

Un moment après, il se tourna vers son escorte et dit :

« Mes Seigneurs, celui d'entre vous qui saura la signification de mes questions recevra une riche récompense. »

Les seigneurs se creusèrent vainement la tête. Ils ne parvinrent pas à s'expliquer les questions du roi. Il ne leur resta donc qu'à retrouver le vieux laboureur et à le lui demander. Ils le retrouvèrent, l'entourèrent et lui demandèrent la signification de cette conversation. Mais le vieil homme refusa de répondre.

« N'avez-vous pas entendu ce que le roi m'a ordonné, Messires ? Je ne pourrai dire un mot tant que je n'aurai vu son portrait. »

« Dis-nous le tout de même, grand-père et nous te récompenserons ! » firent les nobles en faisant tinter leurs bourses.

Le vieil homme ne résista plus.

« Bien, je vais vous le dire, mais donnez-moi dix pièces d'or. »

Ils les lui donnèrent et questionnèrent aussitôt :

« Dis-nous pourquoi, lorsque le roi t'a salué et a parlé d'honneur tu as répondu que tu devais tout à ta femme ? »

« C'est parce que, » répondit le vieil homme, « ma femme lave mes affaires et c'est un honneur que d'avoir des habits propres. »

« C'est vrai, » répliquèrent les Seigneurs, vexés de n'avoir pas trouvé cela tout seuls.

« Et pourquoi jettes-tu ton argent dans la boue ? »

« C'est parce qu'il ne me faut que deux pièces d'or pour vivre. Je donne les quatre autres à mon fils et il en fait si mauvais usage que c'est comme si je les jetais dans la boue. »

« Et que signifie la question : Qu'as-tu fais des trente-deux ? »
« Je vais vous le dire mais donnez-moi encore dix pièces d'or. »
Les seigneurs lui mirent l'argent dans la main et le vieil homme dit :
« C'est très simple. Lorsque j'étais jeune, j'avais trente-deux dents. Maintenant, il ne m'en reste que vingt. »
« Dommage que nous n'ayons pas trouvé cela tout seuls ! » grognèrent les seigneurs avec honte.
« Et qu'est-ce que c'est que ces boucs que tu dois traire ? »
« Je vous le dirai pour dix nouvelles pièces d'or. »
Dix nouvelles pièces d'or tintèrent dans la main du vieil homme qui dit alors en souriant :
« Eh ! Bien, je trairai ces boucs comme je vous trais en ce moment ! »
« Comment oses-tu nous parler ainsi ? » s'écrièrent les seigneurs en colère, « attends ! Tu le paieras cher ! Nous dirons au roi que tu nous a confié la signification de ses questions bien que tu n'aies pas encore vu son portrait et il te punira, » menacèrent-ils.
« Mais Messires, pourquoi dites-vous que je n'ai pas vu le portrait du roi. Je l'ai vu et vous pouvez le voir vous-mêmes ! » dit le vieillard en montrant les ducats. « Et c'est justement pour que vous me donniez cet argent que le roi a inventé cela. »
Les seigneurs n'eurent rien à répliquer. La tête basse, ils rentrèrent chez eux.

Un jour, le roi Mathias fit appeler son fidèle serviteur et lui dit :
« Tu vas sortir du château. Là, près du chemin, tu verras une roche. Arrête quiconque passera par là et demande-lui de dépecer cette pierre selon l'ordre du roi. »
Le serviteur fit ce que le roi lui avait demandé. Il arrêta les gens pour leur dire quelle était la volonté du roi. Mais tout le monde se contenta de hausser les épaules : « Comment dépecer une pierre ? Comment serait-ce possible ? » Et chacun poursuivait sa route.
Un jour, un pèlerin, un certain Sikul, passa par là en compagnie de sa fille. Le serviteur l'arrêta et lui demanda la même chose qu'aux autres gens. Sikul hocha la tête et sa fille dit :
« Mon père, va trouver le roi dans son château et dis-lui que nous dépècerons cette roche quand il en aura ôté la veine. »
Et c'est ce que le brave homme fit. Le roi fut fort étonné d'entendre sa réponse.
« Où as-tu pris cela, que je doive ôter la veine de cette roche ? Tu es un impertinent ! »
« C'est ma fille qui me l'a conseillé, » répondit honnêtement Sikul.
« Puisqu'il en est ainsi, prends ces deux noisettes. Donne-les à ta fille. Qu'elle les

plante ! Lorsqu'elles auront poussé, tu reviendras chez moi, » dit le souverain en donnant à Sikul quelques pièces d'or avant de le renvoyer.

Chez lui, Sikul donna les noisettes à sa fille qui, simplement, les brisa et les mangea.

« Cette fois, tu vas t'attirer des ennuis, » soupira Sikul. Mais la jeune fille n'en tint pas compte et déclara :

« Père, retourne au château et dis au roi que ses noisettes ont déjà poussé. »

Sikul fut étonné par ces paroles mais fit ce que sa fille désirait. Le roi sut aussitôt ce que cette réponse mystérieuse signifiait : les noisettes étaient à présent la poitrine de la jeune fille.

« Prends ces deux brins de chanvre, » dit le roi à Sikul, « et ordonne à ta fille de tisser avec des bonnets pour toute la cour. Voici votre récompense. » Et il lui donna une bourse d'argent.

Mais Sikul n'était pas très content. Il rentra à la maison la tête basse et déclara à sa fille :

« Le roi t'adresse ces deux brins de chanvre et tu devras avec tisser des bonnets pour toute la cour. Cette fois, Sa Majesté te crée bien des soucis, ma fille. »

« Allons-donc, mon père ! » répliqua la fille en ramassant à terre deux copeaux et en les donnant à son père.

« Apporte ces deux copeaux au roi et demande-lui de m'en faire une hotte, une lice et un canot. Quant à moi, je tisserai ses brins de chanvre et lui ferai autant de bonnets qu'il en désirera. »

Sikul retourna donc à Budin. Quand il eut donné au roi les deux copeaux et répété ce qu'avait ordonné sa fille, le souverain sourit et dit :

« Puisque ta fille est aussi intelligente, dis-lui de venir chez moi. Mais elle devra le faire sans passer sur le chemin, ni à côté, sans être ni habillée, ni nue. Et ce n'est pas tout. Qu'elle m'apporte un cadeau qui n'en est pas un et qu'elle me salue sans me saluer. Et, si elle est aussi jolie qu'elle est intelligente, je l'épouserai.

De nouveau, le vieil homme rentra chez lui la tête lourde. Mais la jeune fille ne fit pas grand cas des propos du roi. Elle prit un moineau en guise de présent pour le souverain et se mit en chemin. A la place de vêtements, elle portait sur elle le filet de pêche de son père de façon à n'être ni habillée ni nue. Elle tira hors de la cour un âne qu'elle saisit par la queue et mit ses pas dans ses traces de façon à ne pas marcher ni sur le chemin ni à côté. Et, quand elle arriva devant le roi, elle s'inclina profondément sans dire le moindre mot de salutation. Puis elle montra le moineau au roi et le remit en liberté de façon à ce que le souverain vît son présent sans le recevoir. Le roi fut étonné de sa finesse et de sa beauté. Il la prit par les deux mains, l'embrassa sur les deux joues et se fiança à elle. Bientôt un somptueux et joyeux mariage se prépara. On dit qu'au lieu d'eau, ce fut du vin qui coula dans le Danube. Le roi Mathias eut un fameux mariage !

Les jeunes époux ne vécurent pas heureux bien longtemps. Un jour, alors que se tenait à Budin un grand marché tout plein de gens, de charrettes et de chevaux, arriva un pauvre homme avec une jument sur le point de mettre bas. La jument se coucha à terre et il naquit un poulain qui se trouva alors sous la charrette d'à côté. Le pauvre homme voulut retirer le poulain de dessous la charrette, mais le propriétaire de celle-ci l'en empêcha :

« Ce poulain se trouve sous ma charrette. C'est donc elle qui l'a enfanté, » déclara-t-il en prenant le poulain pour lui-même. Il ne restait plus au pauvre homme qu'à aller se plaindre au roi.

« Si le poulain se trouvait bien sous la charrette, il appartient bien au propriétaire de celle-ci, » décida le roi. Et ce fut la fin du procès.

Le pauvre homme s'en fut tristement. Puis il se souvint que la rumeur courait que la reine était plus intelligente que son époux. Aussi résolut-il d'aller la trouver et de se plaindre à elle.

« En effet, tu es bien à plaindre, » dit-elle. « Mais ne crains rien, je vais te conseiller. Prends un filet de pêche et une rame. Puis va dans un champ et creuse un trou avec la rame. Ensuite, tu feras semblant d'y pêcher des poissons avec ton filet. »

Le pauvre homme remercia la reine et fit ce qu'elle lui avait ordonné. Lorsque le roi s'en aperçut, il s'écria :

« Que fais-tu, imbécile ? Tu pêches des poissons dans un champ ? »

« Majesté, si une charrette est capable d'accoucher d'un poulain, je ne vois pas pourquoi un champ ne donnerait pas du poisson. »

« Ah ! Malheureux ! C'est sans doute ma femme qui t'a soufflé cela ! Eh ! Bien, ce sera comme elle le souhaite : je te rends ce poulain. »

Mais il en voulait à la reine de son intervention et, furieux, rentra au palais.

« Ce que tu as fait ne me plaît pas, femme ! J'en ai par-dessus la tête de ton intelligence ! Va t'en d'ici avant le lever du soleil. Je ne veux plus te voir chez moi. » cria-t-il.

« Bien, je m'en irai, puisque tu le veux, » répondit-elle. « Mais permets-moi au moins d'emporter ce à quoi je tiens le plus au monde. »

« D'accord, » fit le roi.

La reine se prépara à partir. Mais le soir, quand son époux fut endormi sous son tendre édredon, elle ordonna aux serviteurs de prendre cet édredon par les quatre coins et d'emmener le roi chez elle.

Lorsque le souverain se réveilla, il regarda par le guichet :

« Où suis-je ? Que s'est-il passé ? » s'écria-t-il en se frottant les yeux.

« Tu es chez moi, dans ma maison natale, » répondit la reine en souriant. « Tu m'as permis d'emporter ce à quoi je tiens le plus au monde. Aussi t'ai-je emmené avec moi. »

Ils s'embrassèrent et leur colère s'envola. Puis ils rentrèrent ensemble au palais et vécurent longtemps en paix.

MUJO

Comment le petit
berger Mujo acquit
une force extraordinaire
et comment il devint
chef de Jutbina

Au XVIIe siècle, dans les montagnes au nord de l'Albanie, vivait le berger Mujo qui, grâce à sa force devint le plus célèbre et le plus puissant héros des légendes albanaises. Pour le compte des aghas de Jutbina, il combattit avec sa troupe le roi de Kotor, ainsi que Filipe Maxharim et il s'illustra par de nombreux faits héroïques.

La légende raconte sa rencontre avec le roi Marko, bien que cela ne soit pas corroboré par des faits historiques. Le roi Marko était un héros national serbe, fils du roi Uroch. Il vécut de 1335 à 1394. Il gouverna en Macédoine et son siège était à Prilep. Marko et Mujo appartinrent à cette sorte de héros que les troubadours et les conteurs célébrèrent dans leurs chansons de geste.

C'est dans les hautes montagnes d'Albanie, où les pas de l'homme ne rencontrent que l'écho des sources et des torrents auxquels viennent se rafraîchir les fées et les lutins, où les prairies inondées de soleil scintillent de mille fleurs, où personne n'a encore pénétré dans l'épaisse forêt millénaire, c'est là, entre les ravins et les pentes escarpées, que naquit et grandit Mujo.

Lorsqu'il fut presque grand, sa pauvre mère le fit engager comme berger. Mujo devint alors le plus jeune pâtre des montagnes avoisinantes, mais il connaissait comme sa poche toutes les vallées, toutes les prairies, toutes les collines, toutes les clairières, tous les pâturages et tous les cols environnants. Il passait souvent ses journées à méditer dans la solitude. Et cela ne plaisait pas aux autres garçons. C'est pourquoi, lorsqu'ils le rencontraient, ils se moquaient de lui et parfois même l'attrapaient pour le battre. Mujo était faible et petit et ne pouvait se défendre mais il se lançait tout de même dans la bagarre avec courage et hargne. Son jeune coeur était plein d'amertume et il aurait donné n'importe quoi au monde pour être plus fort.

Un jour, il conduisit son troupeau dans une prairie où il n'avait encore jamais été. Il s'installa sur l'herbe tendre et plongea ses yeux dans le ciel. Au-dessus de lui, des aigles passaient en battant de temps à autre des ailes. Mujo suivit leur vol audacieux jusqu'au plus haut sommet enneigé.

« Comme j'aimerais être fort ! Immensément fort ! » souhaita-t-il à cet instant.

Le soir, en ramenant son troupeau, il remarqua qu'il lui manquait trois vaches. Il les chercha et les appela désespérément pendant des heures, mais en vain. Il n'y en avait plus la moindre trace. Pensant qu'il avait encore une chance de les retrouver, Mujo demeura dans la montagne malgré la nuit qui venait. Il s'installa sous un haut rocher, mais le sommeil n'arriva pas. Soudain, comme descendues du ciel, apparurent deux nymphes blanches comme la neige qui demandèrent au garçon effrayé :

« Qui es-tu et que fais-tu la nuit dans cet endroit désert ? »

Le garçon ne pouvait répondre. Il avait entendu parler des nymphes et des fées des montagnes mais il n'avait jamais imaginé qu'il pût en rencontrer. « Comme elles sont belles ! Leurs cheveux blonds scintillent sous la lune et tombent jusqu'à terre. Leurs yeux sont verts comme la forêt au printemps et profonds comme la mer, » se dit-il.

« Je suis berger et je m'appelle Mujo... J'ai perdu trois de mes vaches, » bredouilla-t-il en rougissant comme une écrevisse. « Je voulais passer la nuit ici après les avoir cherché vainement. Mon maître va sans doute me battre. »

« Nous sommes des nymphes, Mujo et nous allons de par le monde afin de venir en aide aux gens. Nous allons t'aider toi aussi ! Dis-nous ce que tu désires et nous le réaliserons. »

Mujo n'eut pas besoin de réfléchir longtemps car il n'avait qu'un seul désir : « Donnez-moi la force ! Je veux être fort afin que plus personne ne me batte et ne se moque de moi, afin que plus personne ne m'humilie et que tout le monde m'écoute ! »
« Bien. Qu'il en soit ainsi ! » déclarèrent les fées et elles lui donnèrent à boire de leur propre lait. Mujo n'eut pas plutôt avalé trois gouttes qu'il se sentit rassasié.
« Soulève donc ce rocher, » lui ordonnèrent les nymphes. Mujo ne savait que penser lorsqu'il s'approcha du rocher bien plus haut que lui et pesant mille fois son poids. Il étendit les bras, embrassa le rocher et le souleva jusqu'à la hauteur de ses chevilles.
« Tu dois boire encore un peu de notre lait, Mujo, » lui dirent les nymphes. Et il en avala encore trois gouttes. Puis il saisit à nouveau le rocher et le souleva jusqu'à sa ceinture.
« Ce n'est pas encore assez, Mujo. Tu dois boire encore. » Quand il eut bu pour la troisième fois, il était si fort qu'il souleva le rocher jusqu'à sa poitrine comme s'il se fut agi d'une plume et qu'il se promena avec sur le versant comme s'il se fut agi de son bâton de berger. Il bondit de joie à l'idée qu'il était devenu incomparablement fort et que personne ne pourrait se mesurer à lui. Et il remercia les nymphes qui se contentèrent de sourire.
« Nous ne te donnerons pas à boire davantage car tu finirais par porter le globe terrestre sur tes épaules et ce serait la fin du monde. Porte-toi bien, Mujo… » Et elles disparurent.
A présent, Mujo n'avait plus peur de rien et il se rendit à Jutbina trouver sa mère, son frère Halil et ses soeurs afin de leur conter ce qui lui était arrivé. Mais il n'était pas chez lui depuis bien longtemps que des bergers vinrent le prévenir avec un certain plaisir du fait que son maître était en colère contre lui et s'apprêtait à le punir. Mujo se contenta de sourire. Lorsqu'ils eurent assez ricané, il commença à arracher les arbres de terre et à lancer des rochers, si bien que les autres bergers effrayés se dispersèrent comme des feuilles mortes dans le vent.
Puis il réunit autour de lui de pauvres gueux qui n'avaient ni demeure ni la moindre nourriture à se mettre sous la dent et, ensemble, ils partirent au combat. Certains d'entre eux devinrent des héros devant lesquels tremblèrent même les princes les plus puissants et dont la renommée traversa les frontières.
Une nuit, Mujo eut un songe. Il rêva que sa jument avait mis au monde un magnifique poulain blanc portant une étoile au front. Il avait le cou gracieux, les jambes fines et fragiles comme celles d'une biche et le pelage doux et tendre comme de la laine. Il se leva et se rendit à l'écurie. Et là, dans la pénombre, il aperçut une forme douce et blanche et entendit un faible hennissement. Il s'agissait d'un petit poulain avec une étoile au front et il ressemblait point par point à celui de son rêve. Mujo ne pouvait en croire ses yeux. Il

examina le poulain sur toutes les coutures et le caressa tendrement sans plus pouvoir songer à se rendormir. « Cet étrange petit cheval est sans doute un bon présage, » se dit-il, « grâce à lui, je deviendrai encore plus fort. Je veillerai sur lui plus que sur tout au monde. Au lieu de foin, je lui donnerai du blé et au lieu d'eau, je lui donnerai du vin. Je le nourrirai trois fois par jour et je ne le ferai pas sortir avant trois ans d'ici. « Et il en fut ainsi. Au bout de trois années, Mujo sortit son petit cheval pour la première fois. L'animal avait tellement grandi et forci qu'il dépassait largement les autres chevaux. Il s'élança sur la prairie devant le palais et se laissa difficilement brider. Mujo se rendit avec lui au marché. Il lui acheta une selle incrustée de pierres précieuses, lui fit poser des fers à cheval d'or et d'argent et lui passa au cou une bride faite de ducats d'or italiens. Puis il enfourcha l'animal. Le cheval fila comme l'éclair et piaffa avec tant de fougue que les gens effrayés se cachèrent dans leurs maisons. Mujo ne parvint à le maîtriser ni avec les rênes ni avec les éperons. Le cheval se cabra, tantôt sur les jambes avant, tantôt sur les jambes arrière et il rua si sauvagement que Mujo eut toutes les peines du monde à le calmer. Lorsqu'il y parvint, ils s'en allèrent sur le chemin. Mujo éperonna sa monture et celle-ci s'élança comme le vent, enfin domptée. Le cheval traversa ravins et rivières, il galopa à travers les prairies et Mujo ne se rendit même pas compte, tant il allait vite, qu'ils avaient franchi la frontière et qu'ils étaient parvenus dans le royaume voisin.
Lorsque le roi Kapedani apprit la chose, il fit rassembler son peuple afin de lui annoncer : « Un cavalier inconnu, montant un cheval sauvage, s'est introduit dans notre royaume. Qui est volontaire pour l'affronter en combat singulier ? » Ganique Galani l'entendit. C'était un géant envieux qui faisait souvent paître ses troupeaux sur les meilleures prairies des montagnes de Jutbina, sans jamais payer pour autant de redevance aux aghas de Jutbina. De plus, il les haïssait et leur jouait toutes sortes de mauvais tours. Il sut aussitôt de quoi il retournait.
« Sire, il ne s'agit pas d'un cavalier inconnu, ni d'un cheval sauvage mais de Mujo et de son cheval enchanté qui est vraiment unique au monde. A présent, il ne serait pas très difficile de les capturer. »
Le roi fit aussitôt poursuivre Mujo par ses cavaliers. Quelle chasse ! Mais Mujo échappa aux cavaliers du roi. Il conduisit sa monture dans un défilé encombré d'arbres abattus. Les sabots de son cheval laissèrent des traces profondes dans le chemin et ses poursuivants furent arrêtés par des nuages d'épaisse poussière. Nombre d'entre eux finirent dans le ravin. Le roi en devint fou de rage. Il eut envie de s'emparer de Mujo par tous les moyens, mais surtout de capturer son extraordinaire cheval. Dès le lendemain, ses hérauts firent savoir à tout le pays que celui qui ramènerait l'animal au souverain recevrait trois cents sacs d'or en récompense.

Arnaut Osman faisait partie des aghas comptant parmi les amis de Mujo. Il avait toujours été fidèle et brave au combat, mais l'or le corrompit. Il ne put résister à la perspective de cette récompense et à la bonne occasion que cela représentait pour lui de s'enrichir. Aussi se glissa-t-il secrètement dans le royaume et, par une sombre nuit, trahit-il Mujo. Que la vengeance d'Allah s'abatte sur lui !

« Si tu me donnes bien les trois cents sacs d'or promis, je te ramènerai ce cheval, » dit-il au souverain. Et il lui chuchota son plan : « Dans huit jours, j'organiserai une grande fête car le temps sera venu de couper les cheveux de mon fils de un an. Mujo sera présent, car il est le parrain de l'enfant. J'emmènerai son cheval à l'écurie, je l'attacherai mais je lui laisserai sa selle et sa bride et je laisserai la porte ouverte. Viens sans que personne ne te voie et cache-toi dans mon jardin. Lorsque Mujo prendra le petit sur ses genoux, j'éclaterai de rire et ce sera le signal pour toi. »

Au jour convenu, le roi vint chez Arnaut et se cacha dans son jardin derrière un buisson de mûres. De la maison, on pouvait entendre de joyeux bruits de conversation et des chants. Mujo s'assit auprès du fils d'Arnaut et commença à boire du raki.

« Le temps est venu, mon cher ami, que tu coupes les cheveux de mon fils, » dit Arnaut en riant à voix haute et en remettant à Mujo l'enfant vêtu d'un manteau de cérémonie.

Mujo n'eut pas plutôt taillé dans la chevelure brune qu'il entendit le bruit d'une puissante galopade qui s'éloignait. La pièce résonna d'une sorte de grondement de tonnerre et Mujo comprit aussitôt ce qui se passait. Il reposa l'enfant sur son lit, jeta les ciseaux à terre et se rua dehors. Mais il n'y avait personne qu'un épais nuage de poussière qui se dispersait vers le ciel. Mujo devina qui l'avait trahi. Mais que pouvait-il faire ? Plein de rage et de chagrin, il se rendit dans les montagnes et élabora un plan pour pénétrer dans l'écurie du roi Kapedani. Enfant, il avait souvent entendu dire qu'il ressemblait au berger Raspo qui vivait dans ce royaume et il estima qu'il était temps de faire sa connaissance. Une nuit Mujo rejoignit Raspo dans un proche pâturage.

« Bienvenue à toi, homme ! » fit le pasteur pour le saluer. Puis il se tut. Un instant, ils se dévisagèrent... Et ils éclatèrent de rire.

« Raspo, » dit Mujo au berger, « nous nous ressemblons tellement tous les deux que nous devrions changer de nom pour une journée. Tu seras Mujo et je serai Raspo. Demain, nous nous retrouverons ici même et nous nous conterons mutuellement ce qui nous sera arrivé. »

La farce plut à Raspo et ils échangèrent leurs vêtements sur-le-champ. Mujo se rendit dans le royaume avec les habits de Raspo et en portant son bâton, tandis que Raspo poussait son troupeau vers le pâturage de Jutbina. Ce que Mujo avait imaginé ne lui vint pas à l'esprit. Lorsque Mujo entra en ville, personne ne le reconnut. Il pria son ange gardien de veiller sur lui et pénétra dans le palais royal. Il s'inclina par trois fois et attendit que le roi l'interpelle :

« Que se passe-t-il, Raspo, pour que tu aies abandonné ton troupeau et que tu sois venu jusqu'à moi ? » demanda le souverain brusquement. Mujo se gratta la tête et se balança d'une jambe sur l'autre comme le faisait Raspo puis il dit :
« Sire, j'ai entendu dire que tu avais capturé le cheval enchanté de Mujo. Je suis venu t'en féliciter et te demander à le voir. »
« Hélas, » soupira le roi, « c'est en effet un cheval extraordinaire, mais il est si sauvage que personne n'ose seulement pénétrer dans l'écurie. Il hennit et il rue comme une femme jalouse. Regarde-le, Raspo. On dit que tu t'y connais en chevaux… »
Mujo entra dans l'écurie. Son cheval y était et frappait si puissamment le mur de ses jambes arrière qu'il semblait sur le point de le faire s'effondrer. D'un seul geste, Mujo saisit le cheval et celui-ci se calma aussitôt. Il le brida et le sella, puis il le conduisit au-dehors.
« Je le dompterai en un jour, » dit-il au roi Kapedani, « mais il faut que j'envoie quelqu'un surveiller mon troupeau. »
Kapedani accepta mais il fit garder le portail afin de ne pas être trahi comme Arnaut l'avait fait pour Mujo. Cela ne servit pourtant à rien !
Mujo n'eut pas plutôt enfourché sa monture que les obstacles disparurent comme par enchantement. Le cheval s'envola par-dessus les remparts et s'en fut au galop par champs et prairies.
Le roi Kapedani en demeura foudroyé et ses gardes, de terreur s'aplatirent à terre. Lorsque le souverain reprit ses esprits, il se mit à crier, à tempêter et à geindre… Mais en vain.
Cependant, Mujo n'était pas seulement brave et courageux. Il avait aussi une âme chevaleresque. Bien que le cheval fût à lui et qu'il eût parfaitement le droit de

l'emmener, il lui sembla que son geste n'était pas totalement juste. Non loin de la frontière, il s'en retourna et s'en fut rendre le cheval au souverain étonné.

« Voici ton cheval, » dit-il au roi en souriant. « Tu as dû avoir peur que je ne l'emmène... Mais, comme tu peux le voir, Raspo tient toujours parole. J'ai dompté ton cheval. A présent, je m'en vais rejoindre mes moutons. »

Tout à sa joie, le roi ne savait comment le récompenser.

« C'est impossible, Raspo, tu ne peux demeurer berger, » déclara-t-il avec grandeur, « tu es sage et fort. Tu resteras près de moi et je te donnerai ma fille en mariage. »

Il ordonna aussitôt que l'on apportât à Raspo de somptueux vêtements, de l'or et de l'argent. Il lui offrit une épée précieuse et lui prêta son cheval.

Le soir, avant la noce, Mujo s'installa avec les courtisans et les convives à une table. Tous se restaurèrent et se réjouirent joyeusement et autant qu'ils le désirèrent. Seule, la reine, au milieu de ses dames considérait Raspo avec inquiétude.

« Ce berger Raspo est peut-être sage et habile, mais où a-t-il acquis ce précieux langage ? D'où tient-il ses propos courtois ? Il ne peut être berger. Il s'agit plutôt d'un homme habitué à commander, » songea-t-elle avec anxiété.

« Mes chers hôtes, » déclara-t-elle soudain, « réjouissez-vous car nous allons marier demain notre fille unique à cet homme. Mais savez-vous vraiment qui il est ? Ce n'est pas Raspo. C'est Mujo qui est parmi nous ! »

Mais personne ne prit garde à ses propos. Tout le monde éclata de rire, principalement le roi et Mujo.

« Ha ! Ha ! Ha ! Ainsi, je suis Mujo ? Quel honneur pour moi ! Je ne savais pas que je lui ressemblais autant ! » déclara Mujo avec tant de naturel que la reine elle-même finit par

en rire. Les hôtes applaudirent, chantèrent et burent à la santé du futur gendre du roi. Puis le banquet prit fin et les convives escortèrent Mujo et sa fiancée. Ils étaient d'humeur si joyeuse qu'ils ne prirent pas garde à l'endroit où il les conduisait. Soudain, il se retourna vers eux en brandissant son épée et il leur barra le chemin en disant :
« Notre route mène à Jutbina. Venez tous avec moi ! Mise à part mon épouse, je vous libèrerai tous dans quelques jours. Ceux qui m'obéiront n'auront rien à craindre. Mais gare aux autres ! »
Son visage était si terrible que les convives lui obéirent et l'escortèrent jusqu'à Jutbina. Là, Mujo fit organiser une grande noce.
Chez lui, le roi attendit vainement son gendre et sa fille. Ils avaient disparu. A leur place, le roi trouva une lettre :
« Je ne suis pas le berger Raspo, mais le guerrier Mujo. Cependant, ne t'inquiète pas. Je prendrai soin de ta fille. Tu m'as volé mon cheval, mais tu m'as accordé ta fille de plein gré. »
Le roi Kapedani lui fit répondre le jour même : « Je n'aurais jamais pu souhaiter meilleur ami que toi, Mujo. » Et la paix revint. Les étoiles scintillèrent aussi bien sur Jutbina que sur le royaume voisin.

Un matin de printemps, alors que Mujo finissait de boire un café odorant et allumait une pipe, il dit à son épouse :
« Ajkuna, ma femme, apporte un tapis et un oreiller dans le jardin. L'herbe a poussé, les roses embaument et les oiseaux chantent si joliment que c'en est un plaisir. Aujourd'hui, nous n'irons pas dans les montagnes. Je suis las de la guerre et de la chasse. Je ne désire que me reposer. » Et Mujo s'installa sur le tapis. Il était grand, fort, moustachu et personne n'aurait pu reconnaître en lui le petit berger d'autrefois. Son rêve s'était accompli. Sa force lui avait apporté gloire et richesse. Soudain, il entendit une sorte de chant au-dessus de lui. Il n'y avait personne dans le jardin hormis une colombe perchée sur un pommier qui s'adressa à lui d'une voix humaine :
« Que fais-tu là, Mujo ? Cesse de te prélasser ! Prends ton arme et va en compagnie de Sokol Halil à la croisée des sept chemins. Le prince Marko arrive de Serbie. Tu connais sa réputation et tu sais combien il te hait. Tu dois le combattre et le vaincre car tu n'as pas de pire ennemi sous le soleil. » La colombe s'envola et Mujo comprit que c'était là le message d'une nymphe. Il soupira tristement et bondit sur ses jambes. Il fit appeler Halil et tous deux se mirent en chemin. Halil était un jeune homme beau comme une image avec des cheveux blonds et des yeux clairs. Bien qu'il n'eût pas la force de son frère, il était exceptionnellement brave et courageux. Il se mit en route aux côtés de Mujo, armé

d'une épée acérée comme un croissant de lune. A la croisée des chemins, les deux frères se cachèrent et attendirent.
Peu de temps après, une sorte de grondement de tonnerre se fit entendre, la terre se mit à trembler et le vent à souffler. Halil interrogea Mujo avec étonnement : « D'où viennent cet orage, ce vent et ce tremblement de terre ? »
« Il ne s'agit pas d'un orage mais du prince Marko, mon cher Sokol. Dieu a offert à la Serbie un fier gaillard ! » répondit Mujo. Nous devrons faire attention. »
Bientôt, le prince Marko fut tout proche. Il était grand, puissant et avançait fièrement sur une superbe monture. Il était haut et large comme cinq. Une barbe masquait son visage et ses yeux verts lançaient des étincelles. Quand Mujo aperçut son ennemi, il sortit hors de sa cachette en poussant un cri de guerre. L'écho résonna. Des arbres tombèrent dans la montagne et des rochers roulèrent bruyamment dans les ravins.
« Où es-tu, prince Marko ? Viens te battre avec moi ! »
Marko tira également son arme. « Brave Mujo, ôte-toi de mon chemin ou bien agenouille-toi ! » cria Marko.
« Il n'en est pas question, Marko. Une reine t'a peut-être mis au monde dans de la soie et nourri dans des plats en or. Quant à moi, je ne suis peut-être qu'un enfant de la sauvage Albanie et de ses sombres montagnes, j'ai peut-être été nourri de mûres et de bouillie d'avoine, mais on m'a enseigné à ne jamais céder la place à quiconque. »
Quand Marko entendit cela, il brandit sa lance entre les oreilles de sa monture et la dirigea en direction de la poitrine de Mujo. Mais celui-ci para le coup et lança également son arme en direction de Marko. Celui-ci était habile. Il brisa l'arme de Mujo et tira son sabre. Mujo leva son bouclier et le sabre de Marko se brisa dessus en morceaux. Mujo dégaina aussi son sabre, mais Marko brandit une massue et, d'un seul coup, le désarma. Mujo possédait également une massue et se lança avec dans la bataille de toutes ses forces. Les pointes des massues se brisèrent et tombèrent dans l'herbe. Comme il n'y avait pas de vainqueur, il ne resta plus aux deux adversaires qu'à se livrer à un combat au corps à corps. Ils descendirent de cheval et se firent face avant de se remettre à lutter. Ils combattirent longtemps. Mujo, le téméraire, ne parvint pas à abattre le vaillant Marko. Et lui-même ne se laissa pas soumettre. Ils se battirent toute la matinée. Le soleil poursuivit sa course dans le ciel... Soudain, Mujo aperçut une forme blanche et le prince une forme blanche et noire. C'était un mauvais présage pour le vaillant Marko ! Alors, Mujo déclara :
« Frappe, Marko ! Je frapperai ensuite ! » Et Marko frappa de toutes ses forces. Mais en vain. Mujo frappa à son tour. Il abattit Marko dans l'herbe verte et pesa sur sa poitrine en guise de victoire.

« Où es-tu, ma fée protectrice ? » se plaignit le chevalier, « ne m'as-tu pas promis protection en toutes circonstances ? »
« Mon prince, » répondit la fée du haut du ciel, « ne t'avais-je pas recommandé de ne pas chercher querelle un dimanche ? N'avez-vous pas honte tous deux ? »
Et la chance quitta le chevalier serbe. Mujo et Halil le conduisirent enchaîné à Jutbina et l'enfermèrent dans leur cachot le plus sombre.
Mujo retint Marko prisonnier pendant douze longues années. Les lèvres craquelées de fièvre, il pria sa fée protectrice d'aller prévenir sa mère que sa dernière heure approchait. Cette nuit même, dans son palais serbe, la mère affligée rêva de son fils. Elle l'entendit murmurer : « Ma chère mère, viens jusqu'au palais de Mujo et sors-moi de cette prison car je vais mourir. On prépare déjà ma tombe ! »
Le mère de Marko se mit aussitôt en chemin pour Jutbina. Mujo l'accueillit comme il se devait pour une reine. Il ordonna qu'on lui préparât la couche la plus moelleuse et tous s'apprêtèrent à dormir. Le lendemain, lorsqu'ils furent installés autour d'un café en guise d'amitié, la reine déclara :
« Mujo, je suis venue de loin sans savoir si tu exauceras mon voeu. Voilà douze ans que mon fils demeure dans ta prison. Rends-le moi, car j'ai vu en songe qu'il allait mourir. »
La vue de cette mère affligée attendrit le coeur de Mujo. Il fit appeler Halil et lui ordonna de sortir le prince de prison, qu'il fût mort ou vivant. Halil amena Marko devant le palais et allongea le corps sans vie dans l'herbe. Lorsque la pauvre mère aperçut son fils défunt, elle se pencha vers lui, baisa son visage et pleura de désespoir. Puis elle le prit dans ses bras. Il était aussi léger qu'un enfant et elle le ramena chez lui. En chemin, il lui sembla que Marko n'était pas vraiment mort. Elle se pencha vers lui et entendit que son coeur battait encore.
A la maison, elle enveloppa Marko dans des pansements d'huile et lui fit boire du lait de chèvre. Elle le veilla jour et nuit et changea ses pansements afin que l'huile ne séchât pas sur son corps. Cela dura pendant de longues semaines et de longs mois. Puis le chevalier guérit et il redevint, au bout de trois ans, aussi fort qu'auparavant. Il fut à nouveau capable d'arracher des arbres et de soulever des roches aussi hautes que des maisons. Lorsqu'il fut assez sûr de sa force, il ordonna à Mujo de revenir se mesurer à lui. Mujo fut étonné mais il se rendit à cette invitation à l'endroit convenu. Le prince Marko l'y attendait déjà et Mujo se rendit compte qu'il était aussi fort qu'auparavant et peut-être plus.
« Bienvenue à toi, Mujo ! »
« Bienvenue à toi aussi, prince Marko ! »

Telles furent les salutations qu'échangèrent les deux hommes. Puis ils laissèrent échapper leur cri de guerre. Les aigles battirent des ailes et s'envolèrent dans les nues. Les fées elles-mêmes s'inquiétèrent de ce qui se passait. Celle de Mujo et celle de Marko descendirent des montagnes et tombèrent d'accord qu'il fallait les empêcher de se battre.

Pendant ce temps, les combattants croisaient le fer et luttaient avec tant de force que des étincelles jaillissaient autour d'eux. Les nymphes s'interposèrent et dirent :

« Chevaliers, aujourd'hui, vous ne vous battrez pas. Vous êtes de force égale et nous, vos fées protectrices, nous nous valons aussi. Même si vous deviez combattre toute une année durant, aucun d'entre vous ne vaincrait. Vous devez faire la paix ! »

Mujo et Marko se figèrent. Ils abaissèrent leurs épées et se dévisagèrent :

« Rengainons nos armes, Mujo, » fit Marko le premier. « Si nos fées protectrices se sont mises d'accord, nous le devons aussi. Tu m'as tenu douze ans prisonnier et je te laisserai libre aujourd'hui. »

Puis tous deux mirent leurs épées au fourreau, s'embrassèrent et se quittèrent amis. Les fées regagnèrent les hautes solitudes et chacune d'entre elles veilla sur son héros.

Les années passèrent à Jutbina. Il y eut des guerres, des sièges et des chasses. Les aghas passaient bien peu de temps dans leur foyers auprès de leurs épouses et de leurs enfants. Ils étaient attirés par les montagnes. Même le temps ne parvint pas à calmer leur ardeur ni à les affaiblir. Leurs cheveux et leurs barbes se parsemèrent d'argent, leurs yeux perdirent leur éclat, mais ils étaient encore capables d'arracher les fers de leurs chevaux à main nue et de galoper dans les montagnes.

Un matin d'été, Mujo et Halil se rendirent à cheval vers les sommets. Ils s'arrêtèrent pour déjeuner dans une clairière. Tout y était calme et désert. On y entendait parfois le cri des oiseaux des forêts et les clochettes des moutons qui tintaient dans la vallée. Halil prépara le repas et Mujo dit :

« Frère Halil, aujourd'hui, lorsque six heures sonneront, je partirai vers l'autre monde. Allons là-haut. Tu m'y aideras à creuser ma tombe. »

Le coeur de Halil se glaça de désespoir. Mais il ne répondit pas, car il savait que Mujo n'aimait guère parler.

Lorsqu'ils eurent fini de creuser la tombe, ils s'assirent et Mujo déclara :

« Ecoute bien ce que je vais te dire, Halil. Je souhaite que vous ne pleuriez pas ma mort, que vous ne chantiez pas de chant funèbre et ne vous lamentiez pas. Si l'on vous entendait dans les sept royaumes, on ne tarderait pas à comprendre que je ne suis plus de ce monde et l'on fondrait sur vous. Ce serait la fin de notre Jutbina et de son peuple.

Disons-nous adieu, mon frère et pardonne-moi si je t'ai parfois offensé. » Puis il reposa la tête dans le sein de Halil et rendit le dernier soupir. Halil l'ensevelit comme il se devait de le faire et rentra à Jutbina. Quand l'épouse de Mujo le vit revenir seul en compagnie des deux chevaux, elle comprit aussitôt ce que cela signifiait.
« Où mon mari est-il demeuré ? » demanda-t-elle, en larmes.
Halil mit un doigt sur ses lèvres et répondit tout bas :
« Ne pleure pas, Ajkuna. Cela nous attend tous. Mujo ne fait plus partie du monde des vivants. Mais nous devons accomplir sa dernière volonté qui est de ne pas le pleurer trop fort afin de ne pas alerter les sept royaumes voisins. »
Une tristesse silencieuse s'étendit alors sur Jutbina et des larmes roulèrent vers des lèvres qui n'avaient pas le droit de se lamenter...

HÉROS POPULAIRES
DE TOUS LES TEMPS

YANOSHIK

Comment Yanoshik
répara les crimes
commis contre
les pauvres
gens

En 1688, en Slovaquie, dans une région en bas des Tatras, dans un petit village du nom de Terchova naquit un pauvre fils de serf : Youraï. C'était une bien triste époque. De l'est, éclataient sans cesse des insurrections de nobles contre l'empereur d'Autriche. Le jeune Youraï Yanoshik faillit être enrôlé par des seigneurs dans une armée insurrectionnelle. Mais les soldats de l'empereur soumirent les révoltés et Yanoshik rentra chez lui. Les luttes ne cessèrent pas pour autant et Yanoshik fut rappelé dans l'armée. Cette fois, du côté de l'empereur. Il aurait pu y demeurer, mais la vue des injustices, des luttes et de la misère le firent devenir brigand.

Yanoshik enterra son père et se jura de ne jamais s'employer chez aucun seigneur. Mais où aller de par le monde lorsqu'il n'y a partout que seigneurs et sujets ? Il partit donc dans les montagnes chercher sa vérité dans le brigandage. Il traversa des versants épais, par des sentiers escarpés, jusqu'à la tombée de la nuit. Enfin, fatigué, il s'allongea sous un haut sapin. Il commençait à sommeiller lorsque trois fées s'approchèrent à tire d'aile et se mirent à discuter sur le point de savoir s'il existait quelqu'un au monde méritant leur trésor. Yanoshik se garda de montrer qu'il ne dormait pas encore et attendit de voir ce qui allait se passer.

Soudain, une des fées l'aperçut et dit :

« Mes soeurs, regardez ce jeune homme sous le sapin. »

« Hé ! Est-ce qu'il est endormi ? » dit la seconde.

« Assurons-nous en tout de suite, » ajouta la troisième, « mettons-lui sur le ventre un charbon ardent et nous verrons ce qu'il en est. »

Aussitôt dit, aussitôt fait, mais Yanoshik supporta l'épreuve et ne se trahit pas.

« Ne craignez rien, mes soeurs. Ce jeune homme dort profondément et il n'entend rien. Regardez cette chemise magique. Celui qui la vêtira disparaîtra sur-le-champ aux yeux de ses semblables, » dit la première.

« Quant à moi, je possède une *valashka*[1] enchantée. Il suffit de lui ordonner : « Cogne ! » et elle cognera. Elle pourra même abattre sept murailles ! » dit la seconde.

« Moi, je possède une ceinture magique. Celui qui la ceint se trouve à l'abri des balles, des coups de sabre et des attaques de quiconque. J'ai cousu à l'intérieur la veine de l'invulnérabilité. A présent, mes soeurs, cachons nos trésors. Revenons ici dans un an et je gage que, d'ici là, nous aurons trouvé celui qui les mérite, » dit la troisième.

Les trois fées prirent leurs trésors et se rendirent auprès d'une haute roche. Elles frappèrent trois fois du pied et dirent : « Roche, ouvre-toi ! ». Et la roche s'ouvrit. Elle accueillit la valashka, la chemise et la ceinture, puis se referma. Les fées s'envolèrent et Yanoshik se frotta les yeux. Il ne savait s'il avait rêvé ou si cela s'était bel et bien passé. Il se rendit donc aussi près de la roche et fit tout ce que les fées avait fait. Et la roche lui livra ses trésors.

Il bondit de joie et jeta sa vieille valashka de toutes ses forces dans le tronc d'un épicéa. Puis il enleva sa vieille ceinture et la suspendit au manche. Et elles y demeurèrent à jamais, couvertes de mousse.

« A présent, essayons cette valashka magique, » dit Yanoshik. Il la brandit au-dessus de sa tête et la lança très haut vers la cime du sapin le plus élevé. « Valashka, cogne ! » ordonna-t-il. Et elle s'exécuta. « Maintenant, » se dit-il, « il me suffit de trouver dans ces montagnes une troupe de brigands et je pourrai faire savoir aux gens que ce que le seigneur et la foudre abîment, cette hache d'acier le répare en deux coups ! »

Ensuite, Yanoshik passa la ceinture de l'invulnérabilité et y cacha la chemise de l'invisibilité. Il prit la valashka qui cognait seule entre ses mains et il partit à la recherche de montagnards qui formeraient sa troupe de brigands et l'aideraient à réparer les crimes dans les villages de Slovaquie.

Il alla, écoutant le cri d'un corbeau au-dessus de sa tête. Il regarda autour de lui, mais il ne vit pas ce corbeau. Le calme régnait alentour. Il avança encore... Soudain, un gars solide, vêtu d'une chemise verte, lui barra le chemin. Deux pistolets étaient à sa ceinture. Le coeur de Yanoshik bondit dans sa poitrine. Il comprit qu'il était arrivé là où il le désirait.

« Conduis-moi auprès de ton chef, » dit-il bravement.

L'autre refusa mais il finit par lui faire signe et là, soudain, comme sorti de terre, apparut un homme aussi imposant qu'une montagne. Avant de devenir brigand, il avait été compagnon boucher et, dans cette confrérie, on trouve des garçons très forts. Mais Yanoshik ne se laissa pas impressionner et comprit que c'était là l'homme qu'il cherchait :

« Raïnoha, le grand gaillard,
capitaine des montagnards. »

« Qui es-tu et qu'est-ce qui t'amène ici ? » demanda Raïnoha.

Alors, Yanoshik lui conta toute son histoire. Comment sa mère était morte à la tâche. Comment son père avait été battu à mort par les hommes d'armes car il avait manqué un jour de travail pour enterrer son épouse. Comment lui-même s'était juré de s'élever contre cette cruauté et contre tous les crimes commis par les seigneurs sur leurs sujets. Il ne dit rien cependant des trésors des fées et se contenta de demander à ce que les brigands l'acceptent parmi eux. Yanoshik plaisait bien à Raïnoha, mais on ne devient pas brigand aussi simplement. Il était d'usage, dans la troupe, que chaque nouveau venu se battît à la hache avec le capitaine. Or, Raïnoha avait déjà combattu douze hommes et les avait tous vaincus.

« Tu seras le treizième, Yanoshik. Mais si c'est toi qui gagnes, tu deviendras notre capitaine. Montre-nous donc de quoi tu es capable ! » lui dit-il.

Les combattants se placèrent l'un en face de l'autre et les autres brigands les entourèrent. Il y avait : Kubo Clastiak, Juro Turjak connu sous le nom de Huntchik ou de Huncaga, Plavtchik, Ondrach, Sutora, Chusholka, Pivovartchik, Iltchik, Gaïdoshik, Zupitsa et Kovatchik – qu'ils appelaient entre eux Le Morave, car il venait de Moravie.

Quelle bagarre ! Raïnoha n'avait encore jamais rencontré un gars comme celui-là. Les autres brigands en restaient bouche bée de surprise. Ils étaient pourtant de rudes gaillards mais, avec eux, la lutte n'avait pas duré aussi longtemps et Raïnoha les avait vaincus aisément. Mais à présent, tout était différent. La chance tournait tantôt du côté de l'un, tantôt du côté de l'autre, mais aucun d'entre eux ne prenait le dessus. Au bout d'un moment, Raïnoha déclara :

« C'est assez ! Nous mesurons en vain nos forces ! Tu n'as pas ton pareil parmi nous et il serait honteux pour moi de me faire battre par toi. Je préfère que nous passions à une autre épreuve. Si tu réussis à abattre un jeune sapin d'un seul jet de hache, tu deviendras notre capitaine. »

Raïnoha lança sa valashka le premier et une cime de sapin sectionnée tomba à ses pieds. Yanoshik brandit la sienne à son tour, visa... et sa valashka trancha d'un coup sec une cime de sapin aussi haute que Raïnoha l'était lui-même ! Les gars ne pouvaient en croire leurs yeux et Raïnoha déclara :

« Les amis, vous avez un nouveau capitaine. Prends ma hache, Yanoshik. Tu l'as bien gagnée ! »

« Toi aussi, Raïnoha ! Tu es un brave et tu la mérites autant que moi. Tu as vu par toi-même que ma valashka est digne et en de bonnes mains, » répliqua Yanoshik.

Alors, Yanoshik dut prêter serment. Il tendit le bras et répéta : « Je jure de ne jamais trahir mes compagnons, de ne pas leur mentir ni les abandonner dans la joie comme dans le malheur. » Et, en vérité, Yanoshik tint son serment !

Le jour se levait. C'était jour de marché à Ruzomberk et c'était une occasion qu'aucun des montagnards ne désirait manquer. Ils se déguisèrent en marchands, se promenèrent et regardèrent alentour tandis que Yanoshik, accompagné de Iltchik et de Gaïdoshik, se rendait à l'auberge afin de s'y désaltérer et de s'informer de ce qu'il y avait de nouveau. Ce qui les attendait là n'était pas ordinaire. Un seigneur était dans l'établissement et se vantait :

« Voilà venue la fin du brigand Yanoshik. Il ne sévira plus longtemps car un régiment entier est à ses trousses. Il ne nous échappera pas. Au château du comte de Löwenburg nous allons réunir les seigneurs des environs et nous allons mettre fin à ses agissements. » Les gens de l'auberge étaient silencieux. Il leur était pénible d'entendre que les seigneurs voulaient attraper Yanoshik car, avec ses compagnons, il défendait les pauvres gens slovaques.

Yanoshik et ses camarades, protégés par leur déguisement, quittèrent vite l'auberge et reprirent la route. Derrière la ville, ils retrouvèrent les leurs.

« Les gars, les seigneurs des environs vont tenir conseil au château afin de s'emparer de nous. Mais nous allons leur montrer à qui ils ont à faire ! Venez ! »

Et les garçons, par trois sentiers différents, disparurent dans la montagne afin d'y chercher un endroit où faire barrage au prétentieux seigneur de l'auberge lorsqu'il s'en retournerait à sa demeure.

Pendant ce temps, au château, on se préparait à accueillir les seigneurs des environs qui arrivaient en masse. Tôt le matin, le tambour avait éveillé les gens. Il leur annonçait l'ordre du seigneur selon lequel chaque sujet devait sans plus attendre contribuer au festin du château en apportant des volailles, du vin, de la farine, des poissons et du beurre. Il s'éleva alors des plaintes et des pleurs, mais les coeurs des *haïdouks*[2] étaient aussi durs que la pierre. Sans pitié, ils emportèrent ce qui était nécessaire au château. Peu d'entre eux s'inquiétèrent de savoir s'ils emportaient le dernier agneau ou le dernier veau que ces pauvres gens s'apprêtaient à vendre au marché.

Au château, le seigneur veillait lui-même aux préparatifs. Il était impensable de procéder à une réunion et à un conseil sans festin. Aussi, les valets s'agitaient-ils et, dans les cuisines, les marmitons s'affairaient autour des grandes marmites et des fours allumés. Lentement, les hôtes commençaient à arriver. Les immenses salles s'emplirent de rires, de chants et de musiques. Lorsque la fête fut à son comble, quelqu'un évoqua Yanoshik. Mais ce fut comme s'il évoquait le diable sans y croire. Personne ne le prit au sérieux et, sitôt ces mots prononcés, on entendit un carrosse arriver dans la cour. L'assistance se tut et certains des seigneurs regardèrent par la fenêtre.

« Ne craignez rien, messires. C'est le carrosse du baron Revaï. Il a dû lui arriver quelque chose en chemin. »

Il lui était, en effet arrivé quelque chose ! A peine sorti de la ville avec son escorte, alors qu'il atteignait l'endroit où la route commence à serpenter entre les montagnes, il entendit un sifflement aigu suivi de coups de feu. Le cocher fouetta les chevaux, mais déjà, des garçons vêtus de chemises vertes bondissaient des fourrés. L'un d'entre eux maîtrisa les chevaux et se suspendit aux rênes. Un autre rugit : « Arrête ! » au cocher et Yanoshik ouvrit d'un seul coup la porte du carrosse.

« Donne ton âme à Dieu et à nous tes ducats ! » cria-t-il.

Et, avant que le baron ne revînt de sa surprise, les brigands le dévalisèrent, le ligotèrent et le jetèrent dans les fourrés en compagnie de son cocher, de ses valets et de tous ses gens. Ensuite, ils revêtirent les vêtements du seigneur, fouettèrent les chevaux et se rendirent au château.

Là, les hôtes avaient repris leurs conversations et aucun d'entre eux ne se douta que les gens qui leur apportaient vin, bière et nourriture n'étaient pas des serviteurs mais des

bandits déguisés.
« Mais où est donc le baron Revaï ? » demanda cependant quelqu'un. « Oui, où peut-il bien être ? » dirent alors les autres. « Ne l'attendez pas aujourd'hui ! » cria-t-on en réponse. A la porte se tenait Yanoshik. La panique fut générale parmi les seigneurs. Ils cherchèrent à s'échapper et se dispersèrent en tous sens. Mais ils étaient pris. Devant chaque porte, chaque fenêtre, se tenait un brigand armé d'un pistolet. Ceux qui tenaient à la vie n'avaient d'autre choix que de donner leurs ducats. Les dames, en larmes, déposèrent leurs bijoux dans un grand chapeau. Lorsque la récolte fut assez bonne, Yanoshik donna le signal du départ à sa troupe. Mais les bandits ne retournèrent pas dans les montagnes. Ils retournèrent au village. Yanoshik fit don de son butin aux pauvres serfs du seigneur qui le remercièrent de réparer ainsi l'injustice commise contre eux.

« Et notre brigand au grand coeur
effaça tout notre malheur,
à sa façon, d'un geste haut,
il mit de l'or dans nos chapeaux,
et notre brigand au grand coeur
devint le brigand du bonheur ! »

Soudain, Yanoshik aperçut le comte de Löwenburg qui avait fait battre son père à mort. Il arrivait à Teplitchka, accompagné de sa suite, pour rendre visite à une vieille tante.
« Nous y voilà ! Iltchik, viens avec moi ! Nous allons lui rendre tout ce qu'il nous a fait subir. Et il ne s'agit pas de peu de chose... »
Yanoshik enfila des habits de seigneur, Iltchik ceux d'un laquais et ils s'installèrent à l'auberge à côté de Vrutky où le comte ne pouvait faire autrement que de s'arrêter. En effet, le soir-même, un carrosse entrait dans la cour de l'auberge et le comte en sortit. Il entra dans l'établissement et commanda nourriture et boisson. Un mot en entraînant un

autre, il se mit à bavarder avec les deux brigands. Yanoshik se présenta à lui comme étant un comte de Pologne. La soirée passa dans la bonne humeur, puis les seigneurs allèrent se coucher. Yanoshik et Iltchik n'attendaient que ce moment-là. Lorsque tout fut calme dans l'auberge, ils se glissèrent dans l'écurie et détachèrent les chevaux du comte. Puis ils les emmenèrent silencieusement dans la montagne, les cachèrent dans une grotte et s'en revinrent à l'auberge.

L'aube pointait à peine lorsque le comte ordonna d'atteler. Les serviteurs se dépêchèrent de se rendre à l'écurie, mais les chevaux avaient disparu comme s'ils s'étaient évanouis. Alors, Yanoshik apparut et dit :

« Ne vous faites pas de souci, seigneur. Je vous viendrai en aide avec plaisir. Je prends justement ce chemin et vous pourrez m'accompagner ! »

Et Iltchik, déguisé en cocher, invita le comte à monter en carrosse. Le comte abandonna ses gens à l'auberge, où ils continuèrent à chercher les chevaux disparus, et il grimpa dans le véhicule. Lorsqu'ils s'y installèrent, Yanoshik tira un banc afin qu'ils fussent bien assis, que les ennuis du matin fussent oubliés et que le voyage pût se passer agréablement.

Ils passèrent de bons moments à bavarder et le comte, ainsi que son valet, finirent par s'endormir.

« Oh ! Oh !... » fit Iltchik pour arrêter les chevaux. Puis il bondit de son siège pour rejoindre Yanoshik et, ensemble, ils se mirent à l'ouvrage. Ils dévêtirent les deux hommes, les rhabillèrent en brigands et les emmenèrent là où les attendait le reste de la troupe. Puis il s'en retournèrent au carrosse et s'en allèrent à Teplitchka.

Quand elle les aperçut, du château, la vieille comtesse ordonna qu'on ouvrît les portes et qu'on accueillît les invités. Puis elle les fit appeler auprès d'elle.

« Mon cher enfant, » dit-elle à Yanoshik, « je ne t'ai pas vu depuis si longtemps ! Tu peux constater que je suis devenue vieille et impotente. Je n'ai personne d'autre au monde que toi. Aussi t'ai-je demandé de venir afin que tu demeures auprès de moi. Je te lèguerai toute ma fortune. »

Yanoshik ne laissa rien paraître de ses sentiments et lui répondit :

« Ma chère tante, je satisferai ton désir. Je reviendrai dans trois jours et ensuite, tout se passera comme tu le veux. Mais auparavant, donne-moi tout l'argent et les bijoux que tu possèdes ici, afin que je les mette en lieu sûr. Tu as sans doute entendu dire que le dangereux bandit Yanoshik rôde dans les parages. Il a déjà attaqué maints seigneurs et les châteaux eux-mêmes ne sont plus sûrs. Ce que l'on ne peut protéger par la force, on doit le protéger par la ruse. »

La vieille comtesse approuva, bien qu'elle fût impatiente de le voir revenir.

Pendant ce temps, le comte et son valet s'étaient réveillés dans la grotte des brigands. Ils ne purent en croire leurs yeux en voyant sur eux des vêtements de bandits. Et ils se demandèrent ce que cela signifiait. Mais il n'y avait personne qu'un peu de nourriture et de boisson sur lesquelles ils se jetèrent. Mais les brigands avaient pris soin que le vin les fasse à nouveau s'endormir. Et, c'est sur ces entrefaites que Yanoshik s'en revint de sa visite chez la comtesse et qu'il partagea son butin entre tous ses compagnons.

« A présent, mes amis, » dit-il, « rhabillez ces deux-là avec les habits de nobles. Ramenez les chevaux et attelez le carrosse. Qu'ils s'en aillent au diable ! »

Les brigands remirent le comte et son valet sur la route comme Yanoshik le leur avait ordonné.Quand tout fut ainsi fait et tandis que les deux autres dormaient encore, Yanoshik prit une feuille triangulaire parmi les documents du comte sur laquelle il écrivit : « Je suis Yanoshik, rends-toi ! »

Les brigands chassèrent les chevaux sur la route et, lorsque le comte s'éveilla et qu'il se retrouva dans ses propres vêtements, dans son propre carrosse, auprès de son fidèle serviteur, il pensa : « Grâce à Dieu ! Ce n'était qu'un rêve... Seulement un mauvais rêve ! »

Au château, on les accueillit comme de vieilles connaissances. La vieille comtesse se réjouit que son neveu ait tenu parole et s'en soit retourné chez elle.

« As-tu bien caché l'argent que je t'ai confié il y a trois jours ? » demanda-t-elle quand la discussion s'en vint aux choses sérieuses.

Le pauvre comte en demeura muet de surprise. L'orage ne se fit pas attendre :

« Qu'est-ce que c'est ? Tu veux me cacher ce que tu as fait de mon bien ? Tu n'es qu'un vaurien ! Un bandit ! » cria la vieille, « qui es-tu donc ? Prouve-moi que tu es bien mon neveu et non un de ces brigands dont on m'a parlé, ce fameux Yanoshik... »

« Ma chère tante, calmez-vous, » supplia le comte étonné. « Voici tous mes documents. Regardez vous-même afin de vous rassurer, » fit-il en tendant ses papiers.

La comtesse saisit les papiers et sa main tomba précisément sur le feuillet triangulaire sur lequel Yanoshik avait écrit : « Je suis Yanoshik, rends-toi ! » Elle blêmit et s'évanouit.

Le comte appela les serviteurs. Il aida lui-même à la ranimer. Mais elle n'eut pas plutôt ouvert les yeux qu'elle ordonna en le voyant : « Saisissez-vous de ce vaurien ! Ligotez-le, lui et son compagnon. Emmenez-le à la forteresse de Bytek. Là, il attendra qu'on le juge, dans l'obscurité ! » Et il en fut fait selon sa volonté.

Les choses auraient sans doute mal tourné pour le comte si Yanoshik n'avait pris la peine d'adresser au juge de Bytek une lettre où il expliquait tout ce qui s'était passé et justifiait ses actes par le fait que le comte avait fait bastonner son père.

Le juge se résolut à libérer le comte et ce dernier s'empressa aussitôt de mettre la tête de Yanoshik à prix pour la somme de deux mille pièces d'or. Alors, les temps furent durs pour le brigand. Les seigneurs dépêchèrent des soldats à sa poursuite. L'empereur d'Autriche lui-même se mêla de l'affaire. Et il se passa ce qui devait se passer. Mais cela n'alla pas sans difficultés.

Lorsque l'empereur s'installa à Bratislava, il invita Yanoshik à déjeuner au château. En vain, les camarades du brigand tentèrent-ils de le convaincre qu'il s'agissait d'un piège. Yanoshik ne voulut rien entendre. Au jour convenu, il se rendit au château avec ses compagnons qui ne l'y auraient pas laissé aller tout seul. Le banquet était somptueux. On y accueillit Yanoshik avec faste et, après le repas, le brigand chanta et dansa même pour l'empereur. Seule, la fille du souverain regardait le jeune homme avec tristesse. Il lui plaisait. Il était grand, courageux et regardait bravement tout le monde dans les yeux.

Au moment opportun, elle lui chuchota : « Malheur à toi, jeune homme ! Mon père veut te jeter en prison. Sauve-toi comme tu le pourras ! » Yanoshik prit conscience de la situation. Mais il était trop tard pour fuir. L'empereur avait mis des gardes partout. Alors, aux grands maux les grands remèdes : Yanoshik s'adressa au souverain pour lui dire :

« Brillante majesté ! Comme il est d'usage, je t'ai apporté des cadeaux. Mes compagnons vont te les apporter. Ordonne donc qu'on les laisse sortir du château. »

L'empereur accepta car il pensait que les brigands n'abandonneraient pas leur chef. Et puis il était curieux de voir ces présents, car il avait entendu parler de la richesse des brigands. Les bandits n'étaient pas très empressés, mais ils durent obéir à leur capitaine. Aussi, bon gré, mal gré, furent-ils obligés de sortir. Le banquet se poursuivit un moment.

Puis, lorsque Yanoshik jugea que ses amis étaient assez loin, il tira de sa ceinture la chemise de l'invisibilité et disparut aux yeux de tous. Ceux qui étaient là ne distinguèrent qu'une main qui écrivait sur un mur :

« A présent, Yanoshik va rejoindre ses camarades ! »

Cela rendit l'empereur furieux. Et, quand il vit qu'aucun seigneur n'avait réussi à s'emparer de Yanoshik, il leva lui-même une armée. On promit une somme importante à ceux qui s'y engageraient au cas où ils captureraient Yanoshik mort ou vif.

Yanoshik ne fut pas long à apprendre ce qui se tramait contre lui : « Mes amis, l'empereur nous envoie ses soldats. Ils sont bien armés et se déplacent en charrettes. Cette nuit, nous pourrions les attendre au bord du fleuve Vah et, lorsqu'ils apparaîtront, nous leur tomberons dessus ! » dit-il à sa troupe.

Le soir, ils se cachèrent sous un pont où l'armée ne pouvait faire autrement que passer. Et, lorsque l'armée traversa le pont, les brigands attaquèrent les charrettes. Quelle bagarre ! Tout d'abord, les soldats ne réalisèrent pas ce qui arrivait et, dans l'ombre, ils ne purent évaluer combien il y avait de brigands. Certains sautèrent à bas des charrettes et s'enfuirent. Deux furent abattus et douze furent ligotés et emmenés par les bandits. Dans leur repaire, ils entassèrent tous les fusils qu'ils avaient pris aux soldats.

Puis ils vêtirent les soldats avec des habits de brigands, les jetèrent dans les charrettes et les menacèrent de représailles au cas où ils oseraient ne serait-ce que dire un seul mot en chemin. Ils se vêtirent eux-même en soldats et se rendirent à la cour impériale.

Là, on les accueillit en grande pompe, comme il est d'usage de le faire pour des vainqueurs et on mit les coquins en prison. On but à leur santé au banquet et chacun d'entre eux reçut une bonne récompense. Les nobles se réjouissaient de savoir Yanoshik attrapé. Lorsque cela eut assez duré, Yanoshik repoussa son assiette, afin de montrer aux seigneurs que l'on s'était assez amusé. Il remercia et partit en compagnie de son escorte.

Mais la route était longue jusqu'aux montagnes et, lorsque les gaillards eurent assez cheminé, ils eurent envie de se reposer. Ils trouvèrent un endroit calme, postèrent un garde et s'endormirent.

En bas des montagnes, s'étendaient des champs étroits et, tôt le matin, des paysans y arrivèrent avec des charrues à boeufs. Les animaux étaient misérables et la montée leur était pénible. Les paysans les aiguillonnaient et poussaient des cris. Ce faisant, ils ne savaient pas qu'ils tiraient les brigands du rêve le plus doux.

« Que se passe-t-il ? Quels sont ces cris ? » demanda Yanoshik.

« Ce n'est rien, » répondit le garde, «ce ne sont que des paysans qui aiguillonnent leurs boeufs qui ne veulent pas avancer car ils sont trop faibles ».

Yanoshik se leva, vit les laboureurs en proie à de telles difficultés et il siffla puissamment avant de les appeler :

« Hé, les gars ! Venez par ici ! »

Les paysans eurent peur, mais quand ils virent qu'il s'agissait des brigands de la montagne, ils se joignirent à eux.

« Tendez vos chapeaux, » leur ordonna Yanoshik et il leur versa des pièces d'or à ras bords : « Achetez-vous des boeufs au marché, mais des bons, des forts, que vous ne soyez pas obligés de pousser à la tâche en nous réveillant, » ajouta-t-il en riant.

Les paysans ne pouvaient en croire leurs yeux. Ils demeurèrent avec leurs chapeaux en main, alourdis par l'or. Lorsqu'ils reprirent leurs esprits, il n'y avait plus personne. Seul le vent agitait les buissons.

Mais l'amour est mauvais conseiller. Et il trompa aussi Yanoshik. Il était fort et brave. Il avait triomphé de tout et n'avait jamais confié son secret à personne, ni à Raïnoha, ni même à ses camarades. Personne ne savait qu'il portait derrière sa ceinture la chemise de l'invisibilité et dans sa ceinture la veine de l'invulnérabilité. Seule, sa fiancée Katka le sut. Yanoshik allait souvent lui rendre visite à Paludzka où elle vivait avec sa mère. Katka l'avait souvent interrogé : « Dis-moi, Durko, comment est-il possible que tu sois si fort ? Il n'y a pas un homme au monde qui t'ait vaincu, pas une arme qui t'ait atteint et personne n'a jamais réussi à t'attraper. » Quand il en eut assez, Yanoshik avoua :

« Bon, puisque tu y tiens tellement, je vais te le dire, à condition que tu ne le répètes pas car ce serait ma mort. »

« Je ne le répèterai à personne, Durko, ne crains rien, mais dis-le moi... »

« Dans cette ceinture se trouve une veine magique qui me protège. Si on la tranche, c'en est fait de moi ! »

Katka n'était pas seulement curieuse. Elle était aussi très bavarde et elle trahit le secret de son fiancé en le répétant à sa mère. La vieille, ne se contentant plus des cadeaux que sa fille recevait de Yanoshik, eut envie de la récompense que l'on avait promise pour sa tête. Elle ne perdit pas de temps, courut au château et annonça la prochaine visite de Yanoshik à Paludzka...

Yanoshik ne flaira pas le danger et, lorsqu'il retrouva sa belle, les soldats encerclèrent la maison. Mais il ne s'inquiéta pas outre mesure. Cela lui était déjà tant de fois arrivé ! Et il s'était toujours sorti de ce genre de mauvais pas. « Une terrible bagarre commença et il sembla bien que le sort penchât en faveur de Yanoshik, mais la vieille se mit à brailler :

« Tranchez-donc sa ceinture !
Ce sera sa blessure... »

Seule, la trahison pouvait venir à bout de Yanoshik. Et il tomba brusquement à terre. Les soldats le ligotèrent et l'emmenèrent à Mikulasch où les seigneurs le jugèrent et, au grand désespoir des pauvres gens, le condamnèrent à être pendu.

Le bourreau devait exécuter la sentence le 18 mars 1713. Toute la nation s'en vint de Liptov, d'Orava, de Kysuce et des bords du Vah pour pleurer Yanoshik. Lorsqu'il se tint sous la potence, un messager vint à cheval et dit : « Arrête, bourreau ! Et toi, Yanoshik, écoute ! Notre souverain miséricordieux te fera grâce si tu acceptes de faire de ta troupe de montagnards trois régiments de soldats ! »

Mais Yanoshik se redressa fièrement bien qu'il fût entravé et qu'il eût les mains liées devant lui. Et il répondit :

« Non, messeigneurs ! Maintenant que vous m'avez rôti, vous vous devez de me manger ! »

[1] la valashka est une hache typiquement slovaque. (N d. T)

[2] Haïduks ou heiduques : anciens fantassins ou gardes hongrois. (N d. T)

MARTIN KRPAN

Comment
le contrebandier
Martin Krpan, de Vrh, sauva
la ville de Vienne
et fut récompensé
par l'empereur

Au nord de l'actuelle Yougoslavie, en Slovénie, se situe la région de Notransko. Dans ce pays, on trouve également le petit village de Vrh et l'église de la Sainte-Trinité. C'est là que vécut, au XIXe siècle, un rude gaillard du nom de Martin Krpan. Il avait une force sans pareille. Bien qu'il fut grand et solide comme dix, il n'aimait guère travailler. Aussi s'en force sans pareille. Bien qu'il fût grand et solide commerce du sel avec l'Angleterre, ce qui, à l'époque, était formellement interdit.
Les douaniers le craignaient et faisaient en sorte de ne pas le rencontrer. Krpan les évitait aussi, si bien que rien de mal ne pouvait arriver et le commerce de Martin devint florissant.

Un jour d'hiver, Krpan ramena de la mer sur son cheval un bon chargement de sel. Toute la région était couverte de neige et Krpan marchait à côté de sa jument sur un étroit chemin. Tout était silencieux et désert. Soudain, le vent lui apporta le tintement de clochettes d'un véhicule tiré par des chevaux. Bientôt, il vit apparaître en effet quatre suberbes coursiers tirant un somptueux carrosse. Dans ce carrosse se trouvait l'empereur Jean qui se rendait à Trieste. Martin, qui était un homme ordinaire, ne le reconnut pas. Il n'eut pas le temps d'ôter son chapeau de sa tête ni de saluer, seulement celui de prendre sa jument dans ses bras avec tout son chargement et de la reposer au bord du chemin afin de livrer le passage au carrosse. Cela ne représentait pas pour lui plus d'effort que de soulever une chaise.

Voyant cela, le souverain fit arrêter ses chevaux et interrogea Krpan : « Qui es-tu ? »

« Je me nomme Martin Krpan et je viens de Vrh, de la Sainte-Trinité, à deux heures de marche d'ici. »

« Que transportes-tu ? »

« De la poudre et une paire de meules. »

« Quoi ? » s'étonna l'empereur, « si ce sont bien des meules, pourquoi les mets-tu dans des sacs ? »

Martin ne se laissa pas troubler :

« J'ai peur que le froid ne les fende, » répliqua-t-il, aussi les ai-je enveloppées dans de la paille et mises dans des sacs. »

« Voilà un fameux gaillard ! » songea l'empereur.

« Comment as-tu fait pour ôter si facilement ta jument du chemin ? Elle est bien maigre, mais tout de même... » ajouta-t-il.

Krpan sourit :

« Je sais que vos chevaux sont plus gros mais je ne donnerai pas ma jument pour tout l'or du monde. S'il le fallait, j'en porterais deux comme elle. »

« Je n'oublierai pas si aisément un gaillard de cette force, » se dit l'empereur en ordonnant au cocher de repartir.

L'hiver passa et vint l'été. Krpan fit tranquillement commerce de son sel dans les montagnes et les vallées. A cette époque, surgit à Vienne un redoutable étranger du nom de Brdavs. C'était un géant qui surpassait tout le monde en taille et en force. Il provoquait tous les nobles de la cour en duel. L'empereur était entouré de vaillants et courageux seigneurs et pas un d'entre eux n'aurait reculé devant un duel. Mais Brdavs était vainqueur à chaque fois. Et, comme il avait le coeur dur, il ne se contentait pas de faire fléchir son adversaire, mais le tuait.

Cela tourmentait l'empereur : « Quand donc parviendrons-nous à nous rendre maîtres de ce Brdavs ? Il m'a déjà privé de mes meilleurs compagnons. Ne se trouvera-t-il pas quelqu'un pour le réduire à l'impuissance ? »

« Votre Majesté, » suggéra un jour le cocher, « vous souvenez-vous de ce qui nous est arrivé cet hiver sur la route de Trieste ? »

« Quoi ? Parle ! » interrompit le souverain agacé.

« Sur cette route, nous avons rencontré ce Krpan de Vrh qui transportait des meules. Il a soulevé sa jument et son chargement comme s'il s'agissait d'une plume, afin de nous livrer le passage. Cela ne lui a pas demandé plus d'effort que de poser un plat sur une table. Si lui ne parvient pas à battre Brdavs, c'est que personne ne le peut. »

« Mais oui ! Je m'en souviens... Envoyez-le chercher ! » s'exclama l'empereur.

Et aussitôt, un envoyé royal s'en fut en carrosse d'apparât à la recherche de Martin. Lorsqu'il arriva au village, Martin était en train de ranger ses sacs de sel devant sa maison. Les douaniers savaient bien qu'il s'apprêtait à partir pour faire son commerce et quinze d'entre eux entouraient sa chaumière afin de tenter de l'arrêter. Mais Martin ne les craignait pas. Il leur lança un regard terrible, saisit le premier entre ses mains puissantes et s'en servit comme d'une arme contre ses camarades avec une telle force qu'ils ne tardèrent pas à se sauver.

En voyant cela, l'envoyé royal déclara :

« C'est certainement l'homme que je cherche. Tu es Martin Krpan, n'est-ce pas ? »

« Oui, c'est bien moi. Que me voulez-vous ? Si vous venez à cause du sel, faites attention. J'en ai déjà chassé quinze comme vous et je ne vous épargnerai pas. »

L'émissaire royal s'étonna d'entendre parler de sel, mais il poursuivit :

« Sors ta jument de l'écurie et mets tes plus beaux habits car nous allons nous rendre à Vienne chez l'empereur. »

Ce fut au tour de Martin d'être étonné :

« A Vienne ? Chez l'empereur ? Les vieilles gens de mon pays disent que celui qui se rend à Vienne ne s'attire que du malheur. »

« L'empereur t'attend ! Prépare-toi à partir, mon gars ! Je ne plaisante pas ! » dit l'émissaire sans ambages.

« Je ne te le conseillerais pas ! » répliqua Martin en colère.

« Te souviens-tu, l'hiver dernier, comment tu as soulevé ta jument afin de faire place sur le chemin au carrosse de l'empereur ? »

« C'était l'empereur ? Vraiment ? »

« C'était lui ! Et maintenant, écoute : un dangereux étranger est à Vienne. Il se nomme Brdavs. C'est un géant d'une force incroyable et qui ne craint personne. De nombreux nobles l'ont affronté en duel mais il les a tous battus et tués. Et nous sommes arrivés à la conclusion que seul Martin Krpan pouvait le vaincre. Tu es le dernier espoir de l'empereur. »

Ces paroles convinrent à Krpan.

« Si ce n'est que cela qui vous inquiète, écoutez-moi : je ne ferai qu'une bouchée de quinze de vos Brdavs. Mais attention ! Si vous vous moquez de moi, vous aurez à vous en repentir. »

Puis Martin rangea ses sacs de sel, rentra sa jument à l'écurie, entra dans sa demeure et revêtit ses plus beaux habits afin d'être présentable devant l'empereur. Quand il fut prêt, il s'installa dans le carrosse qui ne tarda pas à franchir les portes de Vienne. La ville entière était en émoi comme une fourmilière enflammée.

« Ah ! Ce Brdavs ! » se lamentaient les jeunes et les vieux, les hommes et les femmes. « Il a aujourd'hui tué en duel le fils de l'empereur ! Quelle honte ! Ce pays n'a-t-il plus un seul noble capable de faire face à ce monstre ? Le prince l'a affronté seul, mais il l'a balayé comme les autres. Personne n'est jamais revenu vivant d'un combat contre lui. »

« Allons, cocher ! » lança Krpan.

Et, peu de temps après, ils entrèrent dans la cour du château impérial. Ce dernier était immense et superbe. Eté comme hiver, de jour comme de nuit, la garde assurait la relève devant ses grilles. Et cette garde annonça l'arrivée de Martin comme s'il se fût agi d'un membre de la famille impériale. Le souverain impatient se réjouit de sa venue et s'empressa d'aller à sa renconte. Il l'accueillit comme il se devait de le faire et le conduisit dans une somptueuse salle de réception. Martin était bouche bée devant tant d'honneur.

« Krpan de Vrh, » demanda l'empereur, « me reconnaîs-tu à présent ? »

« Oui, il n'y a pas si longtemps que nous nous sommes rencontrés, » répliqua Martin, « et vous semblez toujours en bonne santé. »

« A quoi me sert la santé si tous mes nobles périssent ? As-tu entendu parler de ce géant ? Qu'en dis-tu ? Comment cela finira-t-il ? Ce monstre a même tué mon fils ! » se lamenta le souverain.

« Nous aurons sa tête ! » répliqua Martin, « et ce sera la fin de vos ennuis. »

Mais l'empereur dit tristement :

« Cela n'est pas si aisé ! Celui qui coupera la tête de Brdavs n'existe peut-être pas. »

« Pourquoi pas ? J'ai entendu dire que ce que l'on cherche, on le trouve toujours. Pourquoi n'existerait-il pas, celui qui serait capable de vaincre ce géant ? Je ne suis rien qu'un homme simple, je suis sûr que si je m'affrontais à lui, je lui ferais passer le goût de tourmenter Vienne ! Avec l'aide de Dieu, je le ferai en vérité ! »

Ces paroles plurent à l'empereur mais quelque chose pourtant l'inquiétait encore : « J'ai pu constater de mes propres yeux combien tu étais fort, mais Brdavs est habile à la pratique des armes depuis sa jeunesse. Toi, tu n'as guère jusqu'à présent transporté que des meules et tu n'as guère vu d'épée ni de lance que sur les tableaux des églises. Comment comptes-tu faire ? »

« Ne craignez rien, » répondit Krpan, « c'est mon problème. Je ne redoute ni l'épée, ni la lance, ni aucune autre arme dont je ne connais pas le nom. Peu m'importe d'ailleurs comment ces armes s'appellent et combien ce géant en possède. »

L'empereur fut rassuré. Il ordonna que l'on apportât du vin, du pain et du fromage à Martin et dit :

« Bois et mange, Krpan ! Ensuite, tu iras chercher tes armes. »

Krpan trouva les portions bien modestes. Mais il ne dit rien car il savait que les nobles mangeaient peu, car ils pouvaient se nourrir quand bon leur semblait avec des mets délicats. Il ingurgita tout d'un trait et se leva. L'empereur comprit que c'était insuffisant pour un pareil gaillard et qu'il méritait de plus amples portions. Aussi, à partir de ce jour, Krpan reçut-il quotidiennement deux jambons entiers, deux gigots d'agneau, trois choux, quatre miches de pain blanc et du vin à volonté.

Puis, l'empereur mena Martin dans sa salle d'armes. Krpan choisit ce qu'il voulait mais, dans ses mains puissantes, les armes se brisaient. L'empereur commença à s'inquiéter :

« As-tu enfin ce qu'il te faut ? » demanda-t-il.

« Que pourrais-je choisir ici ? » protesta Martin. « Ce ne sont que des jouets qui ne sont faits ni pour moi ni pour ce Brdavs. Avez-vous quelque part quelque chose de mieux ? »

L'empereur s'étonna : « Si cela ne te convient pas, nous ne pourrons pas t'aider. Car nous ne possédons pas autre chose. »

« Montrez-moi donc votre forge ! » répliqua Martin.

L'empereur en personne conduisit Krpan à la forge. Martin saisit un morceau d'acier et prit le marteau le plus lourd. Le forgeron avait besoin de ses deux mains pour le soulever, mais Martin s'en empara d'une seule main comme s'il se fût agi d'une faucille.

« Quel gaillard ! » s'écrièrent les gens qui se trouvaient là tandis que Martin forgeait et forgeait encore une arme énorme à laquelle nulle autre ne pouvait être comparée, même pas une hache de boucher. Lorsque l'arme fut prête, Krpan se rendit dans le jardin impérial où il déracina un jeune tilleul, sans se préoccuper le moins du monde de savoir que le souverain aimait y prendre le frais avec sa famille. L'empereur, qui suivait Martin comme son ombre, protesta :

« Que fais-tu ? Le diable t'emporte ! Ne sais-tu pas que l'impératrice aurait donné tous les chevaux des écuries royales plutôt que de se séparer de ce tilleul ? Qu'allons-nous faire à présent ? »
Martin ne s'en inquiéta pas. Il lança :
« Nous n'y pouvons rien maintenant. Vous n'aviez qu'à m'indiquer un autre arbre. Moi, j'ai besoin de bois pour le duel qui m'attend. »
L'empereur se tut. Il savait qu'il était vain de se lamenter mais il craignait les remarques de la souveraine.
Avec le bois du tilleul, Krpan fabriqua un manche de hache et une épaisse massue. Puis il vint se présenter devant l'empereur.
« J'ai enfin mes armes, mais il ne manque un cheval. Il m'en faut un absolument, » dit-il.
L'empereur, qui était fâché à cause du tilleul, répondit :
« Va à l'écurie et prends celui qui te conviendra. Je crois que tu fais le fanfaron et, si tu parviens à battre Brdavs, je veux bien me faire pape ! »
Krpan sentit la colère lui monter au nez, mais il se contint et dit :
« Ce duel n'est pas un jeu. Souvenez-vous, Majesté, que je tiens toujours mes promesses. Venez avec moi choisir ce cheval. Je ne tiens pas à en avoir un qui ploie sous ma charge, vous couvre de honte et me laisse dans l'ennui. Les gens de Vienne se moqueraient de nous ! »
A ces mots, l'empereur comprit qu'il valait mieux accompagner Martin aux écuries. Il demanda :
« A quoi reconnais-tu un bon cheval ? »
« A ceci que je ne pourrais pas le sortir de l'écurie par la queue, » répliqua Martin.
« Essaie-donc ! Mais prends garde qu'aucun d'entre eux ne te tue. Ce sont des chevaux sauvages. »

Martin saisit le premier cheval par la queue et le tira hors de l'écurie. Il fit de même avec un second puis avec tous les autres y compris avec celui qui portait l'empereur les jours de fête. Cela ne plut guère au souverain.

« Aucun de ces chevaux ne me convient ! » déclara Martin, « allons plus loin. »

« Si aucun de ceux-là ne te convient, tu devras combattre sans monture ! Tu n'es pas un homme ordinaire et il n'existe sans doute dans le pays aucun cheval à ta convenance. »

« C'est faux ! » répondit Martin. « Chez moi, j'ai une jument qui ne se laisserait tirer la queue par aucun de vos nobles. J'en donnerais ma tête à couper ! »

« Je suppose qu'il ne s'agit pas de celle que tu poussais l'autre fois dans la neige ? »

« Si, c'est celle-là, » répondit Martin.

L'empereur se fâcha : « A présent, je vois bien que tu es fou et que tu cherches à me le faire devenir. Mais fais attention : j'ai le bras long ! »

Martin se contenta de rire : « Votre bras est peut-être long, mais pas autant que la barbe de Brdavs ! Le temps n'est pas à la plaisanterie. Ordonnez que l'on amène ma jument ou bien j'irai la chercher moi-même. Mais dans ce cas, tout pourra arriver avant mon retour. »

En entendant cela, l'empereur ordonna que l'on amenât la jument de Martin à Vienne.

« Et maintenant, seigneurs viennois, venez ici ! Voici ma jument. Elle ne semble pas très robuste mais personne ne peut la contraindre à franchir un seuil si elle ne le veut pas ! » lança Martin.

Nombreux furent les cavaliers habiles à dresser les chevaux qui tentèrent de faire mentir Martin. Mais la jument ne bougea pas. Elle envoya à terre tous ceux qui l'approchèrent.

« Hé ! Le diable t'emporte ! » dirent-ils, « tu es petite, mais brave ! »

Le jour du duel arriva. C'était le jour de la saint Erasme. Martin saisit sa hache et sa massue, monta sur sa jument et quitta la ville pour se rendre sur le pré où Brdavs avait déjà vaincu tous les autres. Il offrait un curieux spectacle. Sa jument paraissait sous lui minuscule. Ses longues jambes bottées jusqu'aux genoux pendaient jusqu'à terre. Il portait un chapeau démodé à larges bords, une boucle à l'oreille et un épais manteau de laine. Mais il avançait courageusement sans avoir peur de rien ni de personne.

En voyant son adversaire, Brdavs éclata de rire : « Voici donc ce Krpan qu'on est allé chercher jusqu'à Vrh près de la Sainte-Trinité ? Tu aurais mieux fait de rester chez toi afin de ne pas inquiéter ta pauvre mère, si elle vit encore, ni offenser ton épouse, si Dieu t'en a donné une. Disparais de ma vue ! Et vite, tant que j'ai un peu de pitié ! Car, lorsque je me mettrai en colère, tu seras couché à terre, plein de sang, comme le fils de l'empereur et les cent autres imprudents ! »

« Tu tiens à la vie ? » répliqua Martin, « alors, prends garde. Je ne saurais en écouter davantage. Car, en t'entendant, j'ai envie, en effet, de retourner chez moi. Mais, auparavant, je t'aurai raccourci d'une tête, comme me l'a ordonné mon souverain. Ainsi, tu ne pourras plus te mettre en colère. Approche, afin que nous nous tendions la main. Tant que nous ne l'aurons pas fait, nous ne pourrons combattre. On dit que Dieu n'aime pas que l'on se mette en colère avant son jugement, » déclara Martin de loin.

Ce discours étonna Brdavs, mais il galopa néanmoins à la rencontre de Martin afin de lui donner la main. Celui-ci la lui serra si fort qu'il sentit son sang se retirer sous cette pression. Il blêmit mais ne dit mot. « Ce gaillard est vraiment fort. Mais un paysan est un paysan et ne saurait se battre comme un seigneur, » pensa-t-il.

Puis chacun fit tourner son cheval. Ils s'éloignèrent l'un de l'autre en galopant, firent volte-face et s'élancèrent l'un contre l'autre à nouveau. Brdavs brandit son épée et la fit retomber vers la tête de Krpan. Mais ce dernier brandit sa massue et l'épée se planta dans le bois de tilleul profondément. Tandis que Brdavs cherchait à la retirer, il bondit de cheval, tira le géant à terre et l'y déposa comme il l'eût fait d'un enfant au berceau. Puis il le terrassa et dit :

« Fais ta prière et demande pardon de tes péchés. Je n'ai pas de temps à perdre car je dois rentrer chez moi. J'ai hâte d'entendre à nouveau les cloches de la Sainte-Trinité dans mon village de Vrh. »

Ce disant, il leva sa hache, trancha la tête de Brdavs et retourna à Vienne.

Les Viennois accoururent à la rencontre de Martin. L'empereur lui-même l'embrassa et tous s'exclamèrent :

« Krpan nous a sauvés ! Gloire à lui ! Que son nom soit béni pour l'éternité ! »

Martin demeura muet sur sa jument, fier comme un héros. La gloire et les louanges semblaient lui revenir de droit. Il faut dire que chez nous, la modestie ne nous étouffe guère.

Ensuite, l'empereur invita Martin au palais en disant :

« Pour nous avoir débarrassés de cet abominable Brdavs, tu as le droit de choisir la récompense que tu souhaites. Je te donnerais même ma fille unique, Gertrude, pour épouse, si tu n'es pas encore marié. »

Cela ne convenait pas à Martin qui déclara :

« J'ai déjà été marié, seigneur, mais ma femme est morte. J'ai eu cependant à cause d'elle de grands soucis. Un jour, nous nous rendions au marché de Trieste. Je portais sur mon dos une pleine corbeille de raisin. Nous vendîmes ce raisin à Trieste mais Marietta tomba malade en route. Que pouvais-je faire ? Je la mis dans ma hotte et l'emportai à la maison. Elle n'était pas bien lourde mais tout le monde me demanda en chemin quelle était la marchandise que je rapportais. Et une femme, ce n'est guère une marchandise bonne à vendre ! Votre fille est habituée à une vie facile. Cela ne pourrait pas aller entre nous. Je préfère ne pas me marier ! »

Là-dessus, les portes s'ouvrirent et l'impératrice apparut, en colère. Elle avait tout entendu par le trou de la serrure.

« Comment oses-tu, mon cher époux, offrir la main de notre fille à ce paysan ? Quelle honte ! » fit-elle en se tournant vers les courtisans. « C'est une honte aussi qu'il ait dû combattre à votre place.Quant à toi, Krpan, puisque tu m'as pris mon tilleul, je ne te donnerai pas ma fille. Mais, puisque tu nous a sauvés, tu mérites une récompense. En retour de tes services, tu recevras un tonneau de vin, cent miches de pain, vingt agneaux et quarante-huit jambons. Mais écoute-moi bien : tu n'auras pas le droit de les vendre. Tu dois tout emporter chez toi. Et puisque Brdavs n'est plus, il vaut mieux que tu rentres dans ton village, » dit-elle avant de s'en aller.

Krpan ne répondit rien mais ses yeux brillaient de colère avec autant de force que les éclairs sur la montagne Mokrets. Ses sourcils étaient hérissés comme deux balais. Il jeta sa hache et sa massue et s'en alla.

« Savez-vous quoi ? Demeurez en la grâce de Dieu et ne vous souvenez pas de moi en mal, » lança-t-il à la porte.

Mais l'empereur bondit à sa suite et lui cria :

« Attends, Martin ! Ne t'en va pas comme ça ! Ne prends pas garde aux discours de l'impératrice. Nous nous mettrons d'accord tous deux pour que tu ne subisses pas d'injustice. »

« Je préfère partir. N'en ai-je pas assez entendu ? » dit Martin.

« Qui a eu besoin de moi ? Qui m'a fait chercher en carrosse ? J'ai déjà été l'hôte de bien

des gens mais nulle part, pas même dans votre palais, on ne m'a accueilli aussi bien qu'à l'auberge de Klintchar.Que d'affaires pour un tilleul comme il en pousse devant chaque maison ! Mais vous ne trouverez pas un Krpan dans chaque ville, dussiez-vous chercher dans tout l'empire ! Quant à vos présents, qu'ai-je à en faire ? Je n'ai pas le droit de les vendre et ne pourrai les emporter jusque chez moi. Je sais bien ce que je vais faire : je vais construire un chalet dans votre cour. Je vais avoir pour cela besoin de bois, et peu m'importe si je coupe encore un tilleul ! Je vais me coucher dans ce chalet et y demeurer tant que je n'aurai pas consommé tout ce que vous m'avez offert. Puis je m'en retournerai chez moi. Et si vous vous trouvez une autre fois dans l'ennui, vous pourriez m'envoyer chercher par votre propre fille que je ne viendrai pas. Vous devrez vous bâtir un Krpan de paille qui ne fera même pas peur aux moineaux. Je n'ai sans doute jamais autant parlé. Souvenez-vous de ce que disait Yerneïko de Gol : « Suis-je obligé de faire un gâteau pour celui avec lequel je me dispute ? Qu'il se brûle lui-même ! »
« Allez, Martin, ne sois pas fâché et reste ! » fit l'empereur impuissant.
A ce moment-là, intervint le ministre Gregor qui déclara :
« Votre Majesté, voici huit jours que le bouffon de cour Stehan est parti. Stehan ou Krpan, qu'importe ! Martin fera bien l'affaire. Il est rusé, épais et ridicule et sa langue est bien pendue. Vous n'en trouverez pas de meilleur. »
« Monsieur Gregor, j'ai déjà été bouffon et je ne le serai pas deux fois, » répliqua Krpan. « Mais je viens de me souvenir de quelque chose, seigneur, » fit-il en se tournant vers l'empereur. « Vous souvenez-vous de la façon dont nous nous sommes rencontrés cet hiver ? »
« Je m'en souviens. »
« Vous souvenez-vous de ce que je portais alors ? »
« Des meules et de la farine, » répondit l'empereur.
« Vous vous trompez. Je ne vous avais pas dit la vérité. J'apportais du sel anglais, » dit Martin.
« Du sel ? » s'écria le ministre. « Mais c'est interdit ! Krpan, tu es un ennemi de notre pays ! Gardes, emmenez-le en prison ! »
Mais l'empereur apaisa son ministre furieux.
« Laissez-le, Gregor. Je m'entendrai avec lui. »
« Alors, écoutez-moi. Je sais que ma victoire sur Brdavs est une grande gloire. Aussi voudrais-je un papier affirmant que je peux faire le commerce du sel anglais de bon droit et sans soucis d'éventuelles représailles, » répondit Martin.
L'empereur soupira : « Tu auras ce que tu demandes. » Et il ordonna au ministre de

préparer l'autorisation. Le ministre blêmit, mais il ne put faire autrement que d'obéir. Lorsque tout fut prêt, l'empereur déclara :

« Martin, tout ce que l'impératrice t'a offert de vin, de pain et de tout, je te le rachète pour un sac d'or. »

« Bien, » accepta Martin, « je vous donnerai tout pour un sac d'or et demi. Et vous vous expliquerez avec l'impératrice. »

L'empereur dut accepter :

« Voici ton or et ton autorisation, » fit-il en tendant la main à Martin pour lui dire adieu. Il força le ministre à en faire autant et celui-ci, vert de rage, dut s'exécuter.

Krpan mit sa massue et sa hache sur son épaule et dit :

« S'il survenait un autre Brdavs ou quelqu'un de semblable, vous savez où me trouver. Que Dieu vous garde ! »

« Bonne route, Martin ! » lui souhaita l'empereur tandis que le ministre se taisait.

RINALDO RINALDINI

Comment l'élégant
capitaine des brigands
conduisit
ses compagnons
d'aventure
en aventure

Toute l'Italie en parle. On chante au sujet de Rinaldo des chansons à Florence et dans toute la Toscane. On commente ses actions près du Vésuve et de l'Etna. Le soir, autour des cruches de vin, les habitants des petites villes de Calabre aiment à parler des faits et gestes du valeureux capitaine Rinaldini. Les bergers en parlent également dans les vertes vallées des monts Apennins, de même qu'en Sicile. On cite sans cesse la force de Rinaldini, son assurance, son invulnérabilité que ne pouvait vaincre aucune épée ni aucune flèche. On l'attrapait quelque part et il apparaissait ailleurs. On le prenait et il se sauvait. Il distribuait ce qu'il avait. Il ne manqua pas une seule occasion de s'adonner au brigandage. De surcroît, il était bel homme. Ses cheveux sombres et ses yeux noirs firent tourner bien des têtes de jeunes filles et de dames. Ses compagnons se seraient jetés au feu pour lui. Il fut redouté et admiré.

Un vent violent soufflait sur les sommets de l'Apennin. Il balayait la couronne de feuillage des vieux chênes et réussissait parfois presque à éteindre les flammes du feu autour duquel se taisaient Rinaldo et Altaverde. La nuit était sombre. Les nuages cachaient la lune et le ciel était sans étoiles.

« Capitaine, » demanda Altaverde à Rinaldo, « dors-tu ? »

« Non. »

Un moment plus tard, Altaverde dit encore :

« Capitaine, tu n'es plus comme autrefois. »

« C'est vrai, » répondit Rinaldo, « lorsque je gardais les chèvres de mon père, à Ostia, j'étais un gamin innocent… »

« Et à présent, tu es un redoutable chef de brigands. Quand tu parais quelque part, il n'existe personne qui ne te prenne pour un marquis de haute naissance. »

« Et pourtant, ma tête est mise à prix ! »

« Personne ne s'y risquera, » répliqua Altaverde.

« Qui sait ? Peut-être que ce sera quelqu'un de notre troupe? »

« Comment cela se pourrait-il ? Tous ont prêté serment. »

« Ce ne sont que des hommes. Et les hommes sont mauvais. A moins que tu ne penses qu'ils soient bons ? » répondit mélancoliquement Rinaldo.

« Nous n'allons pas discuter de cela. Tu as accompli de bonnes choses toi aussi et nombreux sont les nobles qui pourraient t'envier. Nombreux sont ceux qui prient pour toi, te bénissent ou te remercient. Tu es aimé, Rinaldo. Pourquoi remues-tu d'aussi tristes pensées ? Nous ferions mieux de dormir, » dit Altaverde en se retournant pour trouver le sommeil.

Mais Rinaldo saisit sa guitare, en caressa tendrement les cordes et se mit à chanter doucement.

Le lendemain, comme à son habitude, Rinaldo déjeuna d'une tasse de chocolat chaud. Autour de lui s'ébattaient les brigands dans les rires, la musique et la bonne humeur. Rinaldo écrivit quelques ordres, cacheta quelques lettres et fit venir tout le monde à lui. Ses hommes se tinrent en un large demi-cercle et se turent afin d'entendre leur capitaine :

« Giralomo, voici ton ordre. Ouvre-le lorsque tu seras à Borgo et, d'après la conjoncture, tu décideras si tu dois ou non te rendre à Arezzo. Tu dois être prudent, je n'ai pas besoin de te le rappeler. Toi, Fiorilla, va à Bibbiena écouter ce que l'on dit de nous. Niccolo et Sebastiano ratisseront les forêts aux alentours de Bisina et toi, Amadeo, tiens-toi à Anghiarta. Altaverde, prends avec toi six ou huit gars et rendez-vous chez le juge de Brancolin. Ce soir, Matteo ira avec vingt hommes vers le sud et occupera le défilé de Capril. Pendant ce temps, Alsetto restera ici avec trente autres gars. Et toi, Cintio, prends onze hommes et dispersez-vous dans la vallée de Topolio près d'Oriole et des rochers. Voici notre mot d'ordre ! Et à présent, allez-y sans plus attendre ! »

Les hommes se séparèrent et s'en furent à la tâche. Ils défirent les tentes, emballèrent la vaisselle et harnachèrent les chevaux. Girolamo galopa en tête. Puis Altaverde se mit en route et enfin Cintio avec sa troupe. Rinaldo saisit sa guitare, son fusil et, suivi de ses chiens, se perdit entre les arbres. Personne ne savait où il allait.

Quand ils se retrouvèrent, Rinaldo apprit que Cintio hésitait à descendre dans la vallée de Topolio car un groupe de voyageurs y campait. Rinaldo se dépêcha de s'y rendre. Tout était comme Cintio l'avait dit. Et Rinaldo ne laissa pas échapper une si belle occasion !

Il se barbouilla le visage de brun, se déguisa en chasseur, ainsi que Severo, avec des habits brodés d'or et mit un chapeau empanaché d'une plume. Il prit son fusil et sa corne de chasse, cacha quelques comparses et, en compagnie des chiens, lui et son ami se rendirent dans la vallée. Ils descendirent le coteau et virent des tentes au fond de la vallée. Quelques personnes préparaient un dîner autour d'un feu. Les charretiers descendaient la marchandise des ânes et les dames se reposaient dans les tentes.

Non loin du campement grondait un torrent. Un serviteur y alla pour chercher de l'eau. Rinaldo sortit de sa cachette. Le jeune homme voulut s'enfuir. Mais Rinaldo lui cria :

« Hé ! Attends... Tu fais partie de ce groupe ? »

« Oui, » hoqueta le jeune homme.

« Et qui sont ces dames dans les tentes ? »

« Ma fiancée, la marquise Attanare et sa soeur. Elles vont de San Leo à Florence. »

Rinaldo fit un signe à Severo et tous deux se dirigèrent vers les tentes. Les gens de la marquise les regardèrent et les saluèrent. Seul, l'un d'entre eux leur barra le chemin et demanda :

« Où allez-vous, les amis ? »

Rinaldo expliqua aussitôt :

« Je suis garde-chasse à Sorsino et je rentre chez moi avec mon aide. En vous voyant, j'ai cru bon de vous rejoindre pour vous avertir d'être sur vos gardes : Rinaldo et sa bande traînent dans les parages. »

« Mais c'est terrible ! » s'écria l'une des dames, « j'ai très peur ! »

« Il n'y a pas de quoi, » répliqua le garde, « nous sommes assez nombreux pour nous défendre. »

« Oui, » sourit Rinaldo, « mais il vaudrait mieux éviter Rinaldo. On dit que ses hommes ont le diable au corps. »

« Ah ! Mon Dieu ! » s'écria l'une des dames, « pourquoi laisse-t-on faire ce bandit ? »
« Parce que tout le monde le craint, » répliqua Rinaldo.
« Combien de gens a-t-il avec lui ? » demanda le garde.
Rinaldo haussa les épaules. « Qui sait ? Rinaldo est libre comme l'air. Sa tête est mise à prix et chèrement ! Entre nous, voici huit jours que je tente de le capturer et s'il me tombe entre les mains, c'en sera fait de lui ! »
« Vous le connaissez ? » demanda le garde.
« Presque. J'ai vu bien des fois son portrait lorsque l'on promettait une récompense pour sa capture. »
« Et à combien se monte la récompense pour ce vaurien ? »
« Je crois que Venise, Gênes, Lucques et Florence paieront ensemble trois ou quatre mille florins. »
« On devrait envoyer une armée contre ces brigands, » dit une dame.
« Cela s'est déjà fait, madame. Mais cela n'a servi à rien. Ce futé de Rinaldo a une cachette et sait se défendre. Les soldats de Lucques pourraient à ce sujet en raconter de belles. Rinaldo et ses quatre-vingts hommes en ont repoussé trois cents par monts et vallées. Il en est mort soixante-dix et plus aucun soldat ne tient à se risquer contre ces bandits. »
« Ce vagabond fait des choses terribles ! » s'exclama la dame.
« C'est vrai, » reconnut Rinaldo, « mais il est très courageux. On dit même qu'il fait de telles facéties que les gens se tordent de rire. »
« J'aimerais bien voir cela au moins une fois, » dit une dame.
« Imaginez, » répliqua Rinaldo, « que vous soyez ici tranquillement auprès de votre garde, entourée de vos gens. A gauche, Rinaldo dirige vers vous son pistolet, et à droite, il tient en respect votre garde tandis que sa troupe attaque vos gens. Il vous dira ensuite paisiblement : « Apportez ici vos bagues, vos montres et cent florins. Je suis Rinaldini ! »
Et ce qu'il était en train de dire se produisit. La marquise se mit à crier. Le garde se mit à suer de peur et les autres se figèrent de surprise.
« Ne plaisantez pas, garde-chasse ! »
« Je ne plaisante pas, monsieur le garde. Vous souhaitiez rire à l'une des farces de Rinaldo. Vous n'avez qu'à le faire. Profitez-en ! Je suis Rinaldini. J'ai comblé vos désirs et maintenant vous allez combler les miens. En échange de vos perles, montres et argent nous vous donnerons un laissez-passer qui vous préservera de toute attaque de mes gens pendant le reste du voyage jusqu'à Florence. »
Tremblante de peur, la noble société obéit à son ordre.

« Vous voyez, j'ai bien comblé votre souhait d'assister à l'une des farces de Rinaldo, » dit tranquillement Rinaldini en s'en allant sans que personne ne se hasarde à le suivre.
Le soir, les brigands se retrouvèrent à leur campement. Rinaldo s'enveloppa dans un grand manteau et s'allongea sous un grand peuplier. Ses compagnons s'amusèrent longtemps autour du feu en parlant du tour qu'il venait de jouer à la marquise.
Le jour se levait quand des coups de feu éclatèrent dans la montagne. Les brigands bondirent sur leurs jambes et saisirent leurs armes tandis que les sentinelles criaient :
« Nous sommes encerclés ! Nous sommes encerclés ! Capitaine, qu'allons-nous faire ? »
« Combattre ! » répliqua Rinaldo en embrassant du regard montagnes et vallées proches. Les fusils tiraient de toutes parts.
« Alsetto et trente de nos hommes campent à notre ancien refuge. Ici, nous sommes douze. Sonnez l'alarme et chargez doublement vos fusils, » dit Rinaldo.
A ce moment-là, une corne sonna non loin de là et Altaverde sortit de la forêt avec cinquante camarades. « Ça va mal, les gars » crièrent-ils. « Nero et Rispero sont tombés aux mains des soldats ! » Peu de temps après, Alsetto et les siens apparurent.
« Capitaine, nous sommes assez nombreux. Attaquons ! »
« Puisqu'il en est ainsi, allons-y ! » répondit Rinaldo en s'élançant vers la vallée.
Ils firent à peu près cent pas et tombèrent sur un feuillet qui gisait à terre. Ils purent y lire :
« Ceux qui déserteront la bande de Rinaldo et se rendront de plein gré aux soldats seront libres et graciés. Celui qui apportera la tête de Rinaldo recevra en outre la récompense de cinq cents florins. »
« Mes amis, » déclara Rinaldo, « ce papier vous promet grâce et liberté si vous faites confiance aux soldats et que vous vous rendez ! »
« Nous ne sommes pas si fous, » dirent les brigands en riant, » et nous ne voulons pas risquer notre propre vie. Cette lettre a été écrite par quelqu'un qui ne tient pas à nous combattre. Tout cela n'est que promesses. Ils se riraient de nous et nous pendraient ! Nous serions donc vaincus par notre propre bêtise. Déchire ce papier, capitaine. Nous en ferons de la charpie ! »
« Puisqu'il en est ainsi, mes amis, » répondit Rinaldo, il va nous falloir retourner à la frontière des Etats du pape et nous lancer contre l'armée qui nous encercle. »
Ils traversèrent un croisement de vallées et arrivèrent au pied d'une colline. Soudain, ils se heurtèrent à un groupe de soldats. Ils les attaquèrent si brusquement et si violemment que les soldats s'enfuirent. Mais leur victoire fut de courte durée. Un détachement de cent cinquante soldats surgit de la forêt et il fut impossible aux brigands de s'enfuir.

« Mes amis ! » cria Rinaldo, « défendez-vous comme des braves. Peu de distance nous sépare de la frontière. Si nous demeurons en vie, nous sommes bons pour la prison ou le bourreau. Mieux vaut mourir l'épée à la main. Alors, courage ! Battons-nous ! »
Et il tira un coup de pistolet en guise de signal d'attaque. L'assaut contre la troupe fut si brutal qu'il la foudroya. La victoire sembla à portée de main, mais les soldats se ressaisirent et reformèrent leurs rangs. Une sanglante bataille commença. Alsetto et trois de ses fidèles périrent aux côtés de Rinaldo qui, lui, continua à se battre comme un lion en compagnie d'Altaverde, de Cintio et de Severo. Les boulets de canon et les coups pleuvaient. Rinaldo et quelques-uns de ses compagnons parvinrent à repousser l'ennemi sur son aile, mais le capitaine réussit seul à atteindre la frontière. L'un des deux dragons de la garde qui le poursuivait tomba de cheval sous son tir et l'autre prit la fuite.
Affaibli et dépenaillé, Rinaldo erra dans la forêt. Il respirait avec peine. Son coeur battait la chamade. Il finit par s'effondrer dans un buisson épais et par perdre connaissance.
Lorsqu'il revint à lui, le soleil était déjà haut dans le ciel. Affamé et assoiffé, il saisit son fusil afin de chercher quelque chose à se mettre sous la dent. Soudain, il entendit un bruit. C'était un paysan qui se rendait au marché de la ville avec sa hotte sur le dos.
« Hé ! Mon brave ! Que portes-tu là ? » lui lança Rinaldo.
Tout d'abord, le paysan prit peur. Puis il pensa qu'il s'agissait d'un chasseur et il se mit à parler.
« Que porterais-je si ce n'est quelque chose au marché ? » fit-il d'un ton bourru en déballant sa marchandise. Il s'agissait de nourriture.
« Je t'achète du fromage, du pain et du vin. Voici de l'argent, » dit Rinaldo en bourrant

sa sacoche de chasseur autant qu'il le pouvait et en payant largement. Cela rassura le paysan qui se mit à conter les nouvelles du pays :

« Le sang a coulé ce matin à la frontière. Les soldats toscans ont attaqué ce vaurien de Rinaldo. Il s'est défendu sauvagement avec ceux de sa bande mais les soldats ont fini par les avoir et tous les abattre. »

« Rinaldo aussi ? » demanda le brigand.

« Oui, lui aussi ! »

« C'est bien, » déclara Rinaldo.

« Oui, il y avait trop longtemps qu'il sévissait, » fit le paysan en poursuivant sa route.

Rinaldo poursuivit la sienne vers le sud le coeur lourd. Il évitait les villes et les chemins où l'on aurait pu le reconnaître. Un jour, alors qu'il quittait encore la route pour se rendre dans les montagnes, il aperçut devant lui un paysan. Ce dernier l'aperçut aussi et pressa le pas vers lui en criant :

« Salut à toi, capitaine ! Je suis heureux de t'avoir trouvé. »

Rinaldo le reconnut à sa voix. Il s'agissait de Cintio. Ils se précipitèrent l'un vers l'autre et se tombèrent dans les bras.

« Cintio, mon ami, tu es sauf ? »

« Hé ! Par bonheur... Altaverde et Steffano également. Mais c'est tout. Les autres ont péri. On nous a poursuivis longtemps tous les trois. Les soldats ont encerclé Matteo au défilé de Capril. J'ai retrouvé les autres à la frontière. Nous n'avons pas hésité. Nous avons attaqué la garde et nous avons gagné la forêt. Et nous t'avons enfin retrouvé, capitaine ! » raconta Cintio.

« Conduis-moi vers les autres, » dit Rinaldo.

Les retrouvailles furent joyeuses. Dès le lendemain, Rinaldo se rendit à Fiscaldo car il avait entendu dire que l'on s'apprêtait à y fêter le patron de la ville. On entendait de loin les chants. Sur la place, les gens se pressaient autour des baraquements où l'on vendait toutes sortes de marchandises, et autour de moines qui faisaient commerce d'objets pieux.

« Ces commerçants ne prendront pas cet argent ! » gronda Rinaldo.

« Hé ! Cintio, viens donc par ici ! » fit-il à son compagnon. « Tu vois ces moines ? Tu vois combien leurs bourses s'emplissent ? Prends un compagnon avec toi et faites bien attention ! Au moment voulu, vous vous rendrez de ce côté et, lorsque vous vous serez saisis de l'argent, vous ne vous perdrez pas en vains discours. »

« Compris ! » répondit Cintio. « Cet argent sera le nôtre. Je n'ai pas besoin de plus amples explications. »

« Va et fais ce que j'ai dit. »

« Je me dépêche, » répliqua Cintio en disparaissant tandis que Rinaldo s'éloignait en sens inverse.

Le soir même, Rinaldo possédait l'argent.

Au coin d'une rue se trouvait un tableau de la Vierge devant lequel les Calabrais déposaient quotidiennement des offrandes. Rinaldo repéra l'endroit et se mêla à la foule. Soudain, parmi les gens attroupés, il vit apparaître deux dames au visage masqué. Quand elles eurent approché, il sembla que l'une d'entre elles eût repéré Rinaldo. Et en effet, elle avança sans en avoir l'air et lui chuchota :

« Bonjour, comte Mandochini ! »

Rinaldo fut étonné car il avait en effet été connu à Naples sous ce nom dans la bonne société sans que personne ne se doutât qu'il n'était pas vraiment comte. Il répondit tranquillement bien qu'il se demandât ce qu'on lui voulait :

« Qui m'appelle ? »

« Votre amie, » répondit l'inconnue avant de disparaître dans la foule.

« Elle ne sait pas qui je suis en vérité. Il vaut mieux qu'elle me prenne pour le comte Mandochini. Je pourrais poursuivre l'aventure ici, à Fiscaldo, mieux qu'à Naples. Le coeur des belles dames est le meilleur chemin vers la haute société. En attendant, c'est une proie bien agréable. Mais j'ai d'autres soucis à présent, » se dit-il en applaudissant les chanteurs religieux et en leur lançant quelques pièces.

Les chanteurs le remercièrent, prirent l'argent et s'en allèrent aussi acheter des choses aux moines pour le salut de leurs âmes. L'argent voyagea vers les épaisses sacoches. Mais il n'y resta pas longtemps. Rinaldo put voir comment, dans la demi-obscurité du soir, Cintio et Steffano s'emparaient des bourses. Il se passa bien peu de temps avant qu'ils ne disparussent à nouveau dans la foule. Rinaldo leur emboîta le pas et sortit de la ville.

Ils avaient atteint la colline du Saint-Sépulcre lorsqu'ils entendirent sonner l'alarme et battre le tambour dans Fiscaldo.

Ils se regardèrent en souriant, se remirent en marche et ne mirent pas longtemps à rejoindre leurs autres compagnons avec leur butin. Ils n'avaient pas de temps à perdre. Les brigands levèrent le camp et repartirent dans les montagnes. Ils laissèrent une sentinelle près de San Paolo et continuèrent à avancer. Ils s'arrêtèrent sur la colline de Sainte-Lucile. Là, entre les roches inhospitalières, ils établirent un camp et s'installèrent pour dormir. Le lendemain les attendaient de nouvelles aventures dans des villes et des endroits nouveaux, à Naples, en Sicile, en Corse...

SOURCES

Stephens, James / FIONN DER HELD *(Saga irlandaise), J. Ch. Mellinger Verlag, Stuttgart, nouvelle édition 1981*
KALEVALA *(Das finnishe Epos des Elias Lönnrot), I. et II., Carl Hansen Verlag, München, 1967*
Ed. Rupert S. Hollande / LE ROI ARTHUR ET LES CHEVALIERS DE LA TABLE RONDE *(King Arthur and the Knights of the Round Table), Grosset and Dunlap, N. Y., 1919*
KUDRUN UND DIE NIEBELUNGEN, *Nacherzählt von H. A. Stoll, Berlin, 1960*
Bédier, Joseph / LA CHANSON DE ROLAND, *Paris, Piazza*
Vigny, Alfred de / LE COR *(Poèmes antiques et modernes), Paris, 1826*
Hugo, Victor / LE MARIAGE DE ROLAND *(La Légende des Siècles : X – Le Cycle héroïque chrétien), Paris, 1859*
PESŇ O SIDE *(La chanson du Cid), Moscou – Leningrad, 1959*
RUSSKOE NARODNOE POETIČESKOE TVORČESTVO, *Chrestomatia, éd. Pomeranceva – Minc, Moscou, 1959*
BYLINY, *traduction de P. Křička, Sfinx, Prague, 1946*
RUSSISCHE VOLKSMÄRCHEN, *Professeur Erna Pomeranceva, Académie Verlag, Berlin, 1964*
ROBIN HOOD *(Robin des Bois), éd. Florence M. Baldwin, Sesame Publishing Company, Vienne–Londres–N. Y., 1924*
ROBIN HOOD, *nacherzählt und bearbeitet von* Eugenie Stein, *Konegens Jugendschriftenverlag, Vienne–Leipzig, après 1850*
Scholz, W. von / TILL EULENSPIEGEL *(Till L'Espiègle), Narren und Schwänke, Berlin, 1943*
Müller, Joseph / SAGEN AUS URI, *Bâle, 1926*
DAS WEISSE BUCH VON SARNEN, *Schweizer Gesellschaft f. Volkskunde, 1947*
Komorovský, Ján / KRÁĽ MATEJ KORVÍN V ĽUDOVEJ PROZAICKEJ SLOVESNOSTI *(Le roi Mathias Corvin dans la littérature populaire), SAV, 1957*
Benedek, Elek / MAGYAR NÉPMESÉK, *Budapest, 1952 (2ème éd.)*
Ortutay, Gyula / UNGARISCHE MÄRCHEN, *Rütten und Loening, Berlin, 1957*
Levstik, Fran / MARTIN KRPAN, *Mladinska knjiga, Ljubljana, 1983, Glasnik, Ljubljana, 1917, Ljubljana, 1858*
Saraci, Sylvia / KDE ORLY KRÚŽIA *(Là où les aigles planent), Bratislava, Mladé letá, 1960*
ALBANSKE NARODNE BALADE *(Ballades populaires albanaises), traduction : Esed Mekuli, traduit de l'albanais (Balada dhe legjenda), publication de l'institut Albanoloskog de Priština, Jedinstvo Priština, 1974–1976*
DIE GEFLÜGELTE SCHWESTER, ALBANISCHE VOLKSMÄRCHEN, *Erich Roth Verlag, Eisenach, 1952*
Melicherčík, Andrej / JÁNOŠÍKOVSKÁ TRADÍCIA NA SLOVENSKU *(La tradition de Yanoshik en Slovaquie), SAVU, 1952*
Gašparíková, Viera / POVESTI O ZBOJNÍKOCH ZO SLOVENSKÝCH A POĽSKÝCH TATIER *(Récits sur les brigands des Tatras slovaques et polonaises), Bratislava, 1979*
Vulpius, Christian Auguste / RINALDO RINALDINI ODER RÄUBERHAUPTMANN *(Eine romantische Geschichte in drei Teilen oder neun Büchern), Leipzig, 1798 – neu durchgesehen vom Karl Rauch Verlag, 1959*
RINALDO RINALDINI, DER GROSSE BANDIT, *Vienne Verlag J. Reidl, sans date*

Garantie de l'éditeur

Pour vous parvenir à son plus juste prix, cet ouvrage a fait l'objet d'un gros tirage. Malgré tous les soins apportés à sa fabrication, il est malheureusement possible qu'il comporte un défaut d'impression ou de façonnage. Dans ce cas, ce livre vous sera échangé sans frais. Veuillez à cet effet le rapporter au libraire qui vous l'a vendu ou nous écrire à l'adresse ci-dessous en nous précisant la nature du défaut constaté. Dans l'un ou l'autre cas, il sera immédiatement fait droit à votre réclamation.

Librairie Gründ 60, rue Mazarine 75006 Paris

HÉROS POPULAIRES DE TOUS LES TEMPS

Raconté par
MARIANNA ORAVCOVÁ

Illustrations de
KAROL ONDREIČKA

Adaptation française de
CLAUDE CLÉMENT

Arrangement graphique par
PAVOL BLAŽO

Première édition française

ISBN: 2-7000-1154-6
Dépôt légal: août 1988

Imprimé en Tchécoslovaquie par
TSNP Martin

Loi n° 49-956 du 16 juillet 1949
sur les publications destinées
à la jeunesse

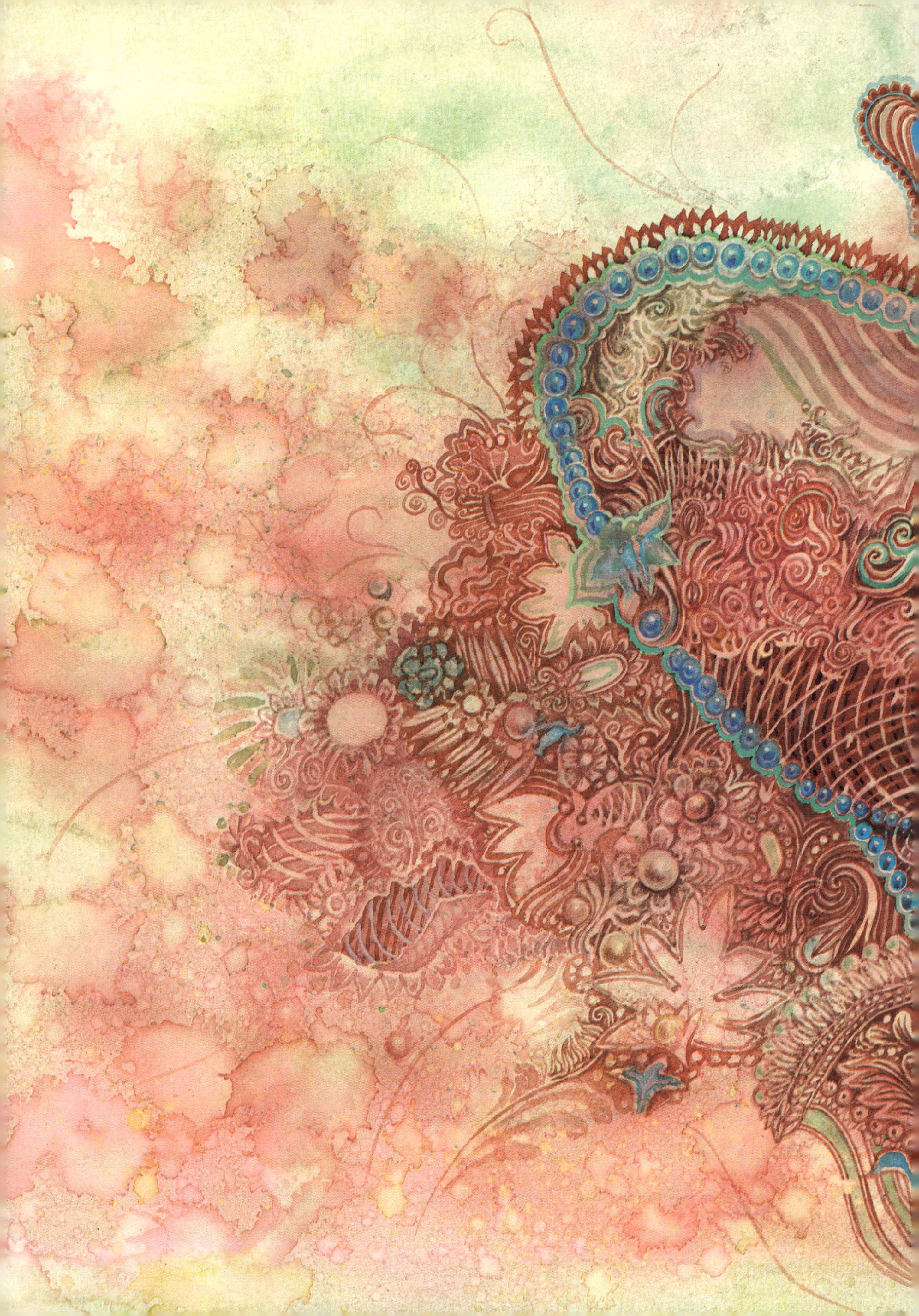